Der magische Faden

Tom Llewellyn

DER MAGISCHE Faden

Aus dem Englischen von Ilse Layer

Mit Illustrationen von Nina Dulleck

Thienemann

Das Paket kommt an

Das Wollknäuel kam an dem Tag an, als ich vom Unterricht ausgeschlossen wurde. Ich dachte, beides hätte nichts miteinander zu tun, aber jetzt weiß ich, dass das nicht sein kann. Alles hängt mit allem zusammen. Das hat McLean gesagt. Bisher hat sich alles, was McLean gesagt hat, als richtig erwiesen. Warum sollte es in dem Fall anders sein?

McLean mag verrückt sein, aber er lügt nie.

Die ganze Sache mit dem Unterrichtsausschluss war komplett daneben. Die angebliche Prügelei war eindeutig ein Versehen, aber findet mal irgendwo im Universum einen Konrektor, der einem Schüler glaubt, wenn er das sagt.

Am selben Tag kam auch das neue Mädchen zum ersten Mal in Dunwoodies Unterricht. Sie betrat den Raum mit gerunzelter Stirn, als hätte sie was gegen die Stühle und die ganzen Leute, die darauf saßen. Ich hatte gehört, sie wäre gerade in das alte Backsteinhaus drüben an der Ainsworth gezogen – das auf der Anhöhe, wo die Ainsworth in die Steele Street mündet.

Sie gab Dunwoodie einen Zettel und warf mir ein Lächeln zu. So ein Lächeln, das sich auf den Mund beschränkt – eins, das besagt: *Von mir wird jetzt ein Lächeln erwartet, aber du sollst dir hundertprozentig sicher sein, dass es aufgesetzt ist. Ich bin ganz generell nicht glücklich und euch finde ich auch nicht gerade prickelnd.*

»Wir haben ab heute eine neue Schülerin«, verkündete Dunwoodie. »Das hier ist Aster Franklin. Los, sagt Hallo zu Aster.«

Wir murmelten alle *Hallo*.

»Aster, sag hallo zu deinen Mitschülern.«

»Hallo zu deinen Mitschülern.«

Aster kriegte ein paar Lacher. Darunter auch von mir, aber ich fragte mich, ob sonst noch jemand im Raum gehört hatte, wie sie das gesagt hatte – so, als würde sie ganz anders ticken als wir.

Dann begann Dunwoodie wieder davon zu schwafeln, aus welchen Elementen eine Geschichte besteht: vom Einstieg, mit dem man die Leser ködert, damit sie weiterlesen, vom Plot, also der Handlung, und dass die auf einen Höhepunkt zusteuern muss, und davon, dass es in jeder guten Geschichte einen Konflikt und einen Helden gibt. Er schien diese Elemente wirklich zu lieben. Ich glaube aber nicht, dass er Geschichten liebte. Er pflückte sie bloß gern auseinander. Er sagte immer wieder, wir sollten aufpassen, denn all das würde in der nächsten Klassenarbeit drankommen.

»Und ich erwarte von euch, dass ihr alle Elemente aufzählen und definieren könnt.«

Während er redete, starrte ich anscheinend auf Asters Haare. Wie sollte ich die auch nicht anstarren? Sie waren über ihrem dunkelbraunen Nacken zur kompliziertesten Zöpfchenfrisur des Universums hochgetürmt. Es war wie bei einer dieser optischen Täuschungen, bei denen man nicht sagen kann, ob der Wasserfall nach oben oder unten geht. Ich starrte also. Und fragte mich, wie Aster es hinbekam, dass alle diese schwarzen Zöpfchen kreuz und quer hochstanden.

Vielleicht starrte ich ein bisschen zu offensichtlich, denn Ethan Park beugte sich zu mir rüber und flüsterte: »Mann, Blevins, hör auf, sie zu belästigen.«

Ethan Park ist das Zweitschlimmste in meinem Leben. Er wohnt in derselben Straße wie ich, aber ungefähr sechs Blocks weiter nördlich, wo alle Häuser einen Blick auf die Bucht haben. Seine Mutter arbeitet in der Stadt und ist immer schick angezogen, selbst am Wochenende. Sein Vater ist bei einer großen Investmentgesellschaft und beide fahren zueinander passende BMWs. Vor ihrer Garage steht ein großes Boot. Ethans blonde Haare sitzen immer perfekt und er trägt Polohemden, auf die ein winziges Krokodil aufgenäht ist. Den Kragen stellt er hoch, auch wenn es draußen nicht kalt ist. Und er trägt neue weiße Tennisschuhe. Keine Turnschuhe, sondern welche, mit denen er auch wirklich Tennis spielt, denn Ethans Familie ist Mitglied in einem Tennisclub.

Wenn die Krokodile auf Ethans Polohemden reden könnten, würden sie bloß einen einzigen Satz sagen, immer wieder: *Wir sind besser als du.*

Seid still, ihr dämlichen Krokodile.

Jedenfalls hörte Aster Ethans Bemerkung und wirbelte den Kopf herum. Ich duckte mich weg und knallte dabei gegen Ethan Parks Nase. Aber das war keine Absicht von mir. Und dann fiel der Idiot vom Stuhl und aus seiner Nase kam Blut und verteilte sich überall. Ich verlor das Gleichgewicht und mein Pult kippte um und landete auf Ethan. Er versuchte mich wegzustoßen, aber ich steckte unter dem Pult fest. Dunwoodie tickte aus und rief den Sicherheitsdienst. Ich meine, Dunwoodie wiegt fünfzig Kilo mehr als ich und ruft den Sicherheitsdienst? Für wen hält er mich? Für einen Karatekämpfer?

Der Sicherheitsdienst brachte mich ins Büro des Konrektors hinunter. Ethan Park musste auch mit, obwohl ich sagte, dass er nichts getan hatte. Es war nicht fair gegenüber Ethan, aber es war natürlich schon stark, mitzukriegen, wie er einen Riesenwirbel veranstaltete und die Sache trotzdem nicht abbiegen konnte. Oder wäre es gewesen, wäre da nicht mein ... ähm ... mein Problem gewesen.

Ich begann zu weinen. Ich bin nämlich jemand, der schnell anfängt zu weinen.

Und das ist das Schlimmste in meinem Leben.

Wenn es losgeht, kann ich nichts dagegen tun. Und in dem Moment konnte ich auch nichts dagegen tun. Ich meine, ich war nicht traurig oder so. Aber mir liefen einfach Tränen über die Wangen und meine Stimme war ganz wacklig und mein Gesicht knallrot.

Ethan sah mich an und schüttelte den Kopf. »Blevins, du bist so ein Weichei.«

Fincher – das ist unser Konrektor – sagte immer wieder: »Na, na, Junge.« Ich glaube nicht, dass er meinen Namen kannte. Er gab mir ein Papiertaschentuch, damit ich mich schnäuzen konnte, und dann wieder: »Na, na, Junge. Du brauchst deshalb doch nicht zu weinen. Steh dazu. Du kannst doch keine Prügelei anfangen und dann anfangen zu weinen.«

Anschließend erklärte Fincher, es gebe »eine Null-Toleranz-Regel für Prügeleien auf dem Schulgelände«.

Ich versuchte immer wieder zu sagen, dass die ganze Sache ein Versehen war, aber ich konnte die Worte nicht richtig rausbringen, ohne dass mir die Stimme ... ähm ... wegblieb. Ich klang wie ein Autoradio mit miserablem Empfang.

Fincher reichte mir die ganze Packung Papiertaschentücher. Er schüttelte den Kopf, genau wie Ethan es getan hatte, dann rief er unsere Eltern an und schloss uns für den Rest des Tages und den ganzen nächsten Tag vom Unterricht aus.

Ethan und ich verließen Finchers Büro.

»Das zahl ich dir heim, du Heulsuse.«

»Es war ein Versehen«, sagte ich.

»Ist mir egal. Das zahl ich dir trotzdem heim.«

»Ich wünschte, das würdest du nicht tun«, nuschelte ich, kam mir aber sofort wie ein Idiot vor.

Ein BMW fuhr vor und Ethan stieg ein. Meine Mutter hatte gesagt, sie würde beim Arbeiten früher Schluss machen und mich abholen, aber ich hatte geantwortet, ich könnte zu Fuß gehen.

Also lief ich nach Hause, wo keiner war. Ich verzog mich nach oben in mein Zimmer, knipste alle Lichter aus, ließ die Rollos runter und warf mich aufs Bett.

Ich lag da und überlegte, was ich Cooleres zu Ethan hätte sagen können, als er mir gedroht hatte, es mir heimzuzahlen. Das Beste, was mir einfiel, war: *Du und welche Armee?* Auch nicht besonders originell, aber erheblich besser als: *Ich wünschte, das würdest du nicht tun.* Oh Mann – alles wäre besser gewesen, wenn ich es hätte sagen können, ohne zu heulen wie ein ... ein Baby.

Über das Gespräch mit meiner Mutter, das mir bevorstand, machte ich mir nicht allzu viele Gedanken. Meistens war sie ziemlich nachsichtig mit uns. Wahrscheinlich hatte sie ein schlechtes Gewissen, weil wir ohne Vater aufwuchsen. Aber soweit ich weiß, konnte sie nichts dafür. Wir waren meistens auch nachsichtig mit ihr. Denn sie war schließlich diejenige, die dageblieben war.

Eigentlich hatte ich Glück, dass ich bloß zwei Tage vom Unterricht ausgeschlossen worden war. Wenn ich mich wirklich mit Ethan Park geprügelt hätte, wäre ich wahrscheinlich hochkant von der Schule geflogen.

Ethan war einer dieser nervigen Schüler, die in allem gut waren. Wenn sein Vater ihn von der Schule abholte, sah man, dass der genauso war: groß, fit, sportlich gekleidet. Vermutlich trainierten Ethan und sein Vater zusammen oder spielten Fußball oder was auch immer Väter mit ihren Söhnen normalerweise so machen.

Woher sollte ich wissen, was Väter mit ihren Söhnen machen?

Eine Stunde später bellte Blackjack, als Mr Endo, unser Postbote, die Stufen zu unserem Briefkasten hochstieg. Ich hörte, wie er etwas mit einem dumpfen Geräusch auf unsere Veranda fallen ließ. Ich nahm an, dass meine Mutter neue Schuhe bestellt hatte. Das tut sie manchmal.

Noch ein paar Stunden später hörte ich meine Mutter nach Hause kommen. Oder vielmehr hörte ich Lukas. Die Schritte meines jüngeren Bruders dröhnten auf der Treppe.

»Markus! Wo bist du?« Er riss die Zimmertür auf. »Du hast also Park die Nase blutig geschlagen?«

Lukas trug Shorts und Stollenschuhe. Er hielt eine Tüte Junior Mints in der Hand. Lukas ist ganz wild auf diese Schokodragees mit Minzcreme.

»Es war ein Versehen«, antwortete ich. »Ich hab ihn nicht verprügelt.«

»Du bist vom Unterricht ausgeschlossen, weil du Ethan Park die Nase blutig geschlagen hast. Das ist so cool.«

»Das ist nicht cool. Die ganze Sache ist bescheuert. Ethan wurde auch nach Hause geschickt, dabei hat er gar nichts gemacht.«

Lukas lachte. »Das ist das Beste dran.« Er kippte sich ein paar Junior Mints in den Mund und wollte schon gehen, fügte dann aber hinzu: »Ach so. Komm mit nach unten. Mom hat Tacos zum Abendessen mitgebracht.«

Als ich es endlich in die Küche geschafft hatte, saß Lukas schon am Tisch und biss in einen Taco. Jannie, unsere achtjährige Schwester, saß neben ihm, das Gesicht in ein Buch vergraben, vor sich einen unberührten Taco. Sie trug wie immer eine Trillerpfeife um den Hals.

»Hey, Jannie«, sagte ich. »Wie war die Schule?«

Sie hob die Hand und wedelte damit hin und her.

»Warum nur so lala?«

Jannie zuckte mit den Achseln und las weiter.

Ich setzte mich neben Lukas und nahm einen Taco aus der Papiertüte.

»Hallo«, meldete sich Moms Stimme aus dem Flur.

»Hallo«, gab ich zurück.

»Harter Tag, hm?« Mom blätterte durch einen Stapel Briefe und hielt eine längliche Pappschachtel unter dem Arm.

»Allerdings.« Ich biss in meinen Taco. »Du glaubst mir doch, oder? Dass es ein Versehen war?«

»*Sollte* ich dir denn glauben?«

»Ja.«

»Ich wünschte bloß, es müsste keine solchen Versehen geben.«

»Aber du glaubst mir?«

»Darüber reden wir noch.« Mom legte den Stapel Post weg und kam in die Küche, wobei sie den Aufkleber auf der Pappschachtel las. »Großer Gott.«

»Was ist das?«, fragte Lukas.

»Keine Ahnung. Es ist ... es ist an dich adressiert.«

»An mich?« Lukas schoss von seinem Platz hoch.

Mom zog die Schachtel aus Lukas' Reichweite. »Nicht nur an dich. Auch an deine beiden Geschwister.«

»Von wem ist es?«, fragte ich.

Jannie spähte über den Rand ihres Buchs.

Mom antwortete nicht. Sie war blass geworden und ließ sich auf einen Küchenstuhl fallen.

»Lass es mich aufmachen.« Lukas griff nach dem Paket.

»Kannst du bitte aufhören?«, stöhnte Mom. »Wie wär's, wenn ich es aufmache?«

»Auf keinen Fall!«, protestierte Lukas. »Da steht, dass es für uns ist.«

»Dann sollte Markus es tun.«

»Ich habe als Erster gefragt.«

»Lukas. Sei still.« Mom gab die Schachtel an mich weiter. Ihre Hände zitterten.

Ich las den Adressaufkleber, aber nirgendwo stand, wo das Paket herkam, deshalb wusste ich nicht, warum sich meine Mutter so aufregte. Alle Briefmarken zeigten dasselbe Bild eines alten Mannes mit langem Bart und leeren Augen. Die Marken waren ausländisch, aber mir fiel auf, dass der Stempel vom Postamt in Tacoma stammte.

»Mach schon, beeil dich!«, drängte Lukas.

»Lukas!« Mom sah aus, als müsste sie sich gleich übergeben.

Da bemerkte ich die Handschrift in einer Ecke der Schachtel.

»Was steht da?«, fragte Lukas.

»Da steht: *Sagt nicht, ich hätte euch nie etwas gegeben.* Und die Unterschrift ist … von ihm.«

»Von wem?«, fragte Lukas.

»Matthias Blevins.«

»Ich wusste, dass so was irgendwann passieren würde.« Moms Stimme war kaum mehr als ein Flüstern.

»Du meinst Dad? Dieser Matthias Blevins?«, fragte Lukas.

Ich nickte.

»Aber er ist tot«, wandte Lukas ein. »Und Tote schicken keine Pakete.«

»Lukas!«

»Was denn? Er ist tot. Wenn er tot ist, warum darf ich das dann nicht sagen?«

Vermutlich dachte ich auch, dass Dad tot war. Das taten wir alle – mehr oder weniger. Er war während einer Grabung in Griechenland verschwunden, als Jannie drei war, Lukas sechs und ich acht. Es hatte lange Nachforschungen gegeben. Mom hatte von der Lebensversicherung etwas Geld bekommen, also glaubte sogar die Versicherungsgesellschaft, dass er gestorben war.

Ich betrachtete noch einmal die Handschrift. Es waren lauter Großbuchstaben. Genauso schrieb ich auch. Aber die Handschrift auf dem Adressaufkleber war anders. Unordentlicher und schräger.

»Mach das verflixte Ding endlich auf«, verlangte Lukas und griff danach.

Ich schob seine Hände weg, schnitt die Schachtel dann mit dem Plastikmesser auf, das den Tacos beigelegt war, und kippte den Inhalt auf den Tisch.

Wir starrten alle auf ein Knäuel aus schwarzem Faden.

Die Verandalampe

»Ein Wollknäuel«, sagte Lukas. »Was ist noch drin?«

Ich sah in die Schachtel, aber sie war leer. Kein Zettel. Nicht mal irgendwelches Verpackungsmaterial.

»So ein Beschiss.« Lukas nahm sich noch einen Taco.

Jannie sah hinter ihrem Buch hervor.

»Faden«, sagte Mom. »Schwarze Wolle.«

»Wolle? Woher weißt du, dass es Wolle ist?«, fragte ich.

»Was?« Mom starrte in den Raum, als wäre sie in Gedanken weit weg.

»Woher weißt du, dass es Wolle ist?«

Mom antwortete nicht.

Ich sah noch einmal in die Schachtel. »Da steht kein Absender. Das heißt, wir sollen nicht erfahren, wo er ist.«

Plötzlich war Mom wieder in der Gegenwart. »Mein Schatz, du solltest nicht davon ausgehen, dass er überhaupt … Wir wissen nicht, was das zu bedeuten hat. Es könnte einfach eine Verwechslung sein. Vom Postamt.«

»Aber sieh dir die Briefmarken an. Sie sind hier in Tacoma abgestempelt worden. Das muss etwas bedeuten. Das Paket wurde hier in unserer Stadt losgeschickt, oder?«

»Oh, das weiß ich nicht, Markus. Wahrscheinlich sollte ich die Lebensversicherung anrufen. Die Ermittler können die Spur vielleicht zurückverfolgen.« Sie wischte sich mit einer Serviette über die Augen. Dann nahm sie einen Taco aus der Tüte, legte ihn aber gleich wieder zurück. »Es ergibt keinen Sinn.«

Lukas stieß ein lautes Lachen aus, schnappte sich seine Junior Mints und rannte durch die Haustür hinaus.

»Lukas!«, schrie ich.

»Lass ihn«, sagte Mom.

»Du findest nicht, er sollte bei dieser Sache dabei sein?«

»Ich finde ... ich finde, Lukas ist ... ich finde, wir alle ... ich finde, jeder von uns muss auf seine eigene Weise mit dem hier klarkommen. Was auch immer *das hier* ist.« Sie deutete mit dem Kinn auf das Knäuel. »Fass es nicht an, okay?«

»Warum nicht?«, fragte ich.

»Weil ... weil wir nicht wissen, woher es stammt. Es könnten ... es könnten Keime daran haften.«

»Keime? Willst du mich veräppeln?«

»Nein, will ich nicht. Fass es nicht an.« Mom ging nach oben und ließ mich allein mit Jannie am Tisch sitzen.

Verrocchio, ihre Katze, lag zusammengerollt neben Jannie auf der Küchenbank. Jannie griff nach der Schachtel und drehte sie in alle Richtungen. Ich konnte ihren Mund hinter der Schachtel nicht sehen, aber ich wusste auch so, dass sie lächelte.

»Was denn?«, fragte ich. »Findest du das lustig?«

Jannie zuckte mit den Achseln und legte die Schachtel zurück.

»Ich finde das nicht lustig«, sagte ich. »Hast du gesehen,

wie durcheinander Mom war? Wie alt bist du? Acht? Das heißt, er ist seit fünf Jahren weg. Schneller verschwunden als ein Rülpser in einem Wirbelsturm. Seither kein Wort. Fünf Jahre lang. Keine Geburtstagskarten. Keine Besuche. Keine Weihnachtsgeschenke. Nicht mal ein Anruf. Telefonanrufe kosten fast nichts, oder? Und dann schickt er ein Wollknäuel? Ich meine, was soll das?«

Jannie schrieb rasch etwas in ihr Notizbuch und hielt es mir hin. *Glaubst du wirklich, es ist von ihm?*

»Nein. Vielleicht. Und warum lächelst du? Weißt du was?«

Sie schrieb: *Noch nicht. Vermisst du ihn?*

Ich zuckte mit den Achseln. Ich war ein Tränenvergießer *und* ein Achselzucker.

Manchmal stellte Lukas mir eine einfache Frage, zum Beispiel ob ich lieber Tacos oder Pizza wollte. Dann zuckte ich oft mit den Achseln, weil es schwer für mich war, eines ... ähm ... lieber zu mögen als das andere. Mann, das brachte ihn vielleicht auf die Palme. Dann brüllte er: »Such dir einfach eins aus, okay?« Aber das machte die Sache bloß noch schwerer. Weil ich beides mag. Wie soll man sich dann entscheiden? Und wenn man sich nicht entscheiden kann, tja, dann zuckt man mit den Achseln, oder?

Ich dachte über Jannies Frage nach. Vermisste ich Dad? Also, ich vermisste es, einen Vater zu haben. Ich vermisste es, normal zu sein, so wie ... ähm ... eine normale Familie. Aber ich wusste im Grunde nicht, ob ich unseren Vater vermisste.

Schon klar, eigentlich hätte ich sagen sollen, dass ich ihn vermisste und dass er ein prima Kerl war, ein brillanter Archäologe, und dass unsere Familie perfekt wäre, wenn er zurückkäme. Solche Sachen sagten immer meine Tanten, die Lehrer und die meisten von Moms Freundinnen zu mir. *Bestimmt vermisst du ihn, Markus. Es muss hart sein, keinen Mann im Haus zu haben. Er muss ein toller Typ gewesen sein, wenn er solche erstaunlichen Kinder in die Welt gesetzt hat.* Manchmal – wenn es ganz schlimm kam – war ich den Tränen nahe, wenn sie das sagten, aber nicht weil ich traurig war. Sondern weil ich dieses Gerede hasste. Urrgh. Ich hasste das ganze Thema. Ich wünschte, alle würden einfach kein Wort mehr darüber verlieren.

Ich glaube, dieses Achselzucken ist ehrlich gemeint, weil ich wirklich nicht weiß, ob ich ihn vermisse. Immerhin war er früher, als er noch bei uns war, trotzdem die meiste Zeit weg! Er hat uns nicht großgezogen. Das hat Mom gemacht. Und jetzt hatten wir uns irgendwie zurechtgefunden mit diesem Leben, so verquer es war, mit meinem zornigen Bruder und meiner schweigsamen Schwester. Und Mom. Wir bewiesen, dass wir ohne ihn leben konnten.

Deshalb zuckte ich mit den Achseln. Dann fragte ich Jannie: »Vermisst du ihn?«

Sie legte die Stirn in Falten und schrieb: *Ich habe ihn nie richtig kennengelernt*. Sie deutete mit dem Kinn wieder auf das Knäuel mit dem schwarzen Faden.

Ich wollte danach greifen, bekam aber sofort einen elektrischen Schlag. »Au!«

Der Finger, mit dem ich den Faden berührt hatte, pulsierte vor Schmerz, als hätte ich gerade mit einem Hammer draufgehauen. Jannie lachte lautlos.

»Du hast einen perversen Sinn für Humor«, stöhnte ich. »Wenn du das so witzig findest, warum fasst du den Faden dann nicht auch an?«

Jannie schüttelte den Kopf und lehnte sich zurück. Ich fischte ein Plastikmesser aus dem Müll, wischte es ab und brachte es in Kontakt mit dem Faden. Diesmal kein elektrischer Schlag. Ich schob das Messer unter ein loses Ende. Der Faden hing über der Klinge wie eine schwarze Nudel.

Ich hielt das Messer Jannie hin. »Bist du sicher, dass du den Faden nicht berühren willst? Er hat mich nicht umgebracht oder so. Ich habe nur eine gewischt bekommen.«

Jannie runzelte die Stirn. Sie leckte sich über die Lippen, streckte dann einen Finger aus, während sie mit dem restlichen Körper auf möglichst großen Abstand zum Knäuel ging, und berührte den Faden. Dann lächelte sie.

»Hast du was gespürt?«

Jannie schüttelte den Kopf.

Ich streckte meine andere Hand aus und stupste das Knäuel an. Kein elektrischer Schlag. Ich hob es hoch und es fühlte sich ... ähm ... ganz normal an.

Jannie wollte danach greifen, aber sobald ihre Hand meine streifte, sprühten so helle Funken zwischen uns, dass sie sogar im Küchenlicht zu sehen waren. Jannie rieb sich die Hand. Verrocchio miaute.

»Wahnsinn«, sagte ich.

Jannie starrte mich an, dann hob sie wieder die Hand. Ich berührte ihre Finger mit meinen. Wieder Funken. Jannie riss die Hand weg. Tränen schossen ihr in die Augen. Verrocchio miaute wieder.

Das musste ich bei Lukas ausprobieren. Ich rannte mit dem Knäuel zur Haustür, aber als ich nach dem Türknauf griff, sprang ein elektrischer Funke von meinen Fingern auf das Metall über. Der Schlag warf mich nach hinten auf den Po. Um mich herum roch es nach verfaulten Eiern und die Härchen an meinen Armen knisterten.

Die Lampen in der Diele begannen zu surren und wurden heller. Eine der Glühbirnen explodierte in einem Funkenregen. Durch die Glasscheibe in der Haustür konnte ich die Verandalampe blau leuchten sehen.

»Boah. Das ist echt schräg.« Ich sagte Jannie, sie solle die Haustür aufmachen.

Jannie zog eine Augenbraue hoch, kam aber und streckte vorsichtig die Hand nach dem Türknauf aus. Er surrte, als sie ihn berührte. Sie zog die Hand ruckartig zurück, dann berührte sie ihn erneut. Er surrte wieder. Da packte sie den Knauf und drehte ihn. Wir gingen an unserer leuchtenden Verandalampe vorbei in die Abenddämmerung hinaus.

Lukas hatte in der Zwischenzeit mit einem Tennisball gespielt, den er auf unser Hausdach warf und immer wieder auffing, wenn er herunterrollte.

Jetzt starrte er auf die Verandalampe. »Was wollt ihr?«, fragte er, ohne den Blick von der Lampe zu wenden. »Noch mehr Wollknäuel vom Rohrkrepierer kriegen?«

Jannie schlug ihn auf den Arm.

»Was denn?«, fragte Lukas. »Entweder er ist ein Rohrkrepierer oder er ist krepiert. Ich hoffe, er ist krepiert.«

Jannie nahm die Trillerpfeife, die um ihren Hals hing, und pfiff Lukas damit an.

»Okay, okay«, sagte Lukas beschwichtigend und zog ihr die Pfeife von den Lippen. »Ich hör ja schon auf. Tut mir leid. Wirklich. Aber du sollst diese Pfeife nur im Notfall benutzen. Und was zum Henker habt ihr mit der Verandalampe gemacht?«

»Berühr meine Hand«, sagte ich.

»Wieso? Willst du mir einen elektrischen Schlag verpassen?«

»Vielleicht. Berühr einfach meine Hand.«

Lukas machte ein unwilliges Gesicht, streckte aber einen Finger aus.

»Was wird passieren?«, fragte er. »Wird es wehtun?«

»Sei kein Baby«, gab ich zurück, biss aber die Zähne zusammen.

Unsere Finger berührten sich. Nichts. Keine Funken. Kein elektrischer Schlag.

»Oh, das war beeindruckend«, sagte Lukas. »Fast genauso aufregend wie ein Paket mit schwarzem Faden zu bekommen.« Er fing wieder an, den Tennisball aufs Hausdach zu werfen.

Der Himmel färbte sich zunehmend dunkler, aber unser Vorgarten wurde vom surrenden blauen Leuchten unserer Verandalampe erhellt.

»Vielleicht habe ich meine ganze elektrische Ladung in den Türknauf abgegeben«, sagte ich zu Jannie.

Ich ging zur Haustür und packte den Türknauf. Er kribbelte mit einem schwachen elektrischen Sirren an meinen Fingern.

Jannie berührte ihn nach mir, drückte mit der flachen Hand dagegen, als würde sie es mögen, wie er sich anfühlte.

Um die Verandalampe schwirrten bereits ein Dutzend Motten herum. Die schlichte Glaskugel mit einer einzigen Glühbirne leuchtete jetzt in einem so hellen Blau, dass meine Augen vom Hinsehen schmerzten. Das Licht war definitiv heller als noch vor einer Minute. Die Motten stießen gegen die Glaskugel. Jannie hasste Insekten. Sie hielt schützend die Arme vor den Kopf und flüchtete nach drinnen, wobei sie mich mit sich zog und die Tür hinter uns zuwarf.

Ich knipste den Schalter der Verandalampe aus. Das Licht flackerte, erlosch aber nicht. Ich knipste den Schalter mehrmals ein und aus, aber das Licht blieb die ganze Zeit an. Der Mottenschwarm um die Lampe herum wurde größer.

»Vielleicht geht es irgendwann von alleine aus«, sagte ich. »Hoffentlich sieht Mom es nicht. Sie ist schon gestresst genug.«

Jannie nickte und ließ die Rollos an den vorderen Fenstern herunter.

Mom sah das blaue Leuchten nicht. Wenigstens nicht sofort. Nach dem Abendessen war sie direkt in ihr Zimmer im hinteren Teil des Hauses gegangen.

Später lag ich wach in meinem Bett. Lukas schlief in seinem eigenen Bett am anderen Ende des Raums. Blackjack, unser schwarzer Labrador, lag dösend zu Lukas' Füßen. Unser Zimmer ging auf den Vorgarten hinaus und die Wände leuchteten selbst durch die geschlossenen Vorhänge im blauen Licht von der Veranda.

Kurz nach elf fuhr Blackjacks Kopf hoch. Er legte ihn schräg, sprang dann von Lukas' Bett und rannte nach unten. Ich lief ihm nach. Bevor ich die letzte Treppenstufe erreicht hatte, begann Blackjack zu bellen und an der Haustür zu kratzen.

Ich wollte durch die Glasscheibe in der Tür nachsehen, weswegen Blackjack bellte, aber die Scheibe war komplett mit Motten bedeckt.

Motten

In der ersten Nacht zogen die Motten bei uns ein und Mom flippte aus. Wir alle flippten aus. Eine Motte ist irgendwie schön, wenn man eine Abbildung davon in einem Buch sieht. Aber wenn mehrere Tausend davon auf der eigenen Veranda herumflattern, würde das selbst ein Mottenspezialist eklig finden, jede Wette.

Weil es das ist. Es ist eklig.

Habt ihr jemals eine Motte mit den Flügeln flattern hören? Nein. Habt ihr nicht. Weil sie so leise sind. Aber auf unserer Veranda schwirrten so viele Motten herum, dass ich das Surren von flatternden Flügeln sogar von drinnen hören konnte.

Sie verschwanden am Morgen, sobald die Sonne aufgegangen war. Ich betete, dass sie nicht zurückkommen würden.

Meine Gebete wurden nicht erhört.

Am zweiten Abend kamen die Motten wieder, sobald es dunkel war, zusammen mit Fledermäusen und jeder Menge Vögel. Jannie holte ihr Vogelbuch und fand heraus, dass es Nachtschwalben, Nachtfalken und eine große Eule waren.

Motten blockierten die gesamte Veranda und machten es

unmöglich, das Haus durch die Vordertür zu betreten. Die Vögel und Fledermäuse flogen unter unserem Verandadach hin und her und fraßen sich an der Fülle von Insekten satt.

»Was soll ich tun?«, fragte Mom. »Einen Kammerjäger kommen lassen?«

»Ich glaube, Kammerjäger kümmern sich nur um Ungeziefer *im* Haus«, gab ich zurück.

»Was ist hier eigentlich los?«, fragte Mom, während sie den Schalter der Verandalampe ein- und ausknipste.

Ich betrachtete die leuchtende Lampe und stellte mir dieselbe Frage. Alle meine Überlegungen führten zur selben Schlussfolgerung: Es musste an dem schwarzen Faden liegen.

Am dritten Abend kamen die Waschbären. Sie fraßen nichts, sondern starrten nur die Lampe an. Gut zwei Dutzend Waschbären saßen an unserem Zaun und starrten in das blaue Verandalicht, als würden sie fernsehen.

Die Waschbären machten Blackjack verrückt. Ich glaube, er konnte sie da draußen wittern. Winselnd und bellend drückte er sich in der Diele herum und kratzte an der Haustür. Nach dem Abendessen ließ Lukas ihn raus. Blackjack warf sich in die Wolke aus Motten und verschwand. Ein paar Hundert Motten stoben durch die Haustür herein, bevor Lukas sie zuknallen konnte.

»Hilfe, scheucht sie weg!«, schrie er.

Die Motten flogen zur Haustür zurück und bedeckten die Glasscheibe beim Versuch, zu der blauen Verandalampe zurückzukommen.

Ich trug nichts als meinen alten Star-Wars-Schlafanzug, rannte aber trotzdem aus der Hintertür ums Haus herum. Blackjack hatte die Waschbären vom Zaun auf den großen

Ahornbaum in unserem Vorgarten gescheucht, und nun stand er aufgerichtet am Stamm und bellte und knurrte sie an. Die Waschbären ignorierten ihn. Sie hockten auf den Ästen und starrten in das blaue Licht. Ich konnte den Widerschein in ihren dunklen Augen erkennen.

Verrocchio, Jannies Katze, saß an unserem Vorderfenster, das Gesicht an die Scheibe gepresst, und verfolgte mit hin und her schnellenden Augen, wie die Motten auf der Veranda umherschwirrten.

Eine Autotür wurde zugeschlagen. Einer unserer Nachbarn, Dr. Ferno, stieg aus seinem silbernen Mercedes Cabrio und kam den Kiesweg zu unserem Vordereingang entlang. Dieser Mercedes Cabrio war wunderschön. Lukas schmachtete dieses Auto an, wann immer er es sah.

Dr. Ferno war ein großer, dünner Mann. Er war fast einen Kopf größer als ich, also wahrscheinlich über 1,90. Sein Kopf war schmal und vollkommen kahl. Vermutlich musste er ihn rasieren, damit er so aussah. Seine Hornbrille war sogar noch dicker als meine und ließ seine Augen zu groß für seinen schmalen Kopf erscheinen. Sein grauer Bart war extrem kurz gestutzt. Er trug noch seinen weißen Arztkittel, der im Verandalicht blau schimmerte. An einer dünnen Kette baumelte ihm sein Namensschild vom Krankenhaus um den Hals.

Dr. Ferno deutete mit einem knochigen Finger auf mich. »Du musst entweder dieses Licht oder diesen Hund abstellen. Am besten beides.« Seine Zähne waren klein und gelb. Sie kamen mir vor wie die Zähne eines Vielfraßes, auch wenn ich noch nie einen Vielfraß gesehen hatte.

»Wir haben die Lampe schon ausgeknipst«, erwiderte ich, »aber das Licht geht einfach nicht aus.« Ich konnte spüren, wie sich hinter meinen Augen Tränen ansammelten. Dr. Ferno hatte immer diese Wirkung auf mich.

Er musterte mich von Kopf bis Fuß. »Was um Himmels willen trägst du da?«

Ich sah kurz auf meinen Schlafanzug und zuckte mit den Achseln. »Der ist von Stars Wars.«

»Bist du nicht ein bisschen zu alt, um Kleidung mit Raumschiffen drauf zu tragen?« Dr. Ferno schüttelte den Kopf. »Ich bin bei der Arbeit und zu Hause von Schwachsinnigen umgeben. Schraub einfach die Glühbirne raus. Das ist doch wohl nicht so schwer.« Er drehte sich um und eilte zu seinem Auto zurück, wobei sein Arztkittel um ihn herumwehte wie ein Umhang. »Andernfalls muss ich die Polizei rufen.«

Ich blinzelte ein paarmal, um die blöden Tränen an den Ort zurückzudrängen, wo Tränen herkommen. Dann setzte ich meine Sonnenbrille auf, damit mich das Licht nicht blendete, wenn ich die Glühbirne herausschraubte. Es war trotzdem so stark, dass ich Kopfweh bekam. Ich schnappte mir einen Tritthocker und watete die Verandastufen hinauf, mitten in die Motten hinein. Sie prallten gegen mein Gesicht. Ein paar schlüpften unter mein Schlafanzug-Oberteil und flatterten gegen meine nackte Haut. Ich schrie, aber nur ein Mal, denn sofort flog mir eine Motte in den Mund. Ich sprang vom Hocker, rannte in den Vorgarten hinaus und schlug mir dabei auf den Kopf, um die Motten aus meinen Haaren zu bekommen.

Mom stand mit verschränkten Armen da. Ich spuckte eine durchweichte Motte auf den Boden vor ihre Füße. Sie torkelte herum und versuchte, wieder in die Luft zu kommen. Es gelang ihr nicht so recht.

»Los, tu es«, sagte Mom.

»Warum ausgerechnet ich?«, fragte ich. »Warum kann das nicht Lukas übernehmen?«

»Weil du der Älteste bist. Und schließlich hast du dieses Licht angemacht.«

»Das war nicht ich, sondern dieser dämliche Faden.«

Moms Gesicht wurde blass. »Was hast du gesagt?«

»Ich sagte, es war der Faden.«

Mom schluckte. »Sei nicht albern. Faden ist einfach nur Faden. Er kann nichts bewirken – wenigstens nicht an einem Haus oder einem Menschen.«

»Warum hast du dann gesagt, ich soll ihn nicht anfassen?«

»Jetzt geh schon«, sagte Mom.

Lukas lachte. Er zog eine Tüte Junior Mints aus der Tasche und warf sich zwei Dragees in den Mund. Er sah aus, als würde er es sich für einen Fernsehabend bequem machen. Ich biss die Zähne zusammen, watete wieder auf die Veranda und bahnte mir einen Weg durch die Motten. Ich stieg auf den Tritthocker und griff nach der Glühbirne, um sie abzuschrauben. Sie war unglaublich heiß. Ich schrie auf, sprang vom Hocker und rannte durch die Haustür zur Spüle.

Jannie beobachtete vom Küchentisch aus, wie ich meine Hand mehrere Minuten lang unter eiskaltes Wasser hielt. Ich konnte hören, wie Mom mich vom Vorgarten aus anschrie, weil ich die ganzen Motten ins Haus gelassen hatte.

»Danke, dass du dich um meine verbrannten Finger kümmerst!«, brüllte ich zurück.

»Alles okay?«, rief Mom. »Falls ja, beeil dich und bring die Sache zu Ende.«

Ich holte mir ein Paar Arbeitshandschuhe aus dickem

Leder und nahm es wieder mit den Motten auf. Ich schaffte es, meine zitternde Hand zur Verandalampe hochzustrecken, und wollte gerade die Glühbirne anfassen, als sie sogar noch heller wurde und dann mit einem Knall durchbrannte.

Ich rannte zu Mom und Lukas, und beide halfen mir, die Motten loszuwerden, während ich schrie wie am Spieß. Aber zumindest war es geschafft. Eine nach der anderen flatterten die Motten davon, zurück zu den Straßenlaternen und in die Dunkelheit.

»Danke«, sagte Mom.

»Das war nicht ich«, erwiderte ich. »Sie ist von allein durchgebrannt.«

Mom ging ins Haus und schloss die Tür.

»Ja, danke, dass du das gemacht hast«, sagte Lukas. »Das war eine der coolsten Sachen, die ich je gesehen habe.«

Ich wusste, dass ich keine Motten mehr am Leib hatte, aber es fühlte sich so an, als würden immer noch welche gegen meine Haut schlagen. Es dauerte mehrere Minuten, bis das Gefühl nachließ. Im selben Moment bemerkte ich, dass der Kiesweg vor unserem Haus bläulich zu leuchten schien. Ich blickte mich um und versuchte die neue Quelle von blauem Licht ausfindig zu machen.

»Hast du das gesehen?«, fragte ich.

»Was denn?«, fragte Lukas zurück.

»Der Kiesweg.«

Lukas richtete den Blick darauf. »Er ist blau. Wo kommt das blaue Licht denn jetzt her?«

Mein Schatten lag vor mir. Das bedeutete, dass das Licht von hinten kam. Ich sah zum Haus zurück.

Es leuchtete.

Insomniker

Unser ganzes Haus leuchtete außen blau – die Wände, das Dach, sogar die Haustür. Die Fenster waren jetzt die dunkelsten Teile des Ganzen. Gegen das Leuchten hoben sie sich wie schwarze Vierecke ab.

Die Motten waren verschwunden, als die Verandalampe erloschen war, aber jetzt kamen sie zurück und prallten gegen die Hauswände. Die Waschbären saßen im Ahornbaum und starrten unser Haus an, als wären sie verliebt – als wäre es das schönste Waschbärmädchen der Welt.

Aus dem Schornstein stieg ein viereckiger blauer Lichtstrahl nach oben, der zusehends heller wurde, bis er die Luft über sich zu einer scharf abgegrenzten Lichtsäule erhellte, unterbrochen nur von den Motten, die durch sie hindurchflatterten.

Blackjack begann wieder zu bellen.

Mom riss die Haustür auf. »Kann jemand bitte diesen Hund zum Schweigen bringen – du meine Güte – was ist denn mit unserem Haus los?«

Die einzige Antwort, die mir einfiel, war: *Der Faden ist mit dem Haus los. Der Faden hat meinem Finger einen elektrischen*

Schlag verpasst. Den hat meine Hand auf den Knauf an der Haustür übertragen. Und jetzt leuchtet unser Haus. Aber ich sagte nichts.

Ich hörte eine Haustür zuschlagen und kurz darauf kam Dr. Ferno in unseren Vorgarten gestampft. »Ich finde das kein bisschen witzig.«

»Niemand versucht witzig zu sein«, sagte Mom.

»Dann stellen Sie es ab. Es stört mich. Und es verursacht Lichtverschmutzung.«

»Wie bitte?«, fragte Mom.

»Lichtverschmutzung. Sie hindern mich daran, die Sterne zu betrachten.«

»Sie verbringen viel Zeit damit, die Sterne zu betrachten, Mr Ferno?«, fragte Mom.

Dr. Ferno sah sie stechend an. »Ich bin *Doktor* Ferno. Und Sie stören den natürlichen Zyklus. Nachts soll es dunkel sein. Es ist aber nicht mehr dunkel. Es ... leuchtet.«

»Das machen wir doch nicht absichtlich«, erklärte Mom. »Meinen Sie, ich möchte, dass mein Haus leuchtet?«

»Wenn Sie das nicht möchten, dann stellen Sie es ab.«

»Stellen *Sie* es ab. Ich weiß nämlich nicht, wie.«

»Es ist nicht meine Aufgabe, Ihnen Antworten zu liefern. Schalten Sie das Ding einfach ab. Und stellen Sie diesen Köter ruhig. Ich muss morgen früh arbeiten.«

Mom starrte auf Dr. Fernos Rücken, während dieser davonging. »Ich muss auch arbeiten«, murmelte sie. »Der große Tyrann denkt, er wäre der Einzige, der arbeiten muss. Was meint er denn, was ich mache? Etwa ausschlafen?«

Lukas und ich zerrten Blackjack ins Haus, aber er bellte weiterhin die Haustür und die Waschbären an. Verrocchio jagte eine verirrte Motte durch die Küche.

»Okay, Markus. Lass uns versuchen, der Sache auf den Grund zu gehen.« Mom zog mich in die Waschküche und öffnete die Abdeckung des Sicherungskastens. Eine Motte flog heraus. Wir starrten auf Reihen von schwarzen Schaltern.

»Was meinst du, welcher es ist?«, fragte ich.

»Ich habe keine Ahnung«, antwortete sie. »Sieh aus dem Vorderfenster und sag mir, wenn das Licht ausgeht.«

Klick.

»Jetzt?«

»Nein.«

Klick.

»Und jetzt?«

»Leuchtet immer noch.«

Ich hörte eine ganze Reihe von Klicks. Eins nach dem anderen gingen alle Lichter im Haus aus. Das Summen des Kühlschranks brach ab.

»Ich hab sie alle abgestellt«, rief Mom.

Das Haus leuchtete außen immer noch blau. Ich hatte Angst, es ihr zu sagen.

Mom knipste die Schalter alle wieder ein.

»Was machen wir jetzt?«, fragte ich.

»Wir tun, was dein Vater getan hätte.«

»Und zwar?«

»Nichts. Wir tun nichts. Wir gehen ins Bett und hoffen, dass es sich von alleine regelt.«

»Hat das jemals geklappt?«

»Fast nie.«

»Warum hat er es dann getan?«

»Das war eben seine Art. Es gehörte nicht gerade zu seinen Stärken, Dinge in Ordnung zu bringen.«

»Aber er hatte andere Stärken. Oder etwa nicht?«

»Willst du wirklich jetzt darüber reden?«

»Vielleicht ganz kurz?«

»Ja, er hatte andere Stärken. Er war ein hervorragender Archäologe. Er war zielstrebig – zielstrebiger als jeder andere, den ich kenne. Davon hast du auch etwas. Und er war extrem beharrlich. Und er konnte Briefe schreiben – oh, er konnte Briefe schreiben wie sonst niemand.«

»Weil er ein Geschichtenerzähler war.«

»Er hat euch jede Menge Geschichten erzählt. So viel steht fest.«

»Das mochte ich am meisten«, sagte ich. »Aber dann ist er schneller verschwunden als ein Mäusekuchen bei einer Katzenparty.«

»Es wäre mir lieber, du würdest keine Witze machen.«

»Das war kein Witz. Sondern eine Metapher. Oder ein Vergleich. So was lernen wir in der Schule. Ich weiß aber nie, was was ist.«

Mom schloss mit einem Seufzer die Abdeckung des Sicherungskastens. »Vermutlich muss ich einen Elektriker rufen. Was das wieder kosten wird.«

Ich hörte draußen einen Kojoten heulen.

»Großartig«, sagte Mom. »Jetzt haben wir auch noch Kojoten.«

Am nächsten Morgen sah das Haus weitgehend normal aus. Bei Tageslicht konnte ich nur noch einen leichten Schimmer wahrnehmen. Er ließ das Haus glänzen, als wäre die Wandfarbe noch nass. Und ich konnte gerade noch den blauen Lichtstrahl ausmachen, der aus dem Schornstein aufstieg.

Mein Ausschluss aus dem Unterricht war mit dem gestrigen Tag zu Ende, also ging ich wieder zur Schule. Als ich den Raum betrat, in dem immer Dunwoodies Unterricht stattfand, sah ich, wie sich viele Schüler um Ethan Park drängten.

»Da ist er!«, rief Ethan und deutete auf mich. »Hey, Heulsuse, ich hab grade allen erzählt, in was für einem eindrucksvollen Haus du wohnst. Wie es im Dunkeln leuchtet.«

»Stimmt das?«, fragte Aster. »Mir war, als hätte ich heute Nacht von meinem Fenster aus was gesehen.«

Ich zuckte mit den Achseln. Schließlich war ich ... ähm ... ein Achselzucker.

»Und ob das stimmt«, sagte Ethan. »Wir sind gestern Abend dran vorbeigefahren. Sein Haus leuchtet im Dunkeln. Und es ist über und über mit Insekten bedeckt.«

Baxter und Axel, die beiden Kumpels von Ethan, feixten.

»Wie eklig.« Molly Masterson, Ethans Freundin, rümpfte die Nase.

»Klar ist es eklig«, pflichtete Ethan ihr bei. »Es ist voller Insekten.«

»Der Typ wohnt in einem Haus voller Insekten.« Baxter wischte sich die Nase am Ärmel ab. Baxters Nase lief seit der ersten Klasse. Manchmal fragte ich mich, ob es daran lag, dass er so gemein war.

»Ich wette, es ist überall voller Insekten und so.« Axel war an der Schule immer leicht auszumachen. Er war größer und breiter als alle anderen und trug die Haare so kurz, dass sein Kopf fast kahl wirkte.

»Ich hab das Haus gesehen.« Asters Ton war sachlich, als würde sie über das Wetter berichten.

»Ach ja?« Molly machte einen Schritt von Aster weg.

»Also, ich habe das Leuchten gesehen. Markus wohnt bei uns in der Gegend. Ich dachte, da würde eine Party stattfinden. Oder ein Garagenverkauf oder so was.«

Es klingelte. Ethan Park lachte. »Nein. Es war bloß Blevins' Im-Dunkeln-leuchtendes-Haus-voller-Insekten.«

Auf dem Nachhauseweg hörte ich Asters Stimme hinter mir.

»He, Markus. Warte mal.«

Ich ging weiter. Ich wollte von dem neuen Mädchen nichts mehr über mein eindrucksvolles Haus hören.

»Kannst du vielleicht mal eine Sekunde warten?«

Ich drehte mich um. Aster kam allein auf mich zu.

»War das wirklich bei euch gestern Abend? Das Leuchten, das ich gesehen habe?«

»Wahrscheinlich.«

»Das ist cool.«

Ich zog die Augenbrauen hoch.

»Ich würde gern mitkommen und es mir ansehen«, sagte Aster.

»Warum?«

»Warum? Na um es mir anzusehen, wie gesagt«, antwortete sie. »Von meinem Fenster aus konnte ich nur das Leuchten erkennen. Aber ich konnte nicht feststellen, wo es herkam. Kann ich dich begleiten?«

»Nein.«

»Ach, komm. Bitte!«

»Ich habe Nein gesagt.« Ich setzte meinen Nachhauseweg fort.

Aster rannte ein Stück, um mich einzuholen. »Ist das dein Ernst? Warum reagierst du so bescheuert?«

Sie ging schweigend neben mir her. Dann fügte sie hinzu: »Ich will mich nicht darüber lustig machen. Es geht mir nur drum, es zu sehen.« Sie blieb stehen. »Ich wollte bloß nett zu dir sein. Schließlich könnte ich auch einfach rüberlaufen und es mir ansehen, ohne dich zu fragen. Das hier ist ein freies Land, weißt du.«

Ich seufzte und blieb stehen.

»Heißt das Ja?«, fragte sie.

»Glaub schon. Aber nicht jetzt gleich.«

»Warum nicht?«

»Wenn du jetzt kommst, kannst du nichts sehen. Es ist Tag. Du musst warten, bis es dunkel wird.«

»Tja, wie wär's dann, wenn ich nach dem Abendessen komme?«, fragte Aster. »Ich wohne ganz in der Nähe. Bist du dann zu Hause?«

Ich zuckte mit den Achseln. »Wahrscheinlich.«

»Dann bis nachher«, sagte sie und lief davon.

Ich sah ihr nach und fragte mich, ob es eine gute Idee war, wenn sie bei mir vorbeikam. Aber vielleicht würde es auch gar nicht so schlimm werden. Trotzdem ... irgendwas war seltsam an ihr – als würde der glückliche Teil von ihr fehlen –, aber zumindest riss sie keine blöden Witze über unser Haus, so wie Ethan Park. Außerdem war ich an seltsame Leute gewöhnt. Schließlich war ich ein Blevins.

Beim Abendessen versuchte ich darauf zu achten, ob es an die Tür klopfte, aber Lukas quasselte die ganze Zeit von seinem Fußballtraining. Ich sagte ihm, er solle den Mund halten, aber daraufhin redete er noch mehr und fragte mich, warum es mich plötzlich kümmerte, ob er redete oder nicht.

Schließlich hörte ich ein Klopfen. Lukas sprang hoch und rannte zur Haustür. Ich hinterher.

»Lukas, das ist für mich!«

»Niemals!« Er riss die Tür auf.

Auf unserer Veranda stand ein Polizist. In der Abenddämmerung begann das Leuchten von draußen sichtbar zu werden und hüllte ihn in Blau. »Ist eure Mutter oder euer Vater zu Hause?«

»Ja«, antwortete Lukas. »Unsere Mutter ist da. Ich kann sie holen.« Er rief über die Schulter: »Mom! Da steht ein Bulle auf der Veranda!«

»Was?«, ertönte Moms Stimme aus dem hinteren Teil des Hauses. »Wer steht auf der Veranda?«

»Ein Bulle!«, schrie Lukas.

Mom kam zur Haustür geeilt.

Der Polizist blickte ins Notizbuch. »Sind Sie Mrs Blevins?«

»Ja?«

»Es gibt eine Beschwerde. Offenbar hätte ein Nachbar gern, dass Sie die Beleuchtung abschalten.«

»Welcher Nachbar?«

Der Polizist legte die Stirn in Falten. »Das wollen Sie lieber gar nicht wissen. Wirklich nicht.«

»Ich wette, ich weiß es schon. Gibt es ein Gesetz gegen Beleuchtung?«

»Wahrscheinlich nicht«, erwiderte der Polizist. »Aber ich erhielt den Auftrag vorbeizukommen, was ich hiermit getan habe.«

»Also dann danke fürs Vorbeikommen, Mr ...«

»Franklin. Gregory Franklin. Gern geschehen. Vielleicht können Sie versuchen, die Beleuchtung runterzudrehen.«

»Das versuche ich ja schon. Ich nehme an, Sie kennen nicht zufällig einen guten Elektriker?«

»Nein«, antwortete er. »Ich bin erst vor zwei Wochen hierhergezogen.« Er tippte auf das Namensschild an seiner Brust. »Wegen des Jobs. Ich weiß noch nicht viel über die Gegend und die Leute hier.«

Mom dankte ihm noch einmal und wollte gerade die Tür zumachen, da war vom Kiesweg eine Stimme zu hören: »Dad?«

Der Polizist drehte sich um. »Aster? Was machst du denn hier?«

»Ich besuche Markus. Er ist in meiner Klasse. Ich wollte sein leuchtendes Haus sehen.«

»Weiß Mom, dass du hier bist?«

»Ja. Mom weiß, dass ich hier bin.« Sie sagte die Worte langsam, jedes einzeln.

Der Polizist wandte sich meiner Mutter zu. »Entschuldigen Sie uns für einen Moment.«

Er ging mit Aster zum Kiesweg zurück. Ich beobachtete, wie sie miteinander redeten. Der Polizist fuchtelte mit den Armen. Aster verschränkte ihre. Seine Haut war weiß wie meine und die von Aster war dunkelbraun. Er stieg wieder in sein Polizeiauto und fuhr weg, warf mir im Davonfahren aber durchs Fenster noch einen Blick zu.

Aster kam zu uns zurück. »Tut mir leid. Meine Eltern sind immer ziemlich besorgt um mich.«

»Ist das dein Vater?«

»Ich weiß, was du denkst. Er ist weiß. Ich bin schwarz. Na und? Ich bin adoptiert.«

»Ich hab eigentlich gar nichts gedacht«, gab ich zurück.

»Warum war er hier?«, fragte Aster.

»Das Haus«, antwortete ich. »Das ganze Licht. Ein paar Nachbarn haben sich offenbar beschwert.«

»Nicht *ein paar* Nachbarn«, sagte Mom. »*Ein* Nachbar. Die anderen in der Gegend scheinen ziemlich verständnisvoll zu sein.« Mom stellte sich Aster vor, warf mir einen schiefen Blick zu und ging nach drinnen.

Aster musterte das Haus ausgiebig. »Das ist alles?«

»Das ist alles.«

Je weiter die Dämmerung fortschritt, desto heller leuchteten die Wände. Im Licht waren die winzigen Insekten und Motten zu sehen, die darum herumschwirrten.

»Ethan hat nicht gelogen. Es ist ein Haus voller Insekten. Seltsam.«

»Wenn du Witze darüber reißen willst, geh ich rein.«

»Ich stelle nur die Tatsachen fest. Kann ich es anfassen?«

»Ich glaub schon.«

Aster streckte zwei Finger aus und tippte an unser Treppengeländer. Dann legte sie den Handrücken ans Holz. »Es kribbelt ein bisschen. So, wie wenn man an einer 9-Volt-Batterie leckt. Ist es ungefährlich? Darin zu wohnen, meine ich. Woher weiß man, dass es einen im Schlaf nicht umbringt?«

Ich zuckte mit den Achseln. »Es hat erst gestern Abend angefangen.«

»Wie schaltest du es ein?«

»Gar nicht. Wir haben es nicht eingeschaltet. Aber ich wünschte, ich wüsste, wie ich es abschalten kann.«

»Warum?«

»Warum? Weil es seltsam ist, genau wie du gesagt hast.«

»Es ist zwar seltsam, aber es ist auch cool.« Sie sah mich

an. »Wie die meisten Dinge, die ich mag. Leuchtet es drinnen auch?«

»Nur außen.«

Eine Waschbärenfamilie kam auf uns zu, blieb dann mehrere Meter von uns entfernt stehen und starrte das Haus an. Das Licht spiegelte sich in ihren schwarzen Augen.

»Hast du sie gesehen?«, fragte Aster.

»Die Waschbären? Ja. Man gewöhnt sich an die ganzen Tiere.«

»Warum glotzen sie so?«

»Weiß ich nicht. Das Leuchten scheint alles anzuziehen, was – oh, wie heißt das Wort für Tiere, die nachts wach sind?«

»Nachtaktiv?«

»Richtig. Wenn du dableibst, wirst du Fledermäuse und Eulen sehen ...«

»Ich liebe Fledermäuse.«

»Du *liebst* Fledermäuse?«

»Tue ich. Ich mag ihre Art zu fliegen. Und ich mag, dass echte Fledermäuse genauso aussehen wie auf Zeichnungen. Wenn sie fliegen, wirken sie so ... so eigenartig, eben wie Fledermäuse. Was für Tiere noch?«

»Also gestern Abend hatten wir Kojoten. Oder zumindest haben wir Kojoten gehört, gesehen habe ich keinen. Aber es kommen eine Menge Nachtvögel. Und Motten ...«

»... und Insomniker.«

»Insom-*was*?«

»Leute mit Schlafstörungen. Zu denen gehöre ich. Insomniker. Ich schlafe nicht besonders gut. Ich wache oft mitten in der Nacht auf.«

»Warum?«

»Warum ich nicht schlafen kann? Das ist eine lange Geschichte. Aber deswegen habe ich das Leuchten bei euch gesehen. Vielleicht bin ich sogar davon aufgewacht. Ich weiß noch, wie ich die Augen aufgemacht habe und plötzlich alles in meinem Zimmer blau war. Da habe ich aus dem Fenster gesehen und die blaue Lichtsäule entdeckt, die in den Himmel aufstieg.«

»Der Schornstein. Komm, ich zeig's dir.« Ich zog Aster von der Veranda herunter in Richtung Straße.

»Genau das habe ich gesehen«, flüsterte sie. »Es ist wie ein Signal an Wesen in der Nacht.«

Aster starrte auf die Lichtsäule. Wir beobachteten, wie die Motten hindurchflatterten, bis wir Schritte hörten und uns umdrehten.

Ein magerer Mann in einem schmutzigen karierten Hemd überquerte die Straße in unsere Richtung, den Blick auf unser Haus gerichtet. Seine langen Haare waren über den Ohren grau und darunter braun. Sein grauer Bart reichte ihm bis auf die Brust.

Er ging direkt in unseren Vorgarten, blieb unter dem Ahornbaum stehen und setzte sich dann im Schneidersitz auf den Rasen, ohne das Haus aus den Augen zu lassen. Sein schwarzes Brillengestell war mit Klebeband geflickt.

»Das muss noch ein Insomniker sein«, sagte Aster.

Der Mann im Baum

Der fremde Mann setzte sich mit dem Rücken an den Ahornbaum, betrachtete unser leuchtendes Haus und lachte in sich hinein.

Aster stieß mich mit dem Ellbogen an. »Geh und red mit ihm.«

»Ich?«

Sie gab mir einen Schubs. »Geh schon.«

Ich machte ein paar Schritte auf den Mann zu. »Hallo?«

»Es ist nie so bequem, wie es aussieht«, sagte er. »Ich dachte, es wäre angenehm, unter diesem Baum zu sitzen, aber der Boden hier ist ziemlich hart. Wahrscheinlich wegen … wegen der Teile des Baums, die unter der Erde wachsen. Ich wünschte, ich hätte ein Kissen.« Sein Blick war aufs Haus fixiert.

»Kann ich Ihnen irgendwie helfen?«, fragte ich.

Er löste den Blick kurz vom Haus und sah mich freundlich an. »Du hast nicht zufällig ein Kissen?«

Aster kam näher. »Sind Sie … sind Sie Insomniker?«

»Insomniker. *In* wie *nicht*. *Somnus* wie *Schlaf*. *Kein Schlaf*. Oh. Das trifft wohl auf mich zu. Ich habe seit Jahren nicht geschlafen.«

»Das dachte ich mir schon«, erwiderte Aster. »Was machen Sie hier?«

Der Mann war zu sehr damit beschäftigt, das Haus anzustarren, um zu antworten. Aster wiederholte ihre Frage.

Er warf ihr ein kurzes Lächeln zu. »Das weiß ich noch nicht. Und was machst *du* hier?«

»Ich wurde eingeladen«, antwortete Aster. »Sozusagen. Jedenfalls können Sie nicht einfach hier auf dem Rasen sitzen, als würde das Grundstück Ihnen gehören. Das hier ist ein Privathaus. In dem eine Familie wohnt. Es ist kein Obdachlosenheim. Hier war gerade ein Polizist, wissen Sie.«

»Schade, dass ich ihn verpasst habe«, erwiderte der Mann.

Ich packte Aster am Arm, zog sie ins Haus und schloss die Tür. Dann erzählte ich Mom von dem fremden Mann.

»Was will er?«, fragte Mom.

»Er sitzt einfach nur da. Und betrachtet unser Haus.«

»Großer Gott. Hast du ihm gesagt, er soll gehen?«

»Das hab ich getan«, sagte Aster.

»Und?«

»Er ist einfach sitzen geblieben.«

Mom fuhr sich mit den Fingern durch die Haare und stieß ein Stöhnen aus. »Sorg dafür, dass Blackjack ihn nicht sieht. Der Hund dreht durch, wenn er mitbekommt, dass draußen ein Fremder ist. Und achte darauf, die Haustür abzuschließen.«

»Du willst damit sagen, du erlaubst, dass er dableibt?«, fragte ich. »Was ist, wenn er verrückt ist?«

Mom fand ein graues Haar und riss es aus. »Benutz dieses Wort nicht, Markus. Was soll ich denn sonst tun? Die Polizei noch mal kommen lassen? Für heute hat es mir gereicht.

Nichts für ungut.« Ihre letzten Worte waren an Aster gerichtet.

Aster zuckte mit den Achseln und fragte mich, ob ich sie nach Hause begleiten könne. Ich zuckte auch mit den Achseln und antwortete, warum nicht.

»Ich hab nicht etwa Angst oder so«, erklärte sie. »Ich dachte nur, du hast vielleicht Lust dazu.«

Als wir an dem Mann vorbeigingen, sagte er: »Hallo. Habt ihr das Haus hier gesehen? Es leuchtet. *Illuminetur.*«

»Wir haben uns doch gerade mit Ihnen unterhalten«, gab ich zurück.

»Ach ja? Oh, tut mir leid. Ich habe eure Namen wieder vergessen.«

»Wir haben Ihnen unsere Namen gar nicht genannt.«

»Gut. Dann habe ich sie nicht vergessen.« Er nickte. »Wie heißt ihr?«

»Ich bin Markus und das ist Aster. Und wie heißen Sie?«

Bevor er antworten konnte, sagte Aster: »Sie sollten jetzt nach Hause gehen. Wir müssen los. Sie können nicht hierbleiben.«

Der Mann sah sie verständnislos an, dann richtete er den Blick wieder auf das Haus.

Ich schüttelte den Kopf, während wir davongingen. Aster kickte einen Kieselstein vor sich her, der krumm und schief herumhüpfte.

»Also ... ähm ... warum kannst du nicht schlafen?«, fragte ich.

Aster zuckte mit den Achseln. »Ich glaube, ich ... ich denke einfach zu viel nach.«

»Worüber?«

»Weiß nicht. Über alles. Leben und Tod und so. Aber ich will dich was fragen. Ist dein Leben immer so verrückt?«

»Du meinst, ob unser Haus immer leuchtet und immer Fremde unter unserem Baum sitzen? Nein. Aber mein Bruder Lukas ist für sich genommen schon verrückt genug.«

Aster grinste. »Ich hab gehört, deine Schwester wäre die Verrückte.«

Ich spürte, wie mir eine heiße Welle ins Gesicht stieg. Ganz ehrlich, ich dachte, ich fange auf der Stelle an zu heulen.

Wir gingen ein Stück, dann meinte Aster: »Das hätte ich wahrscheinlich nicht sagen sollen.«

»Meine Schwester ist nicht verrückt.« Meine Stimme begann schon beim ersten Wort zu zerbröseln.

»Da bin ich mir ganz sicher. Es ist bloß ... Du hast das über deinen Bruder gesagt, da dachte ich, es wäre okay, wenn ich sage ... Ich sollte jetzt besser den Mund halten.«

»Ich gehe nach Hause.«

»Markus, es tut mir leid. Ich hab das nicht so gemeint.«

»Klar. Du hast es nicht so gemeint. Und ich meine es auch nicht so. Ich will einfach nur nach Hause, okay?«

Als ich wieder durch unseren Vorgarten ging, saß der fremde Mann immer noch an den Stamm unseres Ahorns gelehnt.

»Oh, hallo«, sagte er. »Ich bin bloß hier und sehe mir das Haus da an. Es leuchtet blau.«

»Das haben Sie schon gesagt.«

»Du klingst, als hättest du geweint.«

»Das geht Sie nichts an. Wie lange wollen Sie hierbleiben?«

»Das ist eine gute Frage«, erwiderte der Mann. »Was meinst du, wie lange es dauern wird?«

»Was denn?«

»Wie lange wird es dauern, bis ich weiß, warum ich hergekommen bin?«

Ich wischte mir mit dem Ärmel übers Gesicht, holte tief Luft und ging nach drinnen.

Mom saß am Küchentisch – saß einfach nur da, ohne etwas zu tun. Eine Motte schwirrte um die Lampe über ihrem Kopf.

»Er ist immer noch da«, sagte ich. »Der verrückte Kerl.«

»Nenn ihn nicht so«, ermahnte mich Mom, ohne aufzusehen. »Ich weiß, dass er noch da ist. Ich habe mich gerade mit ihm unterhalten.«

Ich schloss die Haustür ab, dann sah ich durch die Glasscheibe nach draußen. Der Mann saß lächelnd auf dem Boden. Auf dem Baum über seinem Kopf klammerten sich drei Waschbären an einen Ast. Alle – der Mann und die Tiere – starrten auf unser Haus und in sämtlichen Augen spiegelte sich dasselbe blaue Licht.

»Ich glaube, er ist verrückt«, sagte ich, »und wahrscheinlich gefährlich. Was ist, wenn er Jannie etwas antut?«

»Ich weiß. Du hast recht. Als ich rausgegangen bin, war ich entschlossen, ihn zum Weggehen zu bewegen oder die Polizei zu rufen. Ich meine, er kann hier nicht bleiben, oder? Es geht nicht, dass sich ein fremder Mann in unserem Vorgarten niederlässt. Das weiß ich. Es ist mir völlig klar. Aber dann ... Dann hat er etwas gesagt und jetzt weiß ich nicht, was ich tun soll.«

»Was hat er gesagt?«

»Er sagte ... er sagte: ›Oh, Wunder über Wunder.‹«

»Das ist alles?«

»Das ist alles. Ich habe keine Ahnung, was er damit meinte. Aber aus irgendeinem Grund hat mich das gebremst. Ich weiß, dass ich das schon einmal gehört habe. Genau diese Wendung. Und ich weiß, dass sie ... von Bedeutung war.«

»Was meinst du damit, *sie war von Bedeutung*? Ich verstehe kein Wort.«

»Ich weiß. Es klingt ... seltsam.«

»Und deswegen darf er jetzt hierbleiben? Weil er einen Satz aus einem Film zitiert hat?«

»Das war nicht aus einem Film. Da bin ich sicher. Und ja. Vorerst kann er bleiben.«

Als ich mich am nächsten Morgen auf den Weg in die Schule machte, waren die Waschbären fort, aber der Mann war noch da. Er lag im Gras ausgestreckt und starrte in den Baum hinauf.

Als er mich die Haustür schließen hörte, setzte er sich auf und gähnte. »Guten Morgen.«

Ich erwiderte nichts, sondern lief an ihm vorbei.

»Eine Frage an dich«, sagte der Mann. »Kommt es heute Nacht zurück?«

Ich ging weiter. »Das blaue Licht? Ich hoffe nicht.«

»Geht es immer zur selben Zeit aus?«

Ich blieb stehen. »Wie meinen Sie, *es geht aus*?«

Er schob den Ärmel hoch und tippte auf seine Armbanduhr. Die Uhr war dünn und golden, sah teuer aus und wirkte an seinem mageren, schmutzigen Arm fehl am Platz.

»Das Leuchten ist heute Nacht gegen Viertel nach drei erloschen«, sagte er. »Passiert das immer um diese Zeit?«

Ich sah an unserem Haus hoch. Im Morgenlicht war es schwer zu beurteilen, aber das Haus sah wieder normal aus. Matter als gestern. Ich rannte zurück und fasste unser

Treppengeländer an. Kein elektrisches Kribbeln. Ich drückte die flache Hand dagegen. Nichts.

Ich steckte den Kopf durch die Haustür. »Mom! Das Leuchten ist weg! Glaube ich zumindest!«

Dann rannte ich wieder raus. Wenn ich mich nicht beeilte, würde ich zu spät zur Schule kommen.

»Danke«, sagte ich, als ich wieder an dem Mann vorbeikam. »Übrigens – wie heißen Sie eigentlich?«

Der Mann zog ein Namensschild unter seinem Pullover hervor. Darauf stand in gewöhnlichen schwarzen Buchstaben *McLean*. Es sah aus wie die Namensschildchen, die man braucht, um ein Regierungsgebäude zu betreten.

Der Mann warf einen kurzen Blick darauf, dann sagte er: »McLean. Ich heiße McLean.«

Das Jo-Jo

Als ich am selben Nachmittag gerade die Schule verließ, klingelte mein Telefon. Mom sagte, sie könne nicht von der Arbeit weg, und fragte, ob ich Lukas vom Fußballtraining abholen könnte.

»Warum kann er nicht allein nach Hause laufen?«, fragte ich.

»Weil er erst in der fünften Klasse ist. Ich will nicht, dass er allein auf der Straße ist.«

»Im Ernst? Lukas ist doch noch nie blöd angemacht worden.« Das stimmte. Lukas hatte einen selbstsicheren Gang. Er wirkte immer so, als wäre er jederzeit bereit, die Fäuste zu schwingen. Mom sollte besser Lukas anrufen und ihn bitten, mich abzuholen.

Meine Einwände nützten nichts, also blieb mir nichts anderes übrig, als am Fußballplatz herumzuhocken, während Lukas und seine doofen Freunde einen schwarz-weißen Ball herumkickten.

Jannie musste mit mir warten. Ihr schien es nichts auszumachen. Sie lag mit einem Buch bäuchlings auf dem Rasen. Ich linste ihr über die Schulter. Die Seiten waren voller Schaubilder, fremd klingender Wörter und Matheformeln mit runden Klammern.

»Was liest du denn da?«, fragte ich.

Sie hielt das Buch hoch. *Kurze Einführung in die Stringtheorie* von Josef Michaelmas. Die Abbildung auf dem Umschlag sah aus wie ein Stück Faden, das unter einem Mikroskop lag.

»Ist es wegen dem Wollknäuel?«

Jannie lächelte und zuckte mit den Achseln.

»Verstehst du das Zeug?«, fragte ich.

Sie zuckte wieder mit den Achseln.

»Ich glaube nicht, dass darin von unserer Art Faden die Rede ist.«

Jannie legte die Stirn in Falten, zog ihr Notizbuch hervor und schrieb: *In der Stringtheorie geht's um Energie. Und Verbindungen. Darum geht es auch bei unserem Faden.*

»Okay«, sagte ich. »Das mit der Energie leuchtet mir ein. Davon hat er wirklich jede Menge.«

Jannie schrieb: *kinetische Energie.*

»Ich kann dir nicht folgen«, sagte ich.

Kinetische Energie ist die Energie von etwas, das in Bewegung ist, schrieb sie. *Wenn du zum Beispiel einen Ball rollen lässt oder ein Jo-Jo zum Tanzen bringst.*

»Unser Faden war nicht in Bewegung«, wandte ich ein.

Kinetische Energie kommt auch von winzigen Dingen, die in Bewegung sind, schrieb sie. *Wie subatomare Teilchen.*

»Red kein Chinesisch«, stöhnte ich. »Außerdem weiß ich, dass der Faden Energie hat. Was meinst du mit Verbindungen?«

Das weiß ich noch nicht, schrieb sie. *Aber genau das bewirkt der Faden. Er bringt Dinge miteinander in Verbindung.* Sie wandte sich wieder ihrem Buch zu. Dann zog sie ihr Notizbuch noch einmal heraus und schrieb: *Mir kommt grade eine Idee. Haben wir ein Jo-Jo zu Hause?*

Ich sagte ihr, ich hätte eins in meiner Schreibtischschublade.

Als wir zu Hause waren, rannte Jannie nach oben, um das Jo-Jo zu holen. Es war ein grünes Duncan Imperial aus Plastik mit einer ausgefransten Schnur. Jannie fand in einer Küchenschublade ein scharfes Messer und sägte die Schnur ab. Dann band sie stattdessen den schwarzen Faden daran und maß die Länge ab, bis das Jo-Jo direkt über dem Boden hing, wenn sie es mit gebeugtem Ellbogen hielt. An der Stelle machte sie noch eine kleine Schlaufe, nahm eine Schere aus der Schublade und versuchte das benötigte Stück Faden von dem Knäuel abzuschneiden.

Der Faden ließ sich nicht durchschneiden.

Jannie sah zu mir hoch. Ich zuckte mit den Achseln. Wir untersuchten die Schere, konnten aber kein Problem daran finden. Jannie griff nach dem scharfen Messer und sägte an dem schwarzen Faden, kam damit aber auch nicht zum Ziel.

»Der Knackpunkt ist nicht das Messer oder die Schere«, sagte ich, »sondern der Faden.«

Jannie lächelte und stopfte das Wollknäuel so in die Tasche ihrer Jeans, dass sie das Jo-Jo trotzdem halten konnte. Dann wickelte sie das lose Stück Faden um das Jo-Jo, band sich die zweite Schlaufe um den Finger und ließ das Jo-Jo los.

Das Jo-Jo rollte bis zum Ende des Fadens ab. Unten angekommen, drehte es sich weiter, ohne sich wieder aufzuwickeln.

»Netter Trick«, sagte ich. »Kannst du es wieder nach oben kommen lassen?«

Jannie riss das Handgelenk hoch, aber das Jo-Jo drehte sich weiter am Ende des Fadens.

Ich sah ein paar Sekunden zu. »Es scheint gar nicht langsamer zu werden.«

Jannie riss das Handgelenk noch einmal hoch, doch ohne Wirkung. Das Jo-Jo drehte sich weiter. Sie senkte die Hand, bis das Jo-Jo den Boden berührte. Es hoppelte ein Stückchen auf dem Küchenboden vorwärts, bis Jannie die Hand hob. Das Jo-Jo pendelte am Fadenende hin und her, wobei es sich weiterhin genauso schnell drehte.

Jannie hob das sich drehende Jo-Jo in die Höhe und berührte es mit der anderen Hand. Als es an ihrem Finger entlangscheuerte, surrte es, wurde aber nicht langsamer.

Sie holte tief Luft und blies in ihre Trillerpfeife. Ich musste mir die Ohren zuhalten.

Lukas polterte die Treppe herunter und kam in die Küche gerannt. »Was ist? Stimmt was nicht?«

Jannie deutete auf das Jo-Jo.

Lukas war irritiert. »Benutz die Pfeife nicht, wenn alles okay ist. Mir ist beinahe das Herz stehen geblieben.« Er betrachtete das Jo-Jo. »Hey, wie machst du das?«

Jannie hob die Augenbrauen.

»Wie lange geht das schon?«, fragte Lukas.

»Mindestens fünf Minuten«, antwortete ich.

»Wow. Das könnte Weltrekord sein«, sagte Lukas. »Das sollten wir checken.«

Jannie zog das Wollknäuel aus ihrer Tasche und deutete mit dem Kinn darauf.

Lukas verzog das Gesicht. »Oh. Schon wieder der Faden. Tja, na und? Ich meine, das ist ziemlich cool, aber wozu soll das gut sein?« Er wollte schon wieder gehen, fügte dann aber noch hinzu: »Das mit der Trillerpfeife meine ich ernst. Benutz sie wirklich nur im Notfall.«

Jannie ging nach draußen, das drehende Jo-Jo immer ein Stück über dem Boden.

Beim Abendessen baumelte das Jo-Jo an der Decke über dem Tisch. An dem Haken hing normalerweise eine alte Lampe, aber Jannie hatte sie abgenommen und den schwarzen Faden dort befestigt. Während wir aßen und uns unterhielten, drehte sich das Jo-Jo surrend weiter.

»Ist das derselbe Faden?«, fragte Mom. »Den wir in der Schachtel geschickt bekommen haben?«

Jannie nickte.

»Ich dachte, ich hätte euch gesagt, ihr sollt ihn nicht anfassen.«

Jannie zuckte mit den Achseln, dann kritzelte sie in ihr Notizbuch. *Kann ich den Faden morgen in die Schule mitnehmen?*

Mom starrte auf das Jo-Jo. »Nein, du kannst ihn nicht in die Schule mitnehmen. Ihr sollt überhaupt nicht damit spielen. Außerdem würde das nur für Unruhe sorgen.«

Jannie schob schmollend die Oberlippe vor.

»Ich glaube wirklich nicht, dass du noch mehr Aufmerksamkeit brauchst«, sagte Mom.

Jannie schrieb etwas in ihr Notizbuch, dann hielt sie es hoch. *Weil ich nicht sprechen kann? Na und? Alle anderen reden zu viel.*

Mom lachte, ohne zu lächeln. »Da hast du vielleicht recht. Aber lass uns das Jo-Jo zu Hause behalten. Und jetzt pack den Faden weg, so wie ich's gesagt habe.«

Jannie schlug sich mit der Hand auf den offenen Mund und machte Knallgeräusche in Moms Richtung – Jannies Art zu schreien. Sie rutschte von ihrem Platz, knallte ihren Teller in die Spüle, zerrte den Jo-Jo-Faden vom Haken und stampfte hinaus.

Mom stocherte mit der Gabel in ihren Kartoffeln. »Optimal gelaufen.«

»Solltest du ihr den Faden nicht wegnehmen?«, fragte ich. »Wegen der Keime und so?«

»Das sollte ich wahrscheinlich. Werde ich auch. Aber er scheint keinen Schaden anzurichten«, antwortete Mom. »Ich meine, es ist nur ein Faden, oder? Und ich bin zu müde, um mich heute Abend noch länger mit Jannie zu streiten.«

Lukas und ich halfen beim Abwasch. Keiner von uns hatte Hausaufgaben, also spielten wir Videospiele.

Ich will kurz erklären, warum mich Videospiele so begeistern. Wenn ich in so einem Spiel auf ein Problem stoße – wenn ich mit einem Kerl kämpfe oder einen Jet steuern muss oder was auch immer –, verhalte ich mich so, wie ich es im wirklichen Leben gern täte. Ich zögere nicht, wenn ich eine Entscheidung treffen muss. Ich nehme einfach meinen Blaster und haue alles weg. Und ich fange nicht an zu heulen wie ein Baby, nie nie nie.

Wenn ich mit Lukas spiele, kommt der Blaster nicht oft zum Einsatz, denn so ungefähr alles, was wir jemals zusammen gespielt haben, sind Rennspiele. Lukas fährt für sein Leben gern Auto, obwohl er darin nicht sehr gut ist. Am Ende eines Rennens ist sein Wagen immer völlig zerbeult.

»Gut, dass es nur ein Spiel ist«, sagte ich. »Im echten Leben würde ich mich höchst ungern zu dir ins Auto setzen.«

»Was redest du da? Ich bin ein fantastischer Fahrer.«

Wir spielten etwa eine halbe Stunde, als wir plötzlich Jannies Trillerpfeife hörten.

Lukas drückte auf Pause. »Wehe, sie hat diesmal nicht wirklich ein Problem, dann kriegt sie jetzt eins.«

Wir rannten raus. Ethan Park und zwei seiner Schulfreunde, Baxter und Axel, standen vor Jannie unter dem Ahornbaum. McLean saß oben in den Ästen und beobachtete die Szene unter sich.

Lukas war als Erster bei ihnen. »Was macht ihr denn da?«

»Kein Grund auszuflippen, kleiner Blevins«, sagte Ethan, ohne meine Schwester aus den Augen zu lassen. »Ich hab sie nur gefragt, ob sie mir das Jo-Jo zeigt.«

Jannie starrte Ethan auch an, die Augen zu dunklen Schlitzen verzogen.

»Sie will es dir nicht zeigen«, sagte Lukas, »also verzieh dich.«

Ethan Park war mindestens einen Kopf größer als Lukas. »Wir gehen, wann es uns passt.«

»Wie kommt es, dass es sich immer weiterdreht?«, fragte Axel. »Ist da eine Batterie drin?«

»Genau, kleines Mädchen«, sagte Ethan. »Was ist das Geheimnis hinter diesem Teil?«

»Das geht euch nichts an«, antwortete Lukas. »Jetzt verzieht euch endlich.«

Ethan drehte sich zu Jannie um. »Lass es mich mal kurz sehen. Dann gehen wir.«

Jannie schlug sich mit der Hand auf den Mund und machte ihre Knallgeräusche.

»Was ist denn bloß los mit ihr?«, fragte Ethan lachend.

»Nichts!«, brüllte Lukas.

»Warum kann sie mir dann nicht das Jo-Jo zeigen? Hey, du kleines durchgeknalltes Mädchen, lass mich das Jo-Jo sehen.«

»Sie will es dir nicht zeigen«, sagte ich. »Geh jetzt.«

»Mit dir hab ich nicht geredet, Heulsuse. Sondern mit deiner Schwester.«

Ich konnte fühlen, wie mein Gesicht heiß wurde. »Halt einfach den Mund und … und lass Jannie in Ruhe.«

»Was ist denn los? Kann sie nicht selber antworten?«

»Du weißt genau, dass sie das nicht kann.« Lukas hob die Fäuste.

»Und warum?«, fragte Ethan. »Hat sie keine Zunge?«

Jannie streckte ihm die Zunge heraus.

»Sie hat eine.« Baxter wischte sich die Nase am Ärmel ab. »Ich hab sie grade gesehen.«

»Sei still, Baxter«, sagte Ethan. »Wenn sie eine Zunge hat, dann gibt es nur noch eine andere Möglichkeit. Sie muss verrückt sein.«

Lukas machte einen Schritt auf Ethan zu. »Du hältst jetzt besser die Klappe.«

Ethan lachte. »Immer mit der Ruhe, Kleiner. Was haltet ihr davon, wenn ich euch einen Psychiater besorge? Vielleicht könnte er eurer Schwester helfen.«

Bevor Lukas zuschlagen konnte, wirbelte Jannie herum und riss dabei den Arm mit dem schwarzen Faden hoch. Das Jo-Jo flog durch die Luft und traf Ethan Park seitlich im Gesicht.

Bei dem Aufprall brach blaues Licht aus dem Jo-Jo, begleitet von einem lauten elektrischen *Krack*. Ethan flog mehrere Meter durch die Luft und landete unsanft auf dem Hintern. Er hielt sich die Hände vors Gesicht. Aus seinen Haaren stieg

Rauch auf. Baxter und Axel starrten ihn mit offenem Mund an.

Ethan rappelte sich auf. Seine Kumpels eilten zu ihm, aber er schob sie weg. Über uns war lautes Gelächter von McLean zu hören.

Auf Ethans Wange, wo ihn das Jo-Jo getroffen hatte, zeichnete sich ein roter Kreis ab. Auf seiner Haut war *Duncan Imperial* zu lesen, die Jo-Jo-Marke, nur dass die Buchstaben seitenverkehrt waren, als hätte jemand das Jo-Jo in rote Farbe getaucht und auf Ethans Gesicht gedrückt.

»Was denn?«, schrie Ethan in den Baum hoch. »Worüber lachen Sie?«

»Du siehst aus, als wärst du gebrandmarkt worden«, antwortete McLean. »Gebrandmarkt mit einem Jo-Jo-Fabrikat.«

Ethan fasste sich an die Wange und zuckte vor Schmerz zusammen. »Seien Sie still, Sie verrückter alter Mann. Halten Sie einfach das Maul.« Aus Ethans Haaren stieg immer noch Rauch auf.

Ich schniefte. »Du solltest dich besser verziehen, bevor ich meiner kleinen Schwester erlaube, dich noch mal zu treffen.«

»Sie ist verrückt. Ihr seid alle verrückt. Eure ganze Familie ist verrückt.« Ethan und seine Kumpel rannten davon.

Ich sah Jannie an. »Alles okay?«

Sie hielt das Jo-Jo hoch. Es hatte aufgehört, sich zu drehen.

Aster und Jannie

Als ich am nächsten Morgen zu meinem Schließfach ging, um meinen Rucksack loszuwerden, warteten Ethan, Baxter und Axel schon. Der größte Teil von Ethans rechter Wange war mit einem viereckigen Pflaster bedeckt. Ich grinste. Ich konnte es mir einfach nicht verkneifen.

»Was gibt's da zu grinsen?«, fragte Ethan und rammte mir die Faust in die Brust.

Ich taumelte ein Stück zurück und ließ meinen Rucksack fallen. Ethan trat mit seinem weißen Tennisschuh darauf.

»Nimm den Fuß von meinen Sachen, Ethan. Ich will bloß an mein Fach.«

»Ist wohl nicht drin«, meinte Axel.

»Ich weiß nicht, warum ihr sauer auf mich seid«, sagte ich. »Es ist nicht meine Schuld, dass dich eine Viertklässlerin aufgemischt hat.«

Ethan schubste mich wieder und im selben Moment bog Konrektor Fincher um die Ecke.

»Hey, hey. Was ist los mit euch?«, fragte Fincher. »Ich dachte, ich hätte mich klar ausgedrückt. Null Toleranz. Muss ich wieder eure Eltern anrufen?«

Ich schüttelte den Kopf. Ethan blitzte mich an. Wenigstens kamen mir diesmal nicht die Tränen.

»Was auch immer zwischen euch beiden los ist, ihr müsst damit aufhören. Und jetzt ab in den Unterricht.«

Ich verbrachte den Rest des Tages damit, Ethan aus dem Weg zu gehen. Ich versuchte auch Aster aus dem Weg zu gehen, aber sie holte mich auf dem Nachhauseweg ein.

»Markus, kann ich mit dir reden?«

»Worüber?«, fragte ich, ohne stehen zu bleiben.

»Ich möchte mich entschuldigen für ... für das, was ich über deine kleine Schwester gesagt habe. Ich hab's nicht so gemeint. Ich bin neu hier. Ich weiß nichts über euch alle. Es war bloß eine blöde Bemerkung, die mir rausgerutscht ist.«

»Schon gut.«

Aster ging neben mir her. »Ich habe überlegt ... ob es möglich wäre, sie ... sie kennenzulernen.«

»Wen?«

»Deine Schwester.«

Ich ging schweigend weiter. Ich kannte Aster kaum. Ich fragte mich, ob Jannie dieses Mädchen überhaupt mögen würde. Dann musste ich daran denken, wie Jannie das Jo-Jo durch die Luft geschleudert und Ethan Park im Gesicht getroffen hatte. Jannie brauchte von mir nicht viel Schutz, zumindest nicht vor Leuten wie Aster.

»Du kannst sie kennenlernen«, antwortete ich.

Eine Zeit lang sprachen wir nicht, dann sagte ich: »Gestern Nacht hat es aufgehört. Das Leuchten.«

»Ich weiß. Ich war wach, als es ausgegangen ist. Weißt du, wie das kam?«

»Ich wusste nicht mal, dass es nicht mehr leuchtet, bis dieser seltsame Mann es mir erzählt hat. Er war heute Morgen immer noch da. Er sagte, er heißt McLean.«

»Hat er dir auch gesagt, warum er da ist?«

Ich schüttelte den Kopf.

»Werdet ihr zulassen, dass er dableibt?«

»Mom hofft, dass er freiwillig nach Hause geht.«

»Vielleicht hat er kein Zuhause. Er wirkt ein bisschen verrückt.«

»Du solltest vorsichtig sein, wen du verrückt nennst«, sagte ich.

Wir bogen um die Ecke zu unserem Haus. Ich ertappte mich dabei, dass ich hoffte, es würde immer noch leuchten, und war gleichzeitig erleichtert, als es das nicht tat.

Ich warf Aster einen Seitenblick zu – sie hatte einen traurigen, rätselhaften Gesichtsausdruck, mit weit offenen Augen und einem Mund, der nicht lächelte. Ich fragte mich, ob sie auch in meiner Nähe sein wollte, wenn ich ein normales, langweiliges Zuhause hätte. Und ich fragte mich, ob ich ihr von dem Faden erzählen sollte. Wenn ich das tat, würde ich die Sache mit Dad erklären müssen. Ich hatte nie jemandem erzählt, dass er uns verlassen hatte. Oder verschwunden war. Oder was auch immer.

»Markus Blevins!« Mr Endo, unser Postbote, kam uns mit einer Ladung Post entgegen.

»Hallo Mr Endo. Wie gefällt's Yuko in der Mittelstufe?«

»Oh, ihre Abneigung scheint sich in Grenzen zu halten«, antwortete Mr Endo, als er vor Aster und mir im Vorgarten stehen blieb. »Sie hat erwähnt, dass ihr im selben Mathekurs seid.«

»Ja«, erwiderte ich. »Das stimmt wohl.«

Ohne Vorwarnung plumpste McLean aus dem Ahornbaum und landete auf Mr Endo. Briefe aus Mr Endos Posttasche flogen über den Rasen.

Mr Endo schrie etwas auf Japanisch, rappelte sich dann hoch und zückte eine Dose Pfefferspray, die er vor sich hielt wie ein Cowboy einen Colt.

McLean richtete sich auf und rieb sich den Kopf. »Hallo.«

»Ihr Kinder habt es gesehen.« Mr Endo wedelte hastig mit dem Pfefferspray in McLeans Richtung. »Er ... er hat die Postzustellung behindert ...«

»Ich glaube nicht, dass er Ihnen etwas tun wollte, Mr Endo«, versuchte ich zu beschwichtigen. »Das hier ist McLean. Er ist ... so was wie ein Freund von uns, sag ich mal. Er sitzt gern auf unserem Baum herum. Ich glaube, er ist nur aus Versehen auf Sie gefallen.«

»Er ist wohl eher auf mich gesprungen. Er hat die Postzustellung behindert. Er hat das Gesetz gebrochen.«

»Schwerkraft«, sagte McLean, der sich immer noch den Kopf rieb.

Mr Endo starrte ihn an, dann sammelte er seine Post auf. »Ich glaube, ich habe mir den Knöchel verstaucht. Ihr haltet ihn besser von mir fern.« Er ging davon, um mit seinen Zustellungen weiterzumachen.

Ich drehte mich zu McLean um. »Warum haben Sie das getan? Mr Endo ist in Ordnung. Sie können sich nicht einfach so auf Leute runterfallen lassen.«

McLeans Augen füllten sich mit Tränen. »Das war nicht meine Absicht.«

»Dann müssen Sie besser aufpassen.«

»Ich werd's versuchen.« Er lächelte. »Wie heißt du noch mal?«

Ich sagte ihm meinen Namen. Er nickte und bat mich dann, ihn noch einmal zu sagen.

Er musterte mein Gesicht. »Du siehst dem kleinen Mädchen ziemlich ähnlich, das vorhin hier draußen war.«

»Welches kleine Mädchen?«, fragte ich.

»Das kluge. Redet nicht viel.«

»Jannie? Sie war allein hier draußen? Bei Ihnen?«

McLean nickte. »Wir haben den Nachmittag zusammen verbracht. Sieh mal.« Er deutete auf ein rosarotes Plüschkissen, das über einem Ast hing. »Sie hat mir ein Kissen gebracht. Damit mir der Hintern nicht so wehtut.«

Ich deutete mit dem Zeigefinger direkt in McLeans Gesicht. »Sie müssen sich von meiner Schwester fernhalten.«

Ich stapfte ins Haus. Aster folgte mir und schloss die Tür hinter uns. Ich schrie Jannies Namen, obwohl sie nicht zurückschreien konnte, und fand sie in der Küche, wo sie neben ihrer Katze am Tisch saß und las.

»Bist du allein da draußen bei dem verrückten Kerl gewesen?«

Jannie machte einen Schmollmund.

»Du kannst nicht allein zu ihm rausgehen«, sprach ich weiter. »Da kann alles Mögliche passieren.«

Jannie starrte mich mit großen Augen an und rutschte auf ihrem Sitz tiefer, bis ihr Kopf nicht mehr zu sehen war.

»Kannst du dich vielleicht wieder normal hinsetzen? Es ist wirklich schwer, mit dir zu reden, wenn ich dich nicht sehen kann.«

Jannie blieb unterm Tisch.

»Du musst dich von dem Kerl da draußen fernhalten. Er könnte gefährlich sein. Du bist erst acht Jahre alt.«

Plötzlich tauchte Jannies Hand von unten auf und hielt ihr Notizbuch hoch. Da stand: *Er ist nicht gefährlich.*

»Woher willst du das wissen?«, fragte ich. »Er könnte versuchen, dich zu entführen. Kannst du jetzt bitte wieder hochkommen? Ich habe jemanden mitgebracht, der dich kennenlernen will.«

Es raschelte, dann tauchte Jannies obere Gesichtshälfte über der Tischkante auf. Sie deutete mit dem Kinn fragend in Richtung Tür, wo Aster unsere Unterhaltung – wenn man das so nennen konnte – verfolgte.

»Ja. Das ist sie«, sagte ich. »Sie ist in meiner Klasse. Sie heißt Aster.«

Jannie rutschte wieder nach unten außer Sicht.

»Wahrscheinlich möchte sie dich doch nicht kennenlernen, wenn du dich so benimmst«, sprach ich weiter. »Aber du solltest wissen, dass sie unser Haus cool fand, als es geleuchtet hat.«

Jannie setzte sich wieder auf ihren Platz.

»Hi.« Aster betrat die Küche. Sie nickte Jannie zu und setzte sich neben mich. »In welcher Klasse bist du?«

Jannie verdrehte die Augen.

»Jannie hasst Small Talk«, erklärte ich. »Sie ist in der Vierten. Wahrscheinlich könnte sie schon in der High School sein, aber Mom hat sie nur zwei Klassen überspringen lassen. Mom möchte, dass sie eine normale Kindheit hat. Jannies Lieblingsfarbe ist Azur. Nicht Blau. *Azur.* Kein Witz. Sie mag alle Tiere außer Insekten und Pferde. Sie findet, Pferde sind ... Wie heißt das Wort noch mal?«

Jannie griff nach ihrem Notizbuch und schrieb etwas auf. Sie hielt es hoch.

»*Anachronistisch.* Sie findet, Pferde sind anachronistisch.«

»Was bedeutet das?«

»Es bedeutet, sie benutzt gern komplizierte Wörter. Ihre Lieblingstiere sind Katzen. Das da ist ihre Katze. Sie heißt Verrocchio.«

Jannie wedelte mir mit der Hand zu und schrieb in ihr Notizbuch. Sie hielt es hoch. Da stand: *Chartreux.*

»Kar-träux?«, fragte Aster.

Jannie lächelte und schüttelte den Kopf.

»Es wird *Schar-trö* ausgesprochen«, sagte ich. Jannie gab mir ein Zeichen, weiterzusprechen. »Ich soll dir erzählen, dass das die Lieblingskatzenrasse von Leonardo da Vinci war. Das ist das andere, was sie mag. Sie ist verrückt nach allem, was mit da Vinci zu tun hat.«

Jannie setzte sich gerade hin. Sie faltete die Hände vor sich, schloss die Augen und holte tief Luft. Als sie die Augen mit einem leichten Lächeln wieder aufmachte, schaffte sie es, irgendwie altertümlich und mysteriös auszusehen.

»Das ist ihre Mona-Lisa-Pose.«

Aster lachte. Es war ein echtes Lachen, das mit einem echten Lächeln verbunden war. »Oh, ich kenne die Mona Lisa. Die hat Leonardo da Vinci gemalt, ich habe sie gesehen. Wir waren vor ein paar Jahren in den Sommerferien in Paris. Im Louvre-Museum. Meine Schwester und ich und meine Mom und mein Dad.«

Ich sah Aster fragend an. Ich war fast sicher, dass ich sie *Schwester* hatte sagen hören. Ich hatte gedacht, Aster wäre ein Einzelkind.

Jannie gab ihre Pose auf und beugte sich vor, die Hände vor sich ausgebreitet.

»Sie will wissen, wie die richtige Mona Lisa ausgesehen hat«, sagte ich.

Aster beugte sich auch vor, bis ihr Kopf und der von Jannie sich fast berührten. Ich hatte Jannie noch nie mit jemandem außerhalb unserer Familie so ungezwungen erlebt. Und Aster – ich kannte Aster noch nicht richtig, aber das war das erste Mal, dass ich so etwas wie einen glücklichen Gesichtsausdruck an ihr sah.

»Also, das Bild ist viel kleiner, als man es sich vorstellt«, erzählte Aster. »Es ist vielleicht so groß.« Sie hielt die Hände etwa sechzig Zentimeter auseinander. »Und es hängt hinter einer Glasscheibe, deshalb kann man nicht ganz nah ran. Und der Raum ist immer voller Leute. Aber das Gemälde ist wunderschön. Es hat erstaunliche Details. Wenn man es lange genug betrachtet, kann man sogar das dünne Spitzendings erkennen, das die Dame – Mona Lisa – über ihrem Haar getragen hat. Und es ist cool, dass Menschen aus der ganzen Welt kommen, nur um sie anzusehen.«

Jannie nickte lächelnd.

Aster sprach weiter. »Meine Familie hat den weiten Weg aus den USA zurückgelegt, nur wegen diesem Gemälde. Der Louvre ist voll mit anderem verblüffenden Zeug, aber das eine Bild, das jeder sehen will, ist die Mona Lisa. Das ist einer der Gründe, warum es so cool ist – dass es überall von allen Leuten gemocht wird. So, als hätte die ganze Welt beschlossen, dieses eine Bild auszuwählen. Ohne irgendwelche Versammlungen oder Abstimmungen oder so. Über diese eine Sache sind wir alle der gleichen Meinung. Wer weiß, warum.«

Jannie schrieb in ihr Notizbuch. *Weil wir alle miteinander verbunden sind.*

Aster zuckte mit den Achseln. »Kann schon sein. Aber ich verstehe nicht, was das mit der Mona Lisa zu tun hat.«

Aster und Jannie redeten – wenn man es so nennen kann – ein paar Minuten lang über da Vinci, dann verstummte Aster, was keiner von beiden viel auszumachen schien.

Irgendwann fragte sie: »Was denkst du über euer leuchtendes Haus?«

Jannie hielt den Daumen hoch und lächelte.

»Was ist deiner Meinung nach die Ursache dafür?«, fragte Aster weiter.

»Das wissen wir nicht«, sagte ich.

Jannie sah mich stirnrunzelnd an. Sie schrieb in ihr Notizbuch und hielt es hoch.

Es war der Faden.

»Der Faden? Welcher Faden?«, fragte Aster.

Jannie schrieb wieder in ihr Notizbuch. *Energie und Verbindungen.* Sie sprang auf und rannte nach oben. Ein paar Sekunden später hallte das Geräusch ihrer Schritte durchs Haus, als sie die Treppe herunterraste. Hinter ihr polterte ein weiteres Paar Füße.

Als beide in die Küche stürmten, rief Lukas: »Ich habe ihn nicht genommen!«

Jannie suchte die Arbeitsflächen ab, wühlte sich durch die Bücher und Papiere, die dort aufgetürmt lagen, und scheuchte damit ein paar Motten auf, dann rannte sie ins Esszimmer.

»Was ist los?«, fragte ich.

»Sie denkt, ich hätte den Faden genommen«, sagte Lukas. »Oder jemand anders. Er ist nicht in der Schachtel.«

Katzenwiege

Bevor ich Lukas Aster vorstellen konnte, kam Jannie zurück in die Küche gestürmt und schlug Lukas auf den Arm.

»Ich hab ihn nicht genommen!«, sagte er noch einmal. »Ich mache mir gar nichts aus dem blöden Faden.«

Jannie jagte wieder die Treppe hoch. Ich fragte mich, wie all das auf Aster wirken mochte.

»Wahrscheinlich sollte ich ihr beim Suchen helfen«, erklärte ich. »Sie beruhigt sich erst wieder, wenn sie ihn gefunden hat.«

»Kein Problem.« Aster stand auf. »Ich helfe mit.«

Aster und ich gingen nach oben in Jannies Zimmer. Der ganze Boden war mit riesigen Bücherstapeln bedeckt. Auf dem Stapel direkt vor mir lag obenauf das Buch von Michaelmas, *Kurze Einführung in die Stringtheorie*. Ich schlug es in der Mitte auf, aber schon das erste Schaubild, das ich sah, war so kompliziert, dass mir schwindlig wurde.

Auf Jannies Bett lagen Berge von Kuscheltieren, lauter Katzen. Die weißen Wände hatte sie zum großen Teil mit schwarzen Buchstaben bemalt. Ich erzählte Aster, dass das alles Zitate von Leonardo da Vinci waren. Es hatte Monate gedauert, bis Jannie Mom überredet hatte, ihr diese Art der Dekoration zu erlauben, aber nur wenige Tage, um die Wände von oben bis unten vollzuschreiben. Ich fand es wunderschön, aber jetzt fragte ich mich, ob Jannie dadurch nicht vielleicht noch verrückter wirkte.

Aster begann die Zitate laut vorzulesen: »*Schon lange ist mir aufgefallen, dass erfolgreiche Menschen selten die Hände in den Schoß legen und die Dinge auf sich zukommen lassen. Sie machen sich auf den Weg und gehen auf die Dinge zu.*« Aster nickte. »Das ist cool. Seltsam, dass da Vinci das vor so langer Zeit gesagt hat. Es klingt irgendwie so ... modern.«

Aster las das zweite Zitat. »*Schon die kleinste Katze ist ein Meisterwerk.* Das hier passt perfekt zu dir, Jannie. Oder vermutlich zu Verrocchio.«

Jannie lächelte.

»*Nichts stärkt die Autorität so sehr wie Schweigen.* Hmm, das hier gefällt mir am besten. Und ich glaube, ich liebe dieses Zimmer.«

Jannies Augen strahlten fast so hell wie die Verandalampe.

Aster versuchte das Zitat direkt über dem Kopfende von Jannies Bett vorzulesen, aber das hatte Jannie auf Italienisch gelassen. Da stand: *Imparare a vedere. Rendetevi conto che tutto ciò che si collega a tutto il resto.*

»Was bedeutet das?«, fragte Aster.

Aber Jannie hatte nach der Pappschachtel gegriffen – die, in der das Wollknäuel angekommen war – und wedelte mir jetzt mit der leeren Schachtel zu.

Ich richtete den Blick auf die Stapel halb gelesener Bücher und angefangener Notizbücher auf Jannies Kommode. »Ich weiß nicht, wie du in diesem Durcheinander überhaupt etwas findest.« Noch mehr Bücher füllten den Raum unter ihrem Bett.

Aster bewegte sich vorsichtig zwischen den Bücherstapeln hindurch. »Hey, ist das der Faden, den du suchst?«

Über den Teppich schlängelte sich eine schwarze Linie, mitten in die Bücherstapel hinein und wieder hinaus. Wir folgten ihren Windungen, vielleicht so wie Labormäuse, die sich auf der Suche nach Käse durch ein Labyrinth winden.

Der Faden schlängelte sich aus der Tür von Jannies Zimmer. Ich wusste nicht, wie wir ihn vorher hatten übersehen können, aber da war er, eine schwarze Schlangenlinie, die sich über den Flurboden zog. Aster und ich gingen hinter Jannie her, die dem Faden zuerst in Moms Zimmer folgte, dort weiter zu einer offenen Tür, durch die es zu unserem Dachboden hinaufging.

»Was zum Henker ...«, sagte ich. »Das ist unfassbar.«

Aster schob mich hinter Jannie die Treppe hinauf.

Wir folgten dem schwarzen Faden in die Dunkelheit unseres Dachbodens. Am oberen Ende der Treppe knipste ich das Licht an, eine einzelne Glühbirne, die an einem schwarzen Kabel von einem Dachsparren hing. Eine Motte flog aus der Dunkelheit und begann, um die Glühbirne zu schwirren. Das Licht warf lange Schatten zwischen die Kartons.

»Was sind das für Sachen?«, fragte Aster.

»Krempel, den mein Dad nach Hause geschickt hat.«

»Von wo?«

»Von überall, wo er damals auf Grabung war.«

Die meisten Kartons waren mit Weihnachtsschmuck und Babykleidung gefüllt, aber hier und da war auch eine Maske, eine Schriftrolle oder eine Terrakottafigur zu sehen.

Aster nahm eine afrikanische Kriegermaske in die Hand und hielt sie sich vors Gesicht. »Das hier sieht nicht wie Krempel aus. Euer Vater war Archäologe, stimmt's? Das ist ziemlich cool.«

»Ja, solange du damit klarkommst, dass dein Vater nie zu Hause ist.« Ich war selbst überrascht, dass ich das laut ausgesprochen hatte.

»Klingt abenteuerlich.«

»War es wahrscheinlich auch. Für ihn. Wenn er doch mal zu Hause war, hat er uns tolle Geschichten erzählt.«

»So wie die von Indiana Jones?«

»Es ging eher um Herkules und so. Ich bin mit den Sagen aus dem alten Griechenland und Rom aufgewachsen, so wie andere Kinder Hänsel und Gretel zu hören bekommen.«

»Hat er diese Maske gefunden?«

»Ja, aber wahrscheinlich in einem Souvenirshop. Er hat keine wirklich wertvollen Sachen nach Hause geschickt. Die guten Stücke landen alle im Museum. Das ist nun mal so. Aber manchmal hat er uns irgendwas gekauft. Oder uns Bruchstücke geschickt, die er ausgegraben hat.«

In Wahrheit waren die Kartons voll mit alten Scherben und Krempel, der nach Museumsmaßstäben als wertlos galt, von dem Dad sich aber nicht hatte trennen können. Also hatte er die Sachen zu uns nach Hause geschickt. Auf jedem Karton mit solchen Fundstücken stand über dem Adressaufkleber derselbe Satz in seiner Handschrift: *Sagt nicht, ich hätte euch nie etwas gegeben.*

Bevor Dad uns verlassen hatte – bevor er schneller verschwand als ein Schatten in einer Taschenlampenfabrik –, hatte ich die Angewohnheit, in diesen Kartons zu stöbern,

Masken aus den Souvenirshops aufzuprobieren oder Keramikscherben zusammenzusetzen. Aber als mir klar wurde, dass Dad nie wieder nach Hause kommen würde, hörte ich damit auf. Die Vorstellung, mich durch dieses ganze Zeug zu wühlen ... das von dem Typ stammte, der von heute auf morgen aus unserem Leben verschwunden war ... Ich glaube, ich wollte einfach nicht mehr daran erinnert werden.

Ganz anders als Jannie. Sie verbrachte immer noch ganze Samstage hier oben, packte den Inhalt jedes Kartons aus, jede Scherbe einzeln. Ich glaube, der Grund ist, dass sie so klein war, als Dad fortging, deshalb hat es ihr nicht so wehgetan. Sie kannte ihn weniger, also gab es weniger von ihm, das sie vermisste. Weniger von ihm, auf das sie böse war. Vielleicht dachte sie, sie würde ihn in diesen Kartons finden – Hinweise darauf, wer er war, dieser Mann, den sie kaum kennengelernt hatte.

»Hast du den Faden hier hochgebracht?«, fragte ich Jannie.

Sie schüttelte den Kopf, deutete dann auf die Trillerpfeife, die um ihren Hals hing – ihr Zeichen für Lukas.

»Du meinst, Lukas hat es getan?«

Sie nickte, dann zuckte sie mit den Achseln.

»Würde euer Bruder so etwas denn tun?«, fragte Aster.

»Wer weiß?«, gab ich zurück. »Lasst uns einfach das Fadenende finden und dann wieder runtergehen.«

Der Faden wand sich auf dieselbe Weise zwischen den Kartons hindurch, wie er sich durch die Bücherstapel in Jannies Zimmer gewunden hatte. Wir folgten ihm, bis wir schließlich in der hintersten Ecke des Dachbodens standen.

»Da ist das Knäuel«, sagte ich.

Es lag neben einer sorgfältig zugeklebten Pappschachtel.

Genau wie auf den anderen Kartons stand etwas darauf geschrieben, aber in Moms Handschrift. Ein einziges Wort: *Briefe.*

Jannie griff ohne zu zögern nach dem Knäuel – als hätte es nicht unser Haus mit Elektrizität aufgeladen oder ein Jo-Jo in ein Brandeisen verwandelt.

»Ihr glaubt, das hier hat euer Haus zum Leuchten gebracht?«, fragte Aster.

Jannie nickte. Aster und ich gingen hinter ihr die Treppe hinunter, während sie den losen Faden aufwickelte. Sie legte das komplett aufgewickelte Knäuel in die Pappschachtel zurück und stellte diese auf den Küchentisch.

Lukas aß gerade am Spülbecken ein Stück Pizza. »Ihr habt dieses blöde Wollknäuel wiedergefunden? Warum habt ihr es nicht einfach in den Müll geworfen? Es macht bloß Ärger.« Lukas wollte nach der Schachtel greifen, aber Jannie brachte sie schnell außer Reichweite. »Meinetwegen«, sagte er. »Behalt doch deinen blöden Faden.« Er sah Aster an. »Hi.«

»Hi«, erwiderte Aster.

Lukas machte ein paar langsame Schritte in Richtung Treppe, dann rannte er den restlichen Weg nach oben.

»Das ist mein Bruder«, erklärte ich Aster. »Wenn du jemanden als verrückt bezeichnen willst, dann nimm ihn.«

Jannie hielt Aster die offene Schachtel hin. Aster sah hinein und streckte die Hand nach dem Faden aus. Ihre Finger berührten ihn, aber nichts passierte. Keine Funken. Kein elektrischer Schlag. Nichts.

Sie wickelte ein Stück ab, sah dann von Jannie zu mir. »Ich kapier's nicht. Was ist so besonders daran?«

»Das wissen wir noch nicht«, antwortete ich.

»Wo habt ihr den Faden her?« Aster hantierte damit ohne das kleinste bisschen Angst, als wäre es ein ganz gewöhnliches Wollknäuel aus einem Handarbeitsgeschäft.

»Er kam vor ein paar Tagen mit der Post«, antwortete ich, »von jemandem, den wir lange nicht gesehen haben. Ich habe ihn angefasst und einen elektrischen Schlag bekommen. Als ich dann den Türknauf an unserer Haustür angefasst habe, ist etwas mit der Elektrizität unseres Hauses passiert. Oh, und er hat bewirkt, dass sich ein Jo-Jo stundenlang gedreht hat.«

»Dieser Faden hier hat das bewirkt?«

»Genau das glaubt Jannie.«

»Und was glaubst du?«

»Das weiß ich noch nicht, aber sie könnte recht haben.«

»Hmm. Er sieht so ... komplett harmlos aus.« Sie rollte ein Stück Faden von dem Knäuel ab und band es zu einer großen Schlaufe. »Er erinnert mich an den Faden, mit dem meine Schwester und ich früher *Katzenwiege* gespielt haben. Hast du das auch gespielt?«

»Das Fadenspiel? Ein, zwei Mal. Das ist eher was für Mädchen.«

Aster lächelte. »Ja, vielleicht schon. Ich zeig dir, wie es geht.«

»Nicht nötig.«

»Sei nicht albern. Halt einfach die Hände hoch.« Sie fädelte die Schlinge zwischen die Finger meiner beiden Hände. »Führ den Daumen hier durch. Dann mach diesen Finger frei und zieh den hier fest.«

Indem ich Asters Anweisungen folgte, kreuzte ich den Faden zwischen meinen Händen und bildete eine Abfolge von Mustern.

»Super! Siehst du«, sagte Aster, »du bist kein Mädchen und kannst es trotzdem.«

»Ja, aber warum sollte ich das können?«

»Schhh. Jetzt brauchst du nur noch den Finger hier freizumachen und den Faden straff zu ziehen, dann bekommst du die *Vier Diamanten*.«

»Au!«, rief ich.

»Was ist?«

»Es war, als hätte mich der Faden in den Finger gezwickt. Schon vorbei. Lass es mich noch mal versuchen.«

»Diese Schlinge musst du hier durchführen«, sagte Aster lachend. Es war wieder eins dieser echten Lachen von ihr. Wie schön es klang. »Nein, nicht da«, bremste sie mich. »Ja, genau. Den Daumen hier und den kleinen Finger da. Richtig. Jetzt lass einfach den hier los und zieh alles straff.«

Ich kam gar nicht dazu. Als ich den Blick auf meine Hände richtete, sah ich, wie sich der Faden bewegte. Ich hielt die Hände still. Er bewegte sich weiter. Der Faden straffte sich von ganz allein.

Unzerstörbar

Kaum hatte sich der Faden gestrafft, wurde mir angenehm kühl, eine Welle, die an meinen Fingern einsetzte und sich von dort in meinem ganzen Körper ausbreitete. Ich atmete genüsslich aus.

»Worüber lächelst du?«, fragte Aster.

»Das ... das weiß ich selbst nicht. Ich fühl mich ... gut. Als hätte mir jemand gerade kühles Wasser über den Kopf geschüttet. Aber von innen.«

»In deinem Kopf?«

Ich lachte. »Ja. In meinem Kopf.« Ich sog wieder tief Luft ein. Es war, als würde ich elektrische Energie einatmen. »Wow. Ich fühle mich echt gut.«

Die Luft um mich herum roch besser. Ich war ziemlich sicher, dass ich auch besser sehen konnte. Alle Farben leuchteten heller und alle Oberflächen bekamen scharfe Konturen. Ich sah mit einer neuen Art von Verständnis. Als ich mich umblickte, begriff ich die Küche besser als je zuvor. Es war, als würde ich die Verbindung zwischen den verschiedenen Einrichtungsgegenständen erkennen – in welcher Beziehung jedes Teil zu den anderen stand. Die Spüle befand sich nahe am Herd, sodass man ganz leicht Wasser zum Kochen holen und schmutzige Töpfe hineinstellen konnte. Der Kühlschrank stand gegenüber von Spüle und Herd, weil er die Zutaten enthielt. Der Herd stand in der Nähe des Kühlschranks, damit der Koch ein Ei nehmen und es in einen Topf mit kochendem Wasser legen konnte. Alles hing mit allem zusammen.

Ich richtete den Blick auf Aster und Jannie. Aster sah mich an und ich konnte jedes Detail ihres Gesichts lesen. Ihre hochgezogenen Augenbrauen bedeuteten, dass sie mich verwirrend fand. Und das war nicht geraten. Ich wusste es. Es war, als würde ich eine Zeitung lesen, nicht ein Gesicht. Die Art, wie ihre Mundwinkel nach oben zeigten, bedeutete, dass sie mich amüsant fand. Und die Form ihrer Augen – sie war traurig, aber nicht wegen mir. Sondern wegen etwas anderem. Den Teil konnte ich nicht richtig entziffern.

Ich sah Jannie an. Auch sie verstand ich besser. Ich konnte ihr den Wissensdurst direkt vom Gesicht ablesen. Und ich konnte sehen, warum sie mehr über den Faden wissen wollte. Sie dachte, er könnte uns zu Dad führen. Sie vermutete, dass er immer noch am Leben war. Sie wollte ihn finden und endlich kennenlernen.

Ich sah auch die Verbindung zwischen Jannie und Aster. Ich wurde nicht richtig schlau daraus, aber ich nahm so etwas wie eine gestrichelte Linie zwischen ihnen wahr, als bräuchten sie einander, wüssten es aber noch nicht.

Was auch immer mit meinem Hirn geschehen war, es machte mich … mir fehlt das richtige Wort … klüger? Weiser? Oder vielleicht war ich sozusagen endlich komplett eingeschaltet. Vielleicht war ich vor dem Kontakt mit dem Faden nur zu einem geringen Teil wach gewesen. Der Faden fuhr mein

Energielevel ganz hoch, genau wie er es mit der Verandalampe gemacht hatte. Mein Gehirn war erleuchtet und das gefiel mir.

Ich lachte. »Frag mich was.«

»Was denn?«, fragte Aster.

»Ich fühle mich klug. Frag mich was. Schnell. Frag mich ... frag mich irgendwas aus Dunwoodies Unterricht.«

»Warum?«

»Tu's einfach.«

»Hmm, okay. Welche sind die Elemente einer Geschichte?«

»Das ist leicht. Die fünf Grundelemente sind das Setting, die Figuren, der Plot, der Konflikt und die Auflösung. Das Setting muss in Bezug auf Zeit und Ort definiert sein. Die Figuren – also, da gibt's den Helden und seinen Gegenspieler, den Bösewicht. Dann ist da der Plot, das ist die Abfolge der Ereignisse. Der Plot besteht aus Exposition, steigender Handlung, Höhepunkt, fallender Handlung, Lösung – und irgendwo da drin steckt der erzählerische Köder, auch bekannt als Einstieg. Dann hat man den Konflikt, das ist das große Problem, das der Held zu lösen versucht – aua!«

»Was ist? Und wieso weißt du das alles so genau?«

»Ich ... es war ganz einfach. Es war ... es war ... autsch! Mann, der Faden ist wirklich straff.«

»Zieh nicht dran«, sagte Aster. »Ich glaube, du musst ein bisschen locker lassen.« Sie versuchte, den Faden an meiner Hand zu lösen.

»Hör auf, du machst es bloß schlimmer«, klagte ich.

»Das liegt nicht an mir«, gab Aster zurück. »Ich versuche ihn nur zu lockern. Halt einfach still. Pass auf, ich greife rein und nehme ihn dir ab, ja?« Aster griff in das Fadengeflecht und versuchte mir die Schlaufen von den Fingern zu ziehen, erreichte damit jedoch nur, dass sich unsere Hände ineinander verhedderten.

Ich erstarrte. Aster erstarrte. Der Faden bewegte sich von ganz allein, als würden unsichtbare Hände an beiden Enden ziehen.

»Was ist das?«, flüsterte Aster. Sie versuchte ihre Finger zwischen meinen hervorzuziehen, aber der Faden wurde immer straffer und presste unsere Hände dichter zusammen.

Ich schrie: »Jannie, hol eine Schere!«

Jannie sprang von ihrem Platz auf, zog eine Schere aus der Schublade und hastete zum Tisch zurück. Sie hätte mir beinahe in die Hand gestochen, als sie die offene Schere in eine der Schlaufen schob, konnte den Faden aber nicht durchschneiden. Er zog sich immer enger zusammen.

»Hol Lukas«, bat ich Jannie.

»Es tut weh«, klagte Aster.

Meine Hände waren schon ganz rot, denn der Faden schnitt mir in die Handgelenke. Asters Hände wurden zwischen meine gepresst.

Jannie kam zurückgerannt, Lukas im Schlepptau, der sich gerade seelenruhig ein paar Junior Mints in den Mund steckte.

»Was gibt's?«, fragte er.

»Lukas, nimm die Schere da und schneid den Faden von unseren Händen.«

Lukas lachte. »Wie habt ihr das denn hingekriegt? Seid ihr verliebt oder so?«

»Nein. Würdest du jetzt bitte einfach den Faden durchschneiden? Es tut echt weh.«

»Vielleicht sollte ich vorher ein Foto machen.«

»Lukas!«

»Okay. Bleib locker.« Er fand eine winzige Lücke zwischen meinen Fingern, wo er die Schere ansetzen konnte. Er drückte zu, konnte den Faden aber nicht durchschneiden. Er wurde noch straffer.

»Versuch's noch mal«, drängte ich.

Lukas fasste die Griffe der Schere mit beiden Händen. Die Muskeln in seinem Gesicht spannten sich an, als er sie gegeneinanderdrückte, aber der Faden zog sich weiter zusammen. Aster schrie vor Schmerz auf.

»Stopp«, sagte ich zu Lukas. »Es wird nur schlimmer.«

»Was machen wir denn jetzt?«, fragte Aster.

»In der Garage muss ein Teppichmesser liegen«, meinte Lukas. »Ich hole es schnell.«

»Nein!«, sagte ich. »Wir brauchen Mom.«

Lukas rief sie an. Mom ging nach dem zehnten Klingeln dran, aber Lukas konnte ihr die Situation nicht begreiflich machen.

»Sag mir noch mal, was ist das Problem?«

»Markus hat sich den Faden um die Hände gebunden und jetzt kommt er nicht mehr los.«

Moms Stimme wurde lauter. »Was hat er sich um die Hände gebunden? Spielt ihr etwa wieder mit diesem schwarzen Faden? Denn dann ... Ich habe euch gesagt, ihr sollt das Knäuel nicht anrühren.«

Ich sah Lukas an und schüttelte den Kopf. Lukas log und sagte, wir würden irgendeinen anderen Faden benutzen.

Mom seufzte. »Bindet euch einfach los und hört auf, Unfug zu machen. Ist euch klar, dass ich beim Arbeiten bin? Oder schneidet den Faden einfach durch. Aber nehmt dazu kein

Messer. Ich will nicht, dass jemand verletzt wird. Notfalls wartet ihr einfach, bis ich nach Hause komme. Es dauert nur noch eine Stunde oder so.« Sie legte auf.

»Großartig«, sagte ich.

»Wenigstens tut es nicht mehr so weh«, sagte Aster. »Vielleicht wird er lockerer.«

»Wenn es nicht mehr wehtut, kann ich dann jetzt ein Foto von euch machen?«, nervte Lukas.

»Nein!«, protestierte ich, aber Lukas zog mir das Telefon aus der Tasche und fing an, Fotos von Aster und mir zu machen.

Ein Telefon begann zu vibrieren. »Das ist meine Mutter«, stöhnte Aster. »Mein Telefon steckt in meiner hinteren Hosentasche.«

Jannie zog Asters Telefon heraus, aber Aster konnte es unmöglich halten. Jannie stellte es auf Lautsprecher.

»Hallo?«, sagte Aster.

»Wo bist du?«, fragte die Erwachsenenstimme aus dem Telefon.

»Mom, das hab ich dir doch gesagt. Ich bin bei Markus. Er wohnt ganz in der Nähe von uns.«

»Ich kenne diesen Markus nicht. Sind seine Eltern zu Hause?«

»Ähm ... nein.«

»Nein? Du kennst unsere Regel. Wer ist sonst noch da?«

»Seine kleine Schwester und sein kleiner Bruder«, sagte Aster. »Können wir später darüber reden?«

»Wir können jetzt darüber reden«, verkündete die Stimme. »Wann kommst du nach Hause?«

»Dauert nicht mehr lang.«

»Was macht ihr gerade?«

»Mom, wir hängen einfach ab.«

»Ich bin in zehn Minuten da, um dich abzuholen. Keine Minute länger. Hörst du? Wie lautet die Adresse dieses Jungen?«

»Mom!«

»Wie lautet ... Bin ich über Lautsprecher zu hören?«

»Vielleicht.«

»Aster, wie lautet die Adresse?«

Aster gab ihrer Mutter meine Adresse, dann bat sie Jannie, die Verbindung zu trennen.

»Ihr müsst mich von diesem Faden befreien, bevor meine Mutter hier ist«, sagte Aster. »Sie ist wirklich streng. Ich darf mich nicht mit Jungs verabreden, bis ich sechzehn bin. Und das gilt auch für Händchenhalten.«

»Vielleicht brauchen wir einfach eine bessere Schere. Jannie, hol Moms Nähkorb.«

Meine Mutter hatte im Wandschrank in ihrem Zimmer einen weißen Kunststoffwürfel stehen, etwa fünfzig Zentimeter breit und hoch, mit einem Handgriff oben und Metallspangen zum Öffnen und Schließen. Er war voller Knöpfe, Fadenrollen und flacher Briefchen mit Nadeln. Darin lag auch eine teure, funkelnde Metallschere, die wir nicht benutzen durften. Mom sagte, eine Stoffschere müsse besonders scharf sein.

Jannie kam mit dem Nähkorb zurück und angelte die glänzende Metallschere heraus. Sie sah aus wie eine Waffe in einem Gruselfilm, besonders in Jannies kleiner Hand. Sie schob sie vorsichtig unter dem Faden hindurch und drückte zu. Sobald die Klingen der Schere den Faden berührten, wand er sich wieder fester um meine Haut und presste meine Hände gegen die von Aster, bis ich dachte, ich würde ihr die Finger brechen. Aster und ich schrien beide gleichzeitig vor Schmerz auf.

»Es tut echt weh«, klagte Aster. Dabei kippte ihre Stimme weg.

Ich konnte sehen, wie ihr die Tränen in die Augen stiegen. Und ich spürte auch Tränen in meinen eigenen Augen. Ich wollte keinesfalls vor Aster losheulen. Aber dann sah ich sogar durch den Tränenschleier, was los war. Mit meinem erleuchteten Gehirn begriff ich plötzlich.

Der schwarze Faden wand sich im Zickzack über meine Hände, die vom Druck jetzt dick angeschwollen waren.

»Jannie«, sagte Lukas. »Hol das Teppichmesser aus der Garage.«

»Nein!«, bestimmte ich. »Seht ihr nicht? Sobald man den Faden durchzuschneiden versucht, zieht er sich fester zusammen.«

»Das ist doch verrückt«, erwiderte Lukas. »Jannie, hol schnell das Teppichmesser.«

»Das darfst du nicht tun«, erklärte ich. »Der Faden weiß, dass du ihn durchschneiden willst. Er schützt sich.«

»Ein Faden kann nicht *wissen*.«

»Vertrau mir«, bat ich. »Er weiß. Ich weiß, dass er es weiß. Ich weiß es auf dieselbe Weise, wie ich alle Elemente einer Geschichte wusste. Ich weiß es einfach. Versucht ihn nicht länger durchzuschneiden.«

»Hör mal, ich versuch ja nur, euch zu befreien, bevor die Mutter deiner Freundin hier ist. Wir haben nur noch fünf Minuten.«

Ich stöhnte. »Sie ist nicht meine Freundin.«

Jannie kam wieder hereingerannt. Lukas nahm das Teppichmesser. »Ihr müsst ganz stillhalten, dann versuche ich direkt zwischen diesen beiden Fingern zu schneiden.«

»Tu's nicht«, warnte ich.

»Halt einfach still.« Lukas führte das Teppichmesser mit beiden Händen. Er schaffte es, die Klinge zwischen meine Finger zu zwängen. »Jetzt drücke ich das Messer einfach gegen den Faden. Bewegt euch nicht.«

»Lukas ...«

»Schhh. Nicht bewegen.«

Lukas leckte sich über die Lippen. Er drückte das Messer gegen den schwarzen Faden. Ein stechender Schmerz schoss durch meine Hände, als sich der Faden zusammenzog.

»Stopp!«, schrie ich.

Lukas riss das Teppichmesser ruckartig weg und schnitt mich dabei in die Hand.

»Tut uns leid«, rief ich. »Wir versprechen dir, dass wir nicht wieder versuchen, dich durchzuschneiden.«

Der Faden wurde noch straffer.

»Ja, es tut uns leid«, sagte Aster mit fester Stimme.

Der Schmerz ließ nach. Ich betrachtete unsere Hände. Hatte sich der Faden gelockert?

»Jannie, pack die Schere und die Messer weg«, befahl ich. »Leg sie in die Schublade. Schnell. Beide Scheren. Und jetzt mach die Schublade zu.« Ich sah auf unsere gefesselten Hände hinunter. Ich rief: »Da, siehst du? Wir haben die ganzen Sachen weggepackt. Wir wussten es einfach nicht.«

Der Faden zog sich wieder zusammen.

Aster ließ keine Pause entstehen. »Wir haben nicht verstanden, wie das hier funktioniert. Aber jetzt wissen wir es.

Zumindest ein bisschen.« Sie lachte. »Im Grunde wissen wir überhaupt nicht viel.« Sie schniefte und blinzelte ein paar Tränen weg. »Aber wir fänden es super, wenn du uns ... ähm ... loslassen könntest.«

Eine Sekunde später hing der Faden lose um unsere Hände. Wir befreiten uns und ließen den Faden auf den Tisch fallen.

Plötzlich überkam mich eine warme Welle. Im selben Moment schien sich meine ganze Kraft – und die ganze Klarheit in meinem Kopf – zu verflüchtigen.

Ich schloss die Augen. Als ich sie wieder aufmachte, fand ich mich in einem Raum mit einem Tisch, einem Kühlschrank, einer Spüle und einem Herd wieder. Einer Küche? Unserer Küche? Natürlich war das unsere Küche. Ich war zu Hause.

Ich war erschöpft und wollte mich am liebsten hinlegen, notfalls auf den Boden. Ich bemerkte Aster, ein Mädchen aus meiner Schule, die vor mir stand und die Hände aneinanderrieb.

»Aster?«, fragte ich. »Was tust du hier?«

Aster starrte mich an. »Machst du Witze?«

»Was ist los?«, fragte ich. »Wie lange bist du schon hier?« Ich sah, dass Jannie und Lukas mir forschend ins Gesicht schauten. »Warum starrt ihr mich alle an?«

»Weil du wirres Zeug redest.«

Auf der Veranda waren Schritte zu hören, gefolgt von einem Klopfen an der Haustür.

»Hallo?« Eine große blonde Frau steckte den Kopf zur Tür herein. Sie trug ein marineblaues Kostüm und hatte die Stirn gerunzelt. Dann entdeckte sie Aster. »Mein Schatz, es ist Zeit zu gehen.«

»Ich weiß, Mom. Gib mir eine Sekunde.«

Asters Mutter kam durch den Flur auf mich zu. »Du musst Markus sein.« Sie streckte die Hand aus. Als ich sie schüttelte, sah sie auf meine Finger. »Was in aller Welt ist mit deinen Händen passiert?«

Ich sah nach unten. Meine Hände waren mit roten Streifen überzogen. Aus zwei Schnitten quoll Blut. Ich berührte leicht den einen Handrücken. Er tat weh.

»Ich ... ich weiß nicht.«

»Du weißt es nicht?« Asters Mutter sah mir forschend ins Gesicht, dann schüttelte sie den Kopf. »Aster, lass uns gehen.« Sie nickte Jannie zum Abschied stumm zu, dann schob sie Aster vor sich her in Richtung Tür.

»Du schubst mich«, beschwerte sich Aster.

»Du brauchst mir nicht zu sagen, was ich tue. Wir reden auf dem Nachhauseweg.« Asters Mutter schloss die Haustür hinter sich.

Ich setzte mich wieder an den Tisch zu Jannie. Das Wirrwarr aus schwarzem Faden lag zwischen uns, immer noch mit dem Knäuel verbunden.

»Kann mir bitte mal jemand sagen, was hier vor sich geht?«

»Erinnerst du dich wirklich nicht mehr?«, fragte Lukas.

»Was erinnern? Wovon redet ihr?«

Lukas erzählte es mir. Ich hätte ihm nicht geglaubt, hätten meine Hände nicht so geschmerzt und wäre ich nicht so erschöpft gewesen. Nur an eine Sache konnte ich mich erinnern: an das angenehme Gefühl, das ich gehabt hatte. Ich wusste nicht, wie ich es nennen sollte. Macht? Wissen? Glück?

Als Lukas zu Ende erzählt hatte, sagte ich: »Ich lege mich eine Weile hin. Was sollen wir mit dem Faden machen? Ihn wieder aufwickeln?«

»Ich fasse ihn nicht an«, gab Lukas zurück. »Da steckt der Teufel drin.«

Wir ließen den Faden wirr auf dem Küchentisch liegen. Jannie und Lukas gingen nach draußen, um auf Mom zu warten. Ich war so müde, dass ich kaum die Stufen zu meinem Zimmer hochkam und sofort ins Bett fiel. In weniger als einer Minute war ich eingeschlafen.

Ich wachte erst wieder auf, als es Zeit zum Abendessen war. Kaum betrat ich die Küche, entdeckte ich den Faden auf dem Küchentisch. Er war wieder zu einem ordentlichen Knäuel aufgerollt, als wäre er nie abgewickelt worden.

McLean

Zum Abendessen machte Mom Ravioli. Ich aß nicht viel, Jannie auch nicht, also blieb eine Menge übrig. Mom häufte etwas davon auf einen Pappteller, dazu ein bisschen grünen Salat und eine Scheibe Brot. Sie stieß eine Plastikgabel in eins der Ravioli und reichte mir den Teller.

»Hier. Bring das dem Mann unter dem Baum. Wie heißt er eigentlich?«

»McLean.«

»Bring das McLean.«

»Gib ihm kein Essen!«, protestierte Lukas. »Das ist, als würde man eine streunende Katze füttern. Sobald man ihnen zu essen gibt, wird man sie nie mehr los.«

»Ich habe darüber nachgedacht«, erklärte Mom. »Deshalb habe ich Soße aus der Dose genommen statt selbst gekochter. Die ist nicht gut genug, dass er bleibt. Jetzt geh und bring dem Mann das als Abendessen.«

Ich ging mit dem Pappteller und einer Pepsi-Flasche voller Leitungswasser nach draußen. McLean lag auf dem Rücken und starrte laut zählend in den Baum hinauf.

»Was tun Sie da?«, fragte ich.

»Ich analysiere das Blattwachstumsmuster. Ich versuche herauszufinden, ob die Anordnung der Blätter einer Fibonacci-Folge entspricht oder nicht.«

»Einer Fibo-*was*?«

»Einer Fibonacci-Folge. Null, eins, eins, zwei, drei, fünf, acht, dreizehn – jede Zahl ist die Summe der beiden vorhergehenden. Es ist eine wunderschöne Zahlenfolge. Viele Pflanzen folgen beim Wachsen diesem Schema. Sonnenblumen zum Beispiel. Und diese anderen Dinger – oh, wie nennt man sie gleich? Sie sind süß und zugleich säuerlich und kommen aus Hawaii.«

»Ananas?«

»Ja, Ananas. Richtig.« McLean nickte mir zu. »Worüber reden wir gerade?«

»Fibonacci-Folgen.«

»Was ist das?«, fragte McLean. »Klingt faszinierend.«

Ich schüttelte den Kopf. »Meine Mutter hat Ihnen etwas zum Abendessen gemacht.«

»Oh, wie reizend. Ich sterbe vor Hunger. Ich kann mich nicht erinnern, wann ich das letzte Mal etwas gegessen habe.«

»Noch etwas, das Sie vergessen haben«, sagte ich.

McLean bot mir an, seine Mahlzeit mit mir zu teilen. Ich erwiderte, ich hätte schon zu Abend gegessen, würde mich aber eine Weile zu ihm setzen.

»Haben Sie herausgefunden, warum Sie hier sind?«

»Habe ich nicht. Zuerst dachte ich, es wäre, um das Haus zu sehen, aber dann ging das Leuchten aus. Seither analysiere ich diesen Baum. Er ist ziemlich faszinierend. Ein Wunderwerk. Ein Rätsel. Diese vielen Äste und nur ein einziger Stamm. Wie schafft er es, nicht umzufallen?«

»Wurzeln«, sagte ich.

»Wurzeln, Wurzeln. Natürlich. Der Teil unter der Erde.« McLean schaufelte sich einen Berg Ravioli in den Mund, dann redete er mit vollem Mund weiter. »Wusstest du ... wusstest du, dass du und dieser Baum fast genau gleich seid?«

»Wie meinen Sie das?«

»Ich meine die Bestandteile. Deine Bestandteile und die Bestandteile dieses Baumes. Und sogar die Bestandteile dieses Essens. Sehr wenig Unterschied.«

»Bäume sind aus Holz. Ich bin aus ... Haut und Knochen und Haaren und solchen Dingen.«

»Das sind nur Begriffe. Du musst aus größerer Nähe hinschauen. Geh zurück bis auf die Ebene der Elemente, dann siehst du, dass dieser Baum aus denselben Substanzen besteht wie du und ich.« Er tippte sich mit der Gabel an die Wange. »Sauerstoff, Kohlenstoff, Wasserstoff, Stickstoff, Phosphor und Kalzium, dazu noch ein paar winzige Mengen hiervon und davon.« Er hielt die Gabel an den Baum. »Sauerstoff, Kohlenstoff, Wasserstoff, Stickstoff, Phosphor und Schwefel. Tausch eine winzige Menge Kalzium gegen eine winzige Menge Schwefel aus und du ... Wie heißt du noch gleich?«

»Markus.«

»Markus. Okay, also tausch eine winzige Menge von Markus' Kalzium gegen eine winzige Menge Schwefel dieses Ahornbaums aus und du ... ähm ...«

»... Markus ...«

»... könntest ein Baum sein.«

»Es ist seltsam, dass Sie sich an all diese Dinge erinnern, aber nicht an meinen Namen. Oder daran, dass ein Baum Wurzeln hat.«

»Jetzt, wo du es mir gesagt hast, erinnere ich mich wieder an die Wurzeln. Ich habe nur eine Auffrischung gebraucht«, erklärte er und tippte sich mit der Gabel an die Stirn. »Es ist alles da drin. Die ganzen Erinnerungen. Ich kann sie nur nicht immer in die richtige Reihenfolge bringen.«

»Vermutlich kommt es darauf an, wie man sie kombiniert«, sagte ich.

McLean lächelte. »So langsam kommst du der Sache näher. Es ist genau wie bei den Elementen. Kombiniert man sie auf die eine Weise, erhält man einen Baum. Kombiniert man sie auf die andere Weise, erhält man dich. Oder mich. Wenn man bis auf die Ebene der Elemente zurückgeht, gibt es zwischen dir und diesem Baum weit mehr Ähnlichkeiten als Unterschiede. Und wenn man noch weiter zurückgeht, bis auf die subatomare Ebene, sind wir uns sogar noch ähnlicher. Nimm einen beliebigen Gegenstand – den Baum hier, den Grashalm da oder dieses köstliche Essen. Was ist das noch gleich?«

»Ravioli.«

»Ravioli. Ich sollte das aufschreiben. Wenn du eines dieser Ravioli aus sehr großer Nähe betrachtest, durch ein ... wie-sagt-man-dazu ...?«

»Vergrößerungsglas?«

»Nein, nein. Stärker als das.«

»Mikroskop?«

»Richtig. Durch ein Mikroskop. Wenn du dir dieses Essen durch ein richtig leistungsstarkes Mikroskop ansiehst, kannst du Zellen und Moleküle erkennen. Jetzt kommen wir zu der Sache mit dem Kombinieren, die du erwähnt hast. Wenn man die Bestandteile auf die eine Weise zusammensetzt, erhält man Ravioli. Wenn man sie anders zusammensetzt, erhält man Holz. Oder Fleisch. Es gibt unendlich viele verschiedene Arten von Molekülen im Universum. Aber alle diese Moleküle bestehen aus Atomen. Von denen gibt es nur ungefähr einhundert verschiedene Arten – und die nennen wir Elemente. Wasserstoff, Helium, Lithium bis hin zu Uran und Plutonium und so weiter. Das komplette Universum besteht ausschließlich aus diesen etwa einhundert Substanzen.«

»Das ist ziemlich überraschend.«

»Total überraschend. Es ist kaum zu glauben, wie wenige Bestandteile es tatsächlich gibt. Aber warte. Die Atome bestehen aus subatomaren Teilchen – Protonen, Neutronen und … noch eins …«

»Elektronen?«

»Richtig. Elektronen. Und aus noch ein paar anderen Dingen, an die ich mich nicht erinnern kann. Die ganzen Atome bestehen nur aus einer Handvoll Zutaten, die unterschiedlich zusammengemixt sind.«

»Wow.«

»Warte! Stell dir vor, du hättest ein ganz besonders leistungsfähiges Wieheißtdas und könntest in diese Teilchen hineinsehen. Direkt in ein Elektron hinein. Was meinst du, was würdest du sehen?«

»Keine Ahnung.«

»Ich will es dir sagen. Du würdest nur eins sehen. Im Kern jedes Teilchens. Nur eins: ein bisschen Energie. Ein bisschen Energie in Form eines Strings.«

»Eines Strings?«

»Eine Art Fädchen. Oder Strang. Oder vielleicht könnte man es eine Sequenz nennen. Jedenfalls liegt das allem zugrunde: Strings, die vibrieren vor Energie oder Leben oder wie auch immer man es bezeichnen will. Manche Leute würden es vermutlich sogar Gott nennen.«

»Ich dachte, Sie hätten gesagt, Sie wären Lateinprofessor.«

»Vielleicht bin ich Theologe. Oder Naturwissenschaftler. Ich weiß es nicht mehr. Müssen Naturwissenschaftler nicht Latein können?«

»Ich glaube eigentlich schon.«

»Dann bin ich vielleicht ein Naturwissenschaftler. Hab ich vergessen.«

»An den letzten Teil haben Sie sich anscheinend ziemlich gut erinnert. Den Teil über die Energiefädchen.«

»Das muss am Essen liegen. Es war ziemlich lecker. Wie heißen diese Dinger gleich?«

»Ravioli.«

»Hmm. Merkwürdiger Name. Klingt lateinisch. *Ravus* für grau. Oder *rapum* für Rübe. Bestehen sie vielleicht aus Rüben?«

»Glaube ich nicht.«

»Also ... sie sind jedenfalls köstlich. Kompliment an die Köchin. Oh, und da fällt mir noch etwas anderes ein, das heute passiert ist. Eine Frau kam vorbei. Sie sah verärgert aus. Sie marschierte zum Haus und kam mit einem Mädchen wieder heraus. Die beiden sahen sich nicht ähnlich, verhielten sich aber ähnlich. Meinst du, sie sind verwandt?«

»Das war Aster und ihre Mutter. Sie sind Aster schon mal begegnet.«

»Aster.« McLean sah mich an. »Sie scheint etwa so alt zu sein wie du. Ist sie deine Freundin?«

»Was? Nein. Ich bin nicht so der Typ, der eine Freundin hat. Sie ist aus demselben Grund hergekommen wie Sie. Um das Haus zu sehen.«

»Aber jetzt leuchtet das Haus nicht mehr.«

»Stimmt. Dann habe ich ihr den Faden gezeigt.«

»Den Faden? Habe ich dir von meinen Überlegungen zu Energiefädchen erzählt?«

»Haben Sie. Ich meine eine andere Art Faden. Ich glaube, dass es vielleicht dieser Faden war, der das Haus zum Leuchten gebracht hat.«

»Vielleicht ein Energiestrang?«

»Vielleicht. Jedenfalls habe ich ihn heute Aster gezeigt und sie hat angefangen, damit zu spielen, und als Nächstes ... ähm ... hat der Faden unsere Hände zusammengebunden.«

»Natürlich hat er das«, sagte McLean. »Das ist doch logisch.«

»Was ist logisch?«

»Er hat Anziehungskräfte. Er verbindet. Bringt Universen zusammen. Er hat mich angezogen. Er hat Wie-heißt-sie angezogen.«

»Aster.«

»Aster. Richtig. Und jetzt macht er eine Art Molekül aus dir und ihr. Oder dir und ihr und mir. Und dieses Molekül hat so was wie eine Aufgabe. Einen Platz, der ausgefüllt werden muss. Auf die Weise, wie sich ein Element mit anderen Elementen verbindet, um Bäume zu schaffen und Menschen und ... oh warte ... Ravioli! Haha!«

»Von was für einer Aufgabe reden Sie?«

»Woher soll ich das wissen?« Er kratzte mit der Gabel über seinen leeren Teller. »Gab es heute Abend irgendeinen Nachtisch?«

»Nein. Meine Mutter ist immer auf Diät. Es gibt fast nie Nachtisch.«

»Schade.«

»Kann man laut sagen!«

»Mir fällt noch was anderes zum Thema Faden ein.« Er streckte die Hände aus und starrte sie an, betrachtete jeden einzelnen Finger, als sähe er ihn zum ersten Mal. »Jetzt ist es weg. Was soll's. Aber ich hatte ein Stückchen ... ein Stückchen Faden an ... an diesem Finger.« Er hielt den linken Zeigefinger hoch. »Oder an dem hier.« Jetzt hielt er den rechten Zeigefinger hoch. »Es war wichtig. Vielleicht sogar wunderschön.« Er deutete mit beiden Fingern auf das Haus. »Kann ich ihn sehen?«

»Was denn? Den Faden?«, fragte ich. »Eher nicht. Jedenfalls nicht jetzt. Ich will heute Abend nicht mal in die Nähe dieses Fadens kommen. Außerdem muss ich Hausaufgaben machen. In zwei Tagen schreiben wir eine Klassenarbeit und ich habe noch nicht mal angefangen, dafür zu lernen.«

»Vielleicht kann ich helfen. Wie lautet das Thema?«

Ich dachte kurz nach. »Nicht mal das weiß ich.«

McLean nickte. Er bedankte sich für das Abendessen und legte sich wieder unter den Baum. Ich ging ins Haus und warf einen Blick auf das Wollknäuel, das unberührt neben der Schachtel lag. Ich starrte es an und fragte mich, woraus der Faden bestand. Waren es dieselben Bestandteile, aus denen auch unser Baum zusammengesetzt war? Dieselben Bestandteile, die mich ausmachten?

Ich schlug mein Schulbuch auf. Urrgh. Wie sollte ich mich an den Stoff eines ganzen Jahres erinnern? Mein Telefon vibrierte.

Eine SMS von Aster.

Was machst du gerade?

Lernen.

Für Dunwoodie?

Ja.

Aster schrieb mir, dass ich sämtliche von Dunwoodies Elementen einer Geschichte aufgezählt hatte, als ich den Faden um den Finger gehabt hatte. Ich glaubte ihr nicht. Jetzt konnte ich mich an kein einziges erinnern.

Sorry wegen meiner Mutter, schrieb Aster. *Sie ist verrückt.*

Schon okay, schrieb ich zurück. *Meine ist auch verrückt.*

Kann ich morgen wieder vorbeikommen?

Kriegst du dann keinen Stress?

Nicht wenn deine Mutter da ist. Geht das? Wir könnten zusammen lernen.

Glaub schon.

Okay. Bis dann.

Während ich mein Telefon weglegte, fragte ich mich, ob Aster herkommen wollte, um mich zu sehen, oder bloß wegen dem Faden. Aber vielleicht war das gar nicht so entscheidend.

Vielleicht hatte McLean recht und der Faden stellte eine Verbindung zwischen Aster und mir her. Vielleicht verband er uns miteinander. Das wäre für mich völlig in Ordnung.

Der Faden um den Finger

Am nächsten Tag klopfte es nach dem Abendessen an unsere Haustür.

Lukas rannte an mir vorbei, machte die Tür auf, bevor ich es tun konnte, und brüllte mir ins Gesicht: »Markus! Deine Freundin ist da!«

»Lass das, Lukas«, rief Mom aus dem Wohnzimmer zurück. »Sie sind nicht zusammen. Außerdem hat Markus mir erzählt, dass Aster sich erst mit Jungs verabreden darf, wenn sie sechzehn ist.«

Ich spürte, wie mein Gesicht heiß wurde, während ich Aster ansah. »Wenn du trotzdem immer noch Lust hast, komm rein.«

Aster lächelte und betrat den Flur. »Wo ist der Faden?«

»Hier.« Wir gingen in die Küche und ich nahm die Pappschachtel aus dem Geschirrschrank.

»Ihr wisst nicht, von wem das Paket war?«, fragte Aster, während sie sich hinsetzte.

Ich legte die Schachtel auf den Tisch und setzte mich ihr gegenüber. »Das habe ich nie behauptet.«

»Oh. Wer hat es euch also geschickt?«

»Jemand.«

»Wer?«

»Unser Dad hat es geschickt!«, rief Lukas aus dem Wohnzimmer. »Unser Dad, der Rohrkrepierer.«

Mom befahl Lukas, still zu sein und sich um seinen eigenen Kram zu kümmern.

»Das *ist* mein Kram!«, brüllte Lukas zurück. »Ich bin sein Sohn, schon vergessen?«

Mein Gesicht begann wieder zu glühen. »Du hast ihn ja gehört.«

»Sind deine Eltern geschieden?«, fragte Aster flüsternd.

»Es ist kompliziert«, erwiderte ich.

»Das ist es immer.«

»Meine Eltern sind nicht geschieden. Wir haben meinen Vater seit einer Weile nicht gesehen.«

»Was heißt eine Weile?«

»Jahre. Jannie war damals drei. Dad war Archäologe. Er hat auf einer Insel in Griechenland gearbeitet.«

»Ich war mal in Griechenland. Mit meiner Mutter und meinem Vater und meiner Schwester.«

»Ich dachte, du wärst ein Einzelkind.«

Aster zuckte mit den Achseln.

»Die Insel gehört zu Griechenland«, erzählte ich weiter, »sie heißt Kreta. Also, da hat er gearbeitet. Wir hatten vor, hinzufahren und den Sommer mit ihm zu verbringen. Er konnte nämlich nicht nach Hause kommen, er sagte, er stecke gerade mitten in einer wichtigen Sache. Dann ist er einfach verschwunden. Niemand hat je wieder von ihm gehört.«

»Hatte er einen Unfall?«

»Woher soll ich das wissen? Wir haben keine Ahnung, ob

er einen Unfall hatte, ob er gestorben ist oder ob er einfach ... ähm ...«

»Was?«

»... abgehauen ist.«

»... schneller verschwunden ist als eine Nacktschnecke bei einer Salzparty!«, brüllte Lukas.

»Das ergibt noch nicht mal Sinn!«, brüllte ich zurück.

»Ich arbeite noch dran«, brüllte Lukas wieder.

»Und deine Mutter?«, fragte Aster. »Was glaubt sie?«

»Sie redet nicht über ihn. Jedenfalls nicht viel. Früher schon, als sie dachte, es gäbe noch Hoffnung – dass er zurückkommt oder so. Wir haben aber nie wieder von ihm gehört. Bis das Paket da kam.«

»Was war noch in der Schachtel?«, fragte Aster.

»Wie meinst du das?«

»Ich meine, die Schachtel hat doch eine seltsame Form, wenn man nur ein Wollknäuel verschicken will – so lang und schmal, findest du nicht?«

»Hm. Schon möglich. Weiß nicht. Vielleicht hatte er grade keine andere zur Hand. Früher hat er uns die ganze Zeit irgendwelche Sachen geschickt. Von all den Orten, wo er gerade gegraben hat. Als er in Ägypten war, hat er uns ein paar alte Papyrusrollen mit Hieroglyphen geschickt. Wahrscheinlich nicht echt, aber ich fand sie faszinierend. Und als er in Alaska war, bekamen wir ein paar alte Indianermasken.«

Aster nickte. »Das ist ziemlich cool. Aber der Faden hier ist das Coolste überhaupt. Verstehst du? Indianermasken und Papyrusrollen sind Dinge, die man seinen Kindern mitbringt. Aber dieser Faden ... das ist nichts zum Spielen. Verstehst du, was ich meine?«

»Ja, ich verstehe. Er ist gefährlich. Und komischerweise ist er das Einzige, was Dad uns nach all den Jahren geschickt hat. Falls er ihn überhaupt selbst geschickt hat. Aber wie gesagt, es ist kompliziert.« Ich griff nach der Schachtel und deutete auf den Adressaufkleber. »Er schrieb auf jedes Paket denselben Satz: *Sagt nicht, ich hätte euch nie etwas gegeben.* Siehst du?«

Aster nahm mir die Schachtel aus der Hand und sah sich Dads Satz an. Sie drehte die Schachtel in alle Richtungen. Man konnte hören, wie das Wollknäuel darin hin und her rollte. »Ich finde das Format der Schachtel für ein Wollknäuel nach wie vor seltsam. Meinst du, er hat es auf Kreta gefunden?«

»Keine Ahnung.«

Sie deutete auf den Poststempel. »Bedeutet das nicht, dass das Paket hier abgeschickt wurde? Hier in Tacoma?«

»Alles, was ich weiß, habe ich dir schon erzählt. Übrigens hat McLean ein paar schräge Ideen dazu.« Ich berichtete ihr, was er gesagt hatte: dass der Faden Dinge anzieht und miteinander in Verbindung bringt.

»Wie dich und mich«, erwiderte sie. »Hey, meinst du, wir sind auch mit McLean verbunden?«

»Weiß ich nicht. Ich fühl mich nicht mit ihm verbunden. Vielleicht sollten wir ihm den Faden zeigen.«

»Ich dachte, wir wollten lernen«, wandte Aster ein.

»Tun wir doch. Komm, wir zeigen ihm den Faden und dann gehen wir lernen.«

Ich schnappte mir die Schachtel und rannte zur Haustür. Aster holte mich ein, als ich bei McLean ankam. Er flocht gerade einen Kranz aus dünnen Zweigen, die er vom Baum abgebrochen hatte.

Er lächelte mich an. »Hallo. Kennen wir uns?«

»Wir kennen uns. Ich bin Markus.«

»Hey, du bist der, der mir Essen gebracht hat.«

»Genau der.«

»Es war etwas Köstliches.«

»Erinnern Sie sich, wie es hieß?«

McLean tippte sich an die Schläfe, dann seufzte er. »Nein. Ich erinnere mich nicht. Nur dass es mir geschmeckt hat. Es war fast genauso gut wie Captain Crunch mit Crunchberries. Habt ihr irgendeine Sorte Captain Crunch?«

Ich schüttelte den Kopf. »Nein, aber ich habe etwas in dieser Schachtel, das Sie sich ansehen sollen.«

McLean nahm die Schachtel, betrachtete sie eine halbe Minute und bewegte die Lippen, während er las, was darauf stand. Dann öffnete er sie.

»Faden? Logisch, Faden. Genau das, was ich brauche.« McLean wickelte sich das Fadenende um den linken Zeigefinger.

»Wir sollten nicht zulassen, dass er das tut«, warnte Aster.

»Das geht schon in Ordnung«, gab ich zurück. »Wir wissen doch inzwischen, wie wir den Faden unter Kontrolle bringen können.«

Ich wollte nicht, dass McLean verletzt wurde, aber ich wollte wissen, wie sich der Faden bei ihm auswirkte. Ob er sein Hirn auf Touren bringen würde, so wie bei mir. Konnte man mir daraus einen Vorwurf machen?

McLean klemmte sich das Fadenende zwischen die Zähne, um den Knoten um seinen Finger festzuziehen. Dann hielt er ihn hoch. »Ich kann mich immer besser an Dinge erinnern, wenn ein Stück Faden um meinen Finger gebunden ist. Als Gedächtnisstütze.« McLean schloss die Augen und legte die linke Hand an die Schläfe. »Oooh ... Ich fühle mich seltsam. Auf gute Weise.«

»Erinnern Sie sich jetzt an den Namen des Essens?«, fragte ich.

»Hmmm ... es war Soße dabei. Kleine Kissen, die mit Käse gefüllt waren. Lateinisch für Rübe. Warte! Ich weiß es. Ravioli!« Er musterte den Faden und lachte. »Siehst du, ich habe gleich gesagt, der würde mir helfen.«

»Erinnern Sie sich an meinen Namen?«, fragte ich.

»Das ist leicht. Markus. Wie Markus Aurelius, der römische Kaiser, der 161 nach Christus an die Macht kam.«

»McLean, erinnern Sie sich, wo Sie wohnen?«, fragte Aster.

»Ich wohne hier.«

»Das hier ist ein Baum.«

»Natürlich!« Er lachte wieder und sprang auf die Füße. »Acer macrophyllum! Großblättriger Ahorn! Er ... wirft im Winter das Laub ab!«

»Das ist faszinierend«, sagte Aster. »Hören Sie mir bitte kurz zu: Wo wohnen Sie, wenn Sie nicht hier sind?«

»Wo ich wohne?« McLean stieß wieder ein Lachen aus, das abrupt in einen Schmerzenslaut überging. Er blickte seine Hand an, dann lachte er erneut. *»Ich habe gelernt, dass es ausreicht, wenn ich bei Menschen bin, die ich mag.* Das hat Walt Whitman gesagt.«

»Aber wo wohnen Sie?«

McLean griff nach seiner Hand. Er lächelte. »Du stellst immer wieder dieselbe Frage. Wurde das jemals diagnostiziert?«

»Wieso diagnostiziert?«, fragte Aster.

»Als Zwangsstörung. Diese zeichnet sich häufig durch sich wiederholendes, ritualisiertes Verhalten aus, wie etwa dieselbe Frage immer wieder zu stellen. Wenn du möchtest, könnte ich dir eine Reihe von Ratschlägen ... Au!« Er griff wieder nach seiner Hand.

»McLean«, sagte ich, »wo kommen Sie her?«

Er wandte sich mir zu. »Du auch? Ich könnte dich auch testen ... Aaau! Es tut weh.«

»Was tut weh?«

»Der Faden«, klagte McLean. »Macht ihn ab.« Er begann zu weinen und hielt seinen Finger hoch wie ein Dreijähriger, der von einer Biene gestochen wurde. Aster wollte nach seiner Hand greifen, doch im selben Moment warf er sich auf den Boden. »Nicht schon wieder! Macht ihn ab!«, schluchzte er.

»Du packst seine Hand und ich halte ihn fest«, sagte ich.

Ich sprang auf McLeans Rücken. Er rollte auf die Seite und warf mich ab. Ich rappelte mich hoch und stürzte mich erneut auf ihn, diesmal setzte ich mich auf seine Brust. Aster packte seine Hand und zog am Ende des Fadens, doch der löste sich nicht.

McLeans Finger wurde rot und schwoll an. Er schüttelte und wand sich unter mir wie ein ungezähmtes Pferd.

»Lös dich, Faden!«, rief ich.

Nichts geschah. McLean schluchzte und stöhnte weiter.

»Ich glaube, der Faden mag es nicht, angeschrien zu werden«, sagte Aster. »Versuch ihn nett zu bitten.«

»*Bitte* lös dich!«, rief ich.

Der Faden blieb straff.

»Versuch du es«, sagte ich im selben Moment, als McLean mich abwarf.

Aster legte sich die Hand auf die Stirn und holte tief Luft. »Bitte lös dich ... bitte lös dich vom Finger des Mannes da.«

Der Faden fiel von McLeans Finger ab, als hätte er ihn nie abgeschnürt.

McLean setzte sich auf und rieb sich mit der Hand den geschwollenen Finger. »Au-au-au. Mein Finger tut weh. Aua, aua, aua.«

»Tut mir leid, McLean«, sagte ich. »Das hätten wir nicht tun sollen.«

Er sah mich fragend an. Ich begriff, dass er sich nicht erinnerte, was gerade passiert war. Ich sah zu Aster. Sie starrte McLean mit großen Augen an.

»Lass uns das Thema abhaken«, schlug sie vor. »Lass uns vereinbaren, den Faden nie wieder anzufassen.«

Ich nickte, während meine Augen gegen meinen Willen zum Faden zurückwanderten.

Plötzlich kam Dr. Fernos silberner Mercedes mit blitzendem Chrom und sanft surrendem Motor unsere Straße entlanggerollt. Als er sich auf der Höhe unseres Hauses befand, glitt das Fahrerfenster nach unten.

Dr. Ferno starrte durch seine dicken Brillengläser McLean an.

»Suchen Sie etwas Bestimmtes?«, fragte ich.

»Wer ist das?«, fragte Dr. Ferno zurück.

»Das geht Sie nichts an.«

»Er hält sich in meiner Nachbarschaft auf. Deshalb geht es mich sehr wohl etwas an. Sag mir, wer das ist.«

McLean sah zu dem Wagen. Bei Dr. Fernos Anblick stieß er einen Schrei aus und versteckte sich hinter dem Baumstamm.

»Er ist harmlos«, sagte Aster. »Er tut niemandem etwas. Und Ihnen eindeutig auch nicht.«

»Wer ist das?«, fragte Dr. Ferno erneut.

»Sein Name ist McLean und er hat die Erlaubnis, hier zu sein.«

»Wie ist sein Name?«

»McLean.«

Dr. Ferno starrte uns weiter an, während das Fahrerfenster wieder nach oben glitt. Der Mercedes rollte davon.

»Ist er weg?«, fragte McLean mit zitternder Stimme und spähte hinter dem Baum hervor.

Aster nickte. »Was haben Sie denn?«

McLean lutschte an seinem Finger. »Das ist ein böser Mann.«

Die Abteilung für tote Briefe

Am nächsten Tag saß ich in Dunwoodies Unterricht, starrte auf den weißen Prüfungsbogen und versuchte mich an die Elemente einer Geschichte zu erinnern. Als würde mir dieses Wissen später einmal helfen, einen Job zu finden. Falls ich es tatsächlich irgendwann brauchte, konnte ich es genauso gut nachlesen. In dreißig Sekunden konnte ich eine Liste auf mein Telefon laden.

Ich sah aus dem Fenster und dachte an das Wollknäuel. Wenn ich mir den Faden erneut um den Finger band, würde ich garantiert noch mehr über Geschichten wissen als Dunwoodie selbst. Dann würde ich bestimmt alles wissen.

Wenn ich eine Antwort auf alle Fragen der Welt bekommen könnte, überlegte ich, *welche Frage würde ich dann stellen? Welches Rätsel möchte ich am dringendsten lösen?*

Ich tauchte aus meinem Tagtraum auf, als Aster mir einen Zettel zuschob. *Ich möchte, dass du nach der Schule mit zu mir kommst.*

Ich nickte Aster zu. Im selben Moment riss mir Ethan den Zettel aus der Hand, las ihn und grinste mich an. »Na, Blevins, geht's nach der Schule zu deiner Freundin?«

»Sie ist nicht meine Freundin«, widersprach ich.

»Vielleicht komme ich auch«, sagte Ethan. »Oh, und du könntest deine Schwester mitbringen, dann habe ich jemanden, mit dem ich mich unterhalten kann.«

»Im Ernst, du hältst jetzt besser den Mund.«

»Geht hier irgendetwas vor sich, von dem ich erfahren sollte?«, fragte Mr Dunwoodie hinter seinem Pult.

»Entschuldigung«, sagte Ethan. »Mein Kumpel Blevins und ich machen gerade Pläne für nach der Schule.«

»Tut das nicht in meinem Unterricht«, mahnte Mr Dunwoodie. »Konzentriert euch weiter aufs Thema – die Elemente beim Geschichtenerzählen. Und keine Unterhaltungen während der Klassenarbeit.«

Ich bekam den Test ganz gut auf die Reihe, konnte mich aber nicht an das letzte Element erinnern, also schrieb ich einfach »Das große Finale« hin, denn ich wusste, dass eine gute Geschichte so etwas haben muss – zumindest die Geschichten, die mir gefallen.

Nach der Schule, als Aster und ich zu ihr nach Hause gingen, spähte ich die ganze Zeit über die Schulter, um zu sehen, ob Ethan oder seine Kumpel uns folgten.

»Das hat er nur so gesagt«, meinte Aster. »Er wird nicht zu mir nach Hause kommen. Außerdem, selbst wenn, meine Mutter würde ihn verjagen.« Sie lachte. »Und nur um dich zu warnen – sie wird auch zu dir nicht besonders freundlich sein. Das hat nichts mit dir persönlich zu tun. Sie ist die Oberaufpasserin. Und sie misstraut grundsätzlich allen Jungs.« Aster kickte einen Kieselstein weg. Er hüpfte kreuz und quer über den Gehweg. »Ich kann ihr noch so oft sagen, dass wir nur Freunde sind. Sie hört gar nicht zu. Ich meine,

Jungen und Mädchen können doch einfach Freunde sein, und du und ich, wir sind einfach Freunde, stimmt's?«

»Eindeutig«, bestätigte ich.

Vor ihrem Haus parkte ein Polizeiwagen. »Sieht aus, als wäre Dad zu Hause«, sagte Aster.

Im selben Moment kam ihr Vater heraus und begrüßte sie, bevor er sich mir zuwandte. »Markus, hab ich recht?«

Ich nickte.

»Wie ist sie heute drauf?«, fragte Aster.

»Alles gut«, erwiderte ihr Vater leise. »Sei einfach ein bisschen vorsichtig. Und versuch ab und zu zu tun, was sie sagt.« Er drückte Aster einen Kuss auf die Stirn und ging zu seinem Wagen.

Aster machte die Haustür auf. Mrs Franklin stand mit verschränkten Armen in der Diele, als hätte sie auf uns gewartet. Als ich Hallo sagte, warf sie mir einen ziemlich finsteren Blick zu.

Vielleicht hatte Mrs Franklin recht damit, gut auf Aster aufzupassen. Jeden Tag können tödliche Dinge in das eigene Leben treten. Tödliche Dinge können durch die Haustür hereinkommen oder einen im Krankenhaus besuchen oder vom Postboten auf der Veranda abgestellt werden.

»Was habt ihr vor?«, fragte Mrs Franklin.

»Nichts, Mutter«, gab Aster zurück. »Ich wollte Markus nur ein paar Sachen in der Garage zeigen. Wir arbeiten an einem wissenschaftlichen Experiment.«

»Für die Schule?«

»Irgendwie schon. Nicht direkt. Aber wir stellen nichts an, Mom.«

»Ich habe nicht behauptet, dass ihr etwas anstellt. Ich

wollte nur wissen, was ihr vorhabt. Ist das ein Problem? Wenn eine Mutter wissen will, wo ihre einzige Tochter hinwill?«

»Das ist völlig in Ordnung. Aber wir stellen nichts an.« Aster packte mich am Ärmel und zog mich durchs Haus.

Überall standen Umzugskartons herum. Wir schlängelten uns dazwischen durch, gingen zur Hintertür hinaus und in die Garage.

»Tut mir leid, aber zumindest habe ich dich vorgewarnt«, sagte sie.

»Schon okay. Meine Mutter ist auch komisch. Das sind alle Eltern mehr oder weniger.«

»Meine ist die komischste von allen.«

»Das denkt jeder. Also, was machen wir hier draußen?«

Aster schob ein paar Umzugskartons aus dem Weg, bis eine verschrammte, fleckige Kommode zum Vorschein kam. »Ich hab eine Idee wegen dem Faden.«

»Ich dachte, wir hätten vereinbart, dass wir das Thema abhaken.«

Aster starrte mich an. Genau denselben Blick hatte ich schon mal bei Mom gesehen, als sie Lukas wegen einer Sache befragt hatte, die er abstritt. *Hast du die Lampe umgeworfen?*, hatte sie ihn gefragt und ihm dann ins Gesicht gestarrt – genau wie Aster mich jetzt anstarrte. Vermutlich wussten Mom und Aster beide, dass Körpersprache weit aussagekräftiger ist als Worte.

»Ich weiß, du warst einverstanden, es abzuhaken«, erwiderte Aster, »aber ich glaube nicht, dass du es wirklich so gemeint hast. Ich glaube nicht, dass du der Versuchung widerstehen kannst. Deswegen habe ich überlegt, ob wir den Faden vielleicht weniger gefährlich machen könnten.«

»Wie denn?«

»Vielleicht finden wir etwas, womit wir seine Energie lenken können.« Sie zog die oberste Schublade auf und begann sich durch Schrauben, Muttern, Unterlegscheiben und andere gebrauchte Metallteile zu wühlen.

Sie fischte eine riesige Unterlegscheibe heraus, ungefähr vom Durchmesser eines Armreifs. Dann griff sie nach einer rostigen Seilrolle. Als Nächstes grub sie einen Metallwinkel aus, der wie ein L geformt war.

»Wonach suchst du?«, fragte ich.

»Weiß ich nicht, aber hilf mir.«

»Ich soll dir helfen, nach etwas zu suchen, aber du weißt nicht, was es ist?«

»Genau.«

Ich zog eine Schraube heraus, die komplett rostig war. »Wie wär's, wenn du den Faden hier dranbindest und sie als Halskette trägst?«

»Wie wär's, wenn du ernsthaft versuchen würdest zu helfen? Aber nimm die Schraube mit. Vielleicht bringt es was.«

»Bringt was wobei?«

Sie nahm mir die Schraube aus der Hand. »Also, vielleicht könnten wir den Faden um das eine Ende der Schraube binden und du könntest das andere Ende halten. Vielleicht würde die Schraube wie eine Art Isolierung wirken. Wenn du das richtige Teil in der Hand hättest – eine Schraube oder ein Stück Gummi oder irgendein anderes Stück Metall –, könntest du die Macht des Fadens nutzen, aber ohne dass es wehtut.«

Aster zog noch eine Handvoll anderer gebrauchter Teile aus der Schublade und damit machten wir uns auf den Weg zu mir.

Als wir bei unserem Haus ankamen, steckte Mr Endo gerade die tägliche Post in unseren Briefkasten.

»Hallo, Mr Endo«, sagte ich.

»Markus, wie geht's dir heute?«

»Gut. Was macht Ihr Knöchel?«

»Oh, schon besser. In letzter Zeit ist niemand auf mich gesprungen. Noch nicht jedenfalls. Wie ich sehe, hält euer … euer Freund immer noch den Baum besetzt. Wie geht's Jannie und Lukas?«

»Auch gut.«

»Freut mich.« Mr Endo ging leicht hinkend auf dem Kiesweg davon.

»Es ist merkwürdig, dass du euren Postboten kennst«, sagte Aster. »Für mich sind Postboten keine Leute, mit denen man sich unterhalten kann.«

»Mr Endo ist schon ewig unser Postbote. Seine Tochter Yuko ist in unserem Mathekurs.«

»Yuko ist seine Tochter? Das ist aber seltsam.«

»Warum ist das seltsam?«

»Weiß nicht. Es ist einfach seltsam zu denken, dass unsere Mitschüler Eltern mit ganz normalen Berufen haben. Wie Postbote, zum Beispiel. Und es ist seltsam, dass euer Postbote deinen Namen und den deiner Geschwister kennt.«

»Selbstverständlich kennt er unsere Namen«, erwiderte ich. »Er liest sie ja immer, wenn einer von uns Post bekommt.«

Meine Hand, die nach dem Türknauf greifen wollte, erstarrte in der Bewegung. Es war, als hätte mich plötzlich der Schlag getroffen.

»Was ist los?«, fragte Aster.

»Bleib hier«, sagte ich, rannte ins Haus, schnappte mir die

schmale, längliche Pappschachtel aus dem Küchenschrank und düste wieder zur Haustür hinaus. »Komm mit!«, rief ich Aster zu.

Mr Endo war bereits fertig mit unserem Viertel und wieder bei seinem Lieferwagen angelangt. Ich rief seinen Namen, aber er hörte mich nicht. Ich rannte schneller. Aster folgte mir. Ich rief wieder nach Mr Endo. Der schloss gerade die Tür seines Lieferwagens auf.

»Mr ... Endo!«, rief ich außer Atem. »Warten Sie eine Sekunde.«

Er wirbelte herum. »Was ist los, Markus?«

Ich hielt die Schachtel hoch. Bevor ich etwas sagen konnte, sah ich ihn lächeln.

»Ahh. Die Schachtel kenne ich.«

»Wirklich?«

»Klar. Schließlich habe ich sie adressiert.«

»Sie? Wie das?«

Als Aster bei uns ankam, stellte sie sich neben mich. Mr Endo nahm mir die Schachtel aus der Hand. Die Art, wie er sie hielt – es war, als würde er sie kennen. Ich weiß, es klingt merkwürdig, aber man hält Dinge anders, wenn sie einem vertraut sind. Überlegt mal, wie ihr ein brandneues Paar Schuhe haltet, wenn ihr sie aus dem Laden tragt. Und dann überlegt mal, wie ihr jeden Morgen eure alten Turnschuhe in die Hand nehmt, wenn ihr euch für die Schule fertig macht. Die neuen Schuhe – ihr haltet sie vorsichtig, als könnten sie zerbrechen. Aber ein altes Paar Turnschuhe ist fast wie ein alter Freund. Da ist man nicht so vorsichtig. Muss man auch nicht sein, denn zwischen euch und diesen Turnschuhen gibt es eine, wie soll ich sagen, eine Verbindung. Und so hielt Mr

Endo die Schachtel – als wäre sie sein ausgelatschtes Paar Turnschuhe.

»Es ist eigenartig«, sagte Mr Endo. »Nachdem ich diese Schachtel zugestellt hatte, hatte ich das Gefühl, ich würde sie irgendwann wiedersehen. Und hier ist sie. Schneller, als ich dachte.«

»Aber ...«

»Sie ist ziemlich lange ein John-Doe-Paket gewesen.«

»Wer ist John Doe?«

»Ach, weißt du, John Doe nennt man jemanden, dessen Name sich nicht feststellen lässt. Zum Beispiel benutzt die Polizei diesen Namen für Tote, die keinen Ausweis bei sich tragen. Oder ein Krankenhaus könnte John Doe als Namen für Patienten benutzen, die sich nicht erinnern können, wer sie sind.«

Ich dachte an McLean. Ohne sein Namensschild wäre er wahrscheinlich ein John Doe.

Mr Endo sprach weiter. »Wenn bei uns ein Brief keinen Empfänger hat, nennen wir ihn einen John-Doe-Brief. Oder ein Paket ohne Namen entsprechend ein John-Doe-Paket. Denn eigentlich soll es ja an jemanden gehen – wir wissen nur nicht, wer dieser Jemand ist.« Er betrachtete die Schachtel. »So wie das Paket hier. Bloß war mir in diesem Fall sofort klar, dass es für euch sein musste.«

»Ich verstehe kein Wort.«

»Es lag ewig in der BEZ herum. Mehrere Jahre.«

»Jahre?«

»Mindestens zwei oder drei.«

»Was ist die BEZ?«

»Die Briefermittlungszentrale. Früher nannten wir sie die

›Abteilung für tote Briefe‹. Klingt interessanter, als es ist. Es ist einfach ein großer Raum im Hauptpostamt, direkt neben dem Pausenraum. Das ist die Endstation für nicht zustellbare Post. Das meiste wird innerhalb eines Monats vernichtet, aber dieses Paket hier ... Aus irgendeinem Grund blieb es da. Vielleicht wegen der Briefmarken.« Mr Endo lehnte sich an seinen Lieferwagen und drehte die Schachtel um, bis die Seite mit den Marken nach oben zeigte. »Ihr wisst ja, Briefzusteller zu sein ist nicht gerade der aufregendste Job der Welt, deshalb halten wir uns manchmal nicht so genau an die Vorschriften, wenn etwas Rätselhaftes bei uns auftaucht. Anstatt das Paket hier zu vernichten, behielten wir es eine Weile. Es lieferte den Angestellten mal ein anderes Gesprächsthema als der lausige Kaffee im Pausenraum.«

Eine der Briefmarken hatte sich etwas gelöst. Mr Endo drückte sie an ihren Platz zurück.

»Ich habe nicht viel mit der BEZ zu tun, außer dass ich Briefe ohne Adresse oder Empfänger vorbeibringe. Deshalb wusste ich nichts von diesem Paket, bis ich zwei Kollegen darüber reden hörte – darüber, wie sie die Briefmarken bis nach Griechenland zurückverfolgt hatten. Ich sammle gelegentlich Briefmarken. Keine wertvollen, wisst ihr, sondern welche, die interessant sind. Oder solche von Orten, an die ich gern reisen würde. Deshalb fragte ich die Kollegen, ob ich einen Blick darauf werfen könnte. Zuerst bemerkte ich nicht mal die Adresse, sondern achtete nur auf die Briefmarken. Aber dann sah ich eure Namen – deinen und den von Lukas und der kleinen Jannie. Nur eure Vornamen und den Namen der Stadt und des Bundesstaates. Keine Straßenangabe. Kein Nachname. Ich sagte: ›Hey, ich kenne doch diese Kinder. Sie wohnen in meinem Zustellbezirk. 1412 North Holly Street, Washington 98406.«

Mr Endo lachte. »Zuerst wollte mir der BEZ-Leiter nicht erlauben, das Paket zuzustellen, aber ich redete mit ihm. Ich sagte: ›Sieh mal, es ist ausgeschlossen, dass es in den USA ein anderes Haus gibt, in dem ein Markus, ein Lukas und eine Jannie wohnen.‹ Also erklärte er sich einverstanden, die Vorschriften nicht so genau zu nehmen.« Mr Endo deutete auf die Adresse, die in einer anderen Handschrift unter unseren Namen stand. »Das da ist meine Handschrift. Das habe ich geschrieben.« Damit gab er mir die Schachtel zurück.

»Haben Sie nachgesehen, was drin war?«, fragte ich.

»Wie bitte? Machst du Witze?« Mr Endos Mund wurde zu einer harten Linie.

»Ich wollte Ihnen nichts unterstellen.«

»Ich bin ein Briefzusteller des amerikanischen Postdienstes. Ich öffne keine Sendungen, die mir nicht gehören.«

»Wüssten Sie gern, was drin war?«

»Aber natürlich!«

Ich öffnete die Schachtel. Eine Motte flog heraus. Ich zeigte Mr Endo das Wollknäuel.

Er verzog das Gesicht. »Ein Wollknäuel? Das ist alles? Wozu das denn?«

»Das wissen wir nicht.«

»Seltsame Schachtel für ein Wollknäuel. Das völlig falsche Format.« Er lächelte und kratzte sich am Hals. »Das Rätselraten geht weiter, schätze ich.«

»Wir glauben, es ist von meinem Dad«, sagte ich.

»Oh, es ist eindeutig von eurem Vater.« Mr Endo nickte. »Genau das habe ich Eddie, dem BEZ-Leiter, auch gesagt. Ich sagte: ›Eddie, ich weiß nicht nur, wo diese Kinder wohnen, ich weiß auch, wer ihre Namen auf diese Schachtel geschrieben hat. Das ist die Handschrift ihres Vaters. Matthias Blevins. Er ist seit Jahren fort, aber das ist seine Handschrift. Ich bin sein Postbote. Selbstverständlich erkenne ich die Handschrift des Mannes.‹ Eddie war sich trotzdem nicht sicher, deshalb fügte ich hinzu: ›Eddie, wenn du ein Kind wärst, dessen Vater verschwunden ist, würdest du dir dann nicht wünschen, dass wir ein Paket von ihm zustellen, wenn es irgendwie möglich wäre?‹ Das hat ihn überzeugt. Trieb dem alten Edward praktisch die Tränen in die Augen.«

Mr Endo sah auf die Uhr. »Oh, Mist. Ich muss weiter, Markus.« Er öffnete die Tür seines Lieferwagens. »Die Post muss zugestellt werden.«

Ich schniefte und räusperte mich. »Mr Endo, möchten Sie die Briefmarken haben?«

Er schüttelte den Kopf. »Ach nein, behaltet sie lieber. Sie könnten ein Anhaltspunkt sein.«

Brennende Füße

»Spürst du irgendwas?«, fragte Aster.

Wir saßen im Gras und experimentierten mit den gebrauchten Teilen aus Asters Garage. Wir hatten gerade versucht, den Faden um den Schraubenkopf zu binden, während ich das andere Ende in der Hand hielt.

»Was sollte ich denn spüren?«

»Weiß nicht. Als du den Faden das letzte Mal um den Finger gewickelt hattest, hast du davon gesprochen, wie gut du dich fühlst. Wie klug du bist.«

Ich erinnerte mich dunkel daran, wie es gewesen war, die Energie des Fadens durch mich fließen zu spüren. Ich hätte nicht mehr sagen können, ob er sich warm oder kalt oder stechend oder dumpf angefühlt hatte, aber ich wusste noch, dass ich ihn gemocht hatte. Jetzt spürte ich nichts.

Als Nächstes wickelten wir den Faden um die Seilrolle. Ich hielt die Rolle, spürte aber nach wie vor nichts. Dann banden wir den Faden um den Knick in dem L-förmigen Metallwinkel und hielten beide die Enden fest. Nicht mal ein elektrisches Sirren. Ich band den Faden an die armreifgroße Unterlegscheibe und streifte sie mir übers Handgelenk.

Ich ging zuckend und schreiend zu Boden.

»Nein, bitte nicht!«, rief Aster. »Markus! Was soll ich tun?«

Ich stammelte ein paar Worte. »Hol mir ... hol mir ...«

»Was denn? Was soll ich dir holen?«

»Hol mir ... einen Keks! Und ... etwas Milch!« Ich sah zu Aster hoch und grinste breit.

Aster boxte mich in die Schulter. »Du Idiot. Das war nicht witzig. Ich dachte ... Ich dachte, du würdest sterben oder so ähnlich.« Sie rannte davon.

Ich schnappte mir das Wollknäuel und rannte hinter ihr her. »Aster, warte. Warte! Tut mir leid. Ich hab nur Quatsch gemacht.«

Sie ging weiter, ohne mich zu beachten.

»Warum bist du so aufgebracht?«

Sie drehte sich zu mir um. »Bin ich eben. Ich will nicht, dass du stirbst. Ich will nicht, dass irgendjemand stirbt.«

»Ich will auch nicht, dass irgendjemand stirbt«, sagte ich. »Lass uns zurückgehen. Es tut mir leid.«

Aster schloss kurz die Augen. »Ist okay. Ich komm schon klar. Aber jetzt gehe ich nach Hause.«

»Geh noch nicht, Aster«, ertönte eine Stimme.

Ethan Park kam mit seinen Kumpels Baxter und Axel aus der entgegengesetzten Richtung. »Ich dachte schon, wir hätten die Party bei dir verpasst, aber zum Glück haben wir dich hier gefunden. Mit deinem Freund.«

»Er ist nicht mein Freund«, widersprach Aster. »Ich gehe nach Hause.«

»Ach, sei doch nicht so«, sagte Ethan. »Geh noch nicht. Wir sind doch grade erst gekommen.«

»Ich gehe.« Aster machte ein paar Schritte, bis Baxter und

Axel sich mit verschränkten Armen vor sie stellten und den Kiesweg blockierten.

»Du kannst noch nicht gehen«, verkündete Baxter.

»Warum nicht?«

»Darum«, antwortete Axel.

Aster schüttelte den Kopf. »Darum? Das ist das Beste, was euch einfällt?«

»Weil *ich* es gesagt habe«, erklärte Ethan.

Ich ging zu Aster, das Wollknäuel fest in der Hand. Ich konnte spüren, wie Tränen in meine Augen aufstiegen.

»Geh nach Hause, Ethan. Wir wollen dich hier nicht.«

»Aber vielleicht will ich hier sein, Heulsuse«, gab Ethan zurück.

Ich biss die Zähne zusammen und versuchte die Tränen dorthin zurückzudrängen, wo sie herkamen.

»Ja, das hier ist ein freies Land.« Baxter wischte sich die Nase am Handrücken ab.

Ethan nickte. »Richtig. Vielleicht wollen meine Freunde und ich nun mal genau hier abhängen. Auf diesem schönen Stück Kiesweg. Nicht dass es hier wirklich schön wäre. Aber vielleicht finden wir diesen Ort gut, um ... oh, sagen wir mal ... mit einem Jo-Jo zu spielen. Oder so was in der Art.« Ethan griff in die Tasche und zog ein Jo-Jo heraus – eines dieser schicken mit Kugellagern. Es hatte wahrscheinlich fünfmal so viel gekostet wie mein altes Duncan Imperial.

Ethan nahm die Schnur in die Hand und ließ das Jo-Jo bis zum Ende ausrollen. Dann schwang er es im Kreis, mehr wie eine Waffe als wie ein Spielzeug. »Na, wie wär's, Heulsuse? Da deine Schwester nicht hier ist – willst du mit mir spielen?« Er stürzte auf mich zu und schwang dabei den Arm.

Das Jo-Jo traf mich an der Schulter. Es tat weh.

»Au!«, rief ich. »Lass das, Ethan.«

»Was'n los, Heulsuse?« Ethan lachte. »Keine Lust zu spielen?« Er ließ das Jo-Jo wieder im Kreis schwingen und bewegte es direkt auf mein Gesicht zu.

Ich hielt meine linke Hand hoch, um den Aufprall abzuwehren. Das Jo-Jo schrammte an meinen Fingerknöcheln entlang. Ich zuckte vor Schmerz zusammen. Tränen liefen mir übers Gesicht, aber ich schwöre, es war nicht wegen des Jo-Jo. Sondern ... tja, ich weiß auch nicht genau, was der Grund war.

»Hör auf!«, schrie Aster. »Damit kannst du jemandem richtig wehtun.«

»Genau das ist der Sinn der Sache«, erwiderte Ethan. »Es wird höchste Zeit, Blevins einen Grund zum Heulen zu geben.« Er ließ das Jo-Jo wieder kreisen.

Ich wehrte es mit der rechten Hand ab – mit der Hand, in der ich das Wollknäuel hielt. Das Jo-Jo schlug mir das Wollknäuel aus der Hand. Ethan verlagerte das Gewicht auf den anderen Fuß, um den nächsten Treffer vorzubereiten. Das Wollknäuel rollte auf dem Boden zwischen Ethan und mir herum, dabei wickelte es sich ab, hinterließ einen krakeligen Kreis aus Faden und kam vor meinen Füßen zum Stillstand.

»Bist du bereit, Blevins?« Ethan schwang seinen Arm immer schneller, bis das Jo-Jo über seinem Kopf herumwirbelte wie Hubschrauberflügel.

Er machte mit dem kreisenden Jo-Jo einen Schritt auf mich zu und trat dabei in den Kreis aus Faden. Vom Boden innerhalb des Kreises schoss eine Stichflamme hoch, als wäre das Gras mit Öl bedeckt und Ethans Fuß ein brennendes Streichholz. Die Flamme loderte eine volle Sekunde lang. Ein lautes Zischen war zu hören und eine Rauchwolke stieg auf – wie bei einem Feuerwerk am Unabhängigkeitstag.

Ethan kreischte. Und ließ das Jo-Jo los. Es flog durch die Luft und hoppelte die Straße entlang. Ethan sprang aus dem Kreis und begann im Gras herumzuhüpfen. Seine weißen Tennisschuhe qualmten. Seine Jeans war verbrannt und von den Knien abwärts schwarz.

»Au, au, au!«, schrie er und hüpfte weiter und ruderte mit den Armen. »Meine Füße brennen!« Ethan ließ sich ins Gras fallen, riss sich die Schuhe von den Füßen und warf sie auf die Straße, wo immer noch Rauch von ihnen aufstieg.

Baxter und Axel lachten, bis Ethan sie mit einem erbosten Blick zum Schweigen brachte.

»Aufhören, ihr beide. Sucht mein Jo-Jo.« Ethan humpelte hinter den Jungen her und holte sie ein, als Baxter das Jo-Jo gerade unter einem Auto hervorangelte.

Ethan schnappte es sich und drehte sich zu mir um. Seine Hosenbeine waren unterhalb der Knie verschwunden. Seine Socken qualmten noch. »Wenn du glaubst, wir wären fertig ...« Seine Stimme brach ab.

»Ja, ich bin ziemlich sicher, dass wir fertig sind.« Ich wischte mir die Nase am Ärmel ab, genau wie Baxter.

Aster lachte.

Ethan drehte sich um. »Kommt schon, ihr Idioten.« Er schubste Baxter und Axel vor sich her, während er um die Ecke humpelte.

Ich starrte auf den Kreis aus verbranntem Gras zu meinen Füßen. Er rauchte noch und roch nach verbranntem Gummi. Ich hob das Wollknäuel auf und wickelte das lose Ende auf. Es war völlig unversehrt.

Ich schniefte ein paarmal. »Ich glaube nicht, dass dieser Faden Ethan Park mag.«

»Du musst vorsichtig sein«, erwiderte Aster. »Was, wenn er beschließt, *dich* nicht zu mögen? Und übrigens bin ich dir immer noch böse.«

Aster lief davon und machte dabei einen großen Bogen um Ethans qualmende Schuhe. Sie hatte kein Wort darüber verloren, dass ich geweint hatte.

An dem Abend blieb ich lange auf, saß in meinem Zimmer am Schreibtisch, wo ich den Faden mit den Metallteilen verband, die Aster und ich zusammengesucht hatten. Ich probierte alle Kombinationen aus, die mir einfielen. Irgendwann rief Mom von unten hoch und fragte, was ich machte.

»Nichts«, rief ich zurück. »Sachen eben.«

»Geh jetzt schlafen«, sagte sie.

Ich ließ den Faden auf meinem Tisch liegen und legte mich ins Bett. Ich dachte daran, wie ich Aster wütend gemacht hatte, und daran, was Mr Endo uns über das Paket erzählt hatte.

Die Nacht war so warm, dass mir das Einschlafen schwerfiel. Ich lag ohne Bettdecke da und starrte an die Decke. Eine Stunde verging. Meine Lider wurden schwer. Dann fielen sie zu und ich schlief ein.

Ein Kitzeln an meinem rechten Handgelenk weckte mich auf. Es fühlte sich trotz des Juckreizes irgendwie angenehm an, wie eine Feder, die über meine Haut streifte. Ich glaube, ich musste sogar lächeln. Mit geschlossenen Augen versuchte ich mit der anderen Hand – der linken Hand – hinüberzugreifen, um das Kitzeln wegzukratzen.

Aber meine linke Hand ließ sich nicht bewegen.

Ich probierte es noch einmal, versuchte sie unter der Bettdecke hervorzuziehen, unter der sie sich, so dachte ich, verheddert hatte. Ich konnte sie nicht lösen. Was immer sie dort festhielt, es zog sich nur noch fester zusammen.

Ich schlug die Augen auf. Im schummrigen Licht drehte ich den Kopf, um nach meiner linken Hand zu sehen. Sie war mit einem Gewirr aus schwarzem Faden überzogen, das mich seitlich ans Bett fesselte. Ich zog an meiner rechten Hand. Sie hob sich fünfzehn Zentimeter über das Laken, bis etwas nach ihr griff. Ich drehte den Kopf in die Richtung und sah eine einzelne Fadenschlinge, die sich um mein Handgelenk wand und meine Hand nach unten zog. Ich riss daran, aber der Faden war stärker. Er straffte sich und zwang meine Hand aufs Laken hinunter. Ich beobachtete, wie das Wollknäuel um meine Hand herumrollte, sie fest ans Bett band und dabei meine Finger und mein Handgelenk mit schwarzen Linien überzog.

Ich strampelte mit den Beinen. Einen Moment lang dachte ich, ich könnte es schaffen, mich freizustrampeln. Doch da rollte der Faden schon von meiner Hand über meinen Bauch nach unten und begann sich um mein linkes Bein zu wickeln. Wie das Knäuel da zwischen meinem Bein und dem Bettlaken herumwuselte, fühlte es sich an wie ein großer Käfer. Der Faden wand sich erst um das eine Bein, dann um das andere und schnürte beide Beine so fest zusammen, dass ich sie kaum bewegen konnte.

Das Knäuel spann sein Netz um mich herum und fesselte mich.

Ich begann zu schreien. »Lukas! Mom! Helft mir!«

Das Knäuel stoppte. Ich schrie wieder, aber niemand kam. Das Knäuel richtete sich auf mein Gesicht, als hätte es meine

Stimme gehört. Es rollte meinen Oberkörper hinauf, wobei es eine Spur aus schwarzem Faden hinterließ, und stoppte direkt unter meinem Kinn.

»Hilfe!«, schrie ich.

Dann legte sich der Faden um meinen Hals.

Ich verstummte. Meine Angst war zu groß, um ein Geräusch zu machen – zu groß für die kleinste Bewegung.

Die Spur aus schwarzem Faden

Der Faden zog sich fest.

Ich konnte spüren, wie er die Haut an meinem Hals zusammendrückte. Ich spannte meine Muskeln an, um mich zu befreien, aber je mehr ich sie anspannte, desto fester zog sich der Faden zusammen. Jetzt konnte ich nicht mehr schreien. Ich konnte nicht einmal mehr atmen. Mit offenem Mund wollte ich Luft holen, aber es kam keine herein.

Meine Hände waren so straff gebunden, dass ich sie keinen Millimeter bewegen konnte. Meine Beine waren über und über mit schwarzem Faden bedeckt. Ich schnappte nach Luft, dann wurde alles dunkel.

Irgendwann bekam ich wieder Luft. Der Faden verschwand von meiner Kehle. Ich konnte meine Hände bewegen und mit den Beinen die Bettdecke abwerfen.

Lebendig und unverletzt lag ich in der Dunkelheit meines Zimmers in meinem Bett. Ich griff mir an die Kehle, überrascht, keine Spuren des Fadens zu finden, und tastete meinen ganzen Körper ab, aber der Faden war verschwunden.

Hatte ich alles nur geträumt? Ich suchte meine Handrücken ab. Nichts.

Ich wartete, bis sich mein Atem beruhigt hatte und mein Herz nicht mehr so laut pochte. Da hörte ich ein leises, rhythmisches Geräusch – ein gedämpftes Klopfen, das von der Zimmertür kam. Ich knipste meine Nachttischlampe an.

»Hey, was soll das?«, brummelte Lukas von der anderen Seite des Raums. »Kannst du das Licht ausmachen?«

»Schhh«, sagte ich. »Hörst du das Geräusch?«

»Welches Geräusch? Kannst du das Licht ausmachen? Ich versuche zu schlafen.«

»Schhh. Hör mal.«

Lukas war kurz still. »Was ist das? Finde es und stell es ab.« Er drückte sich das Kissen auf den Kopf.

Ich kletterte aus dem Bett und ging zur Tür. Es war der Faden. Das Knäuel rollte gegen die Tür, prallte daran ab, wich ein Stück zurück und rollte dann erneut dagegen.

»Was ist es?«, ertönte Lukas' Stimme unter seinem Kissen.

»Das musst du dir ansehen.«

Gähnend kam Lukas auf mich zugewankt. »Wahnsinn«, sagte er, als er den Faden sah. »Er ist lebendig.«

Er sah tatsächlich lebendig aus – wie ein kleines schwarzes Tier, das nach draußen zu kommen versucht.

Lukas stupste den Faden mit der Fußspitze an. »Pack ihn wieder in die Schachtel. Und bring ihn aus dem Zimmer. Das ist echt gruselig.«

Ich wollte schon nach dem Knäuel greifen, ließ es jedoch bleiben. Mir fiel mein Traum wieder ein.

Stattdessen sah ich mich suchend nach der Pappschachtel um, weil ich dachte, ich könnte den Faden damit hochheben. Das letzte Mal hatte ich die Schachtel unten in der Küche gesehen. Ich öffnete die Zimmertür und schob den Faden damit in Richtung Wand zurück. Das Knäuel rollte in einem Bogen um die Tür herum und in den Flur hinaus.

»Wahnsinn«, sagte Lukas wieder.

Das Knäuel rollte über den Teppichboden und wickelte sich dabei ab. Wir folgten der Spur.

»Pass auf, wo du hintrittst«, sagte ich und achtete darauf, dass mein Fuß nicht mit dem abgewickelten Faden in Berührung kam.

»Wieso?«

»Keine Ahnung. Tritt lieber nicht darauf.«

»Wieso?«

»Keine Ahnung! Pass einfach auf, wo du hintrittst.«

Das Knäuel rollte bis zur obersten Treppenstufe, dann hüpfte es hinunter, von Stufe zu Stufe, wobei es weiterhin eine Spur aus schwarzem Faden hinterließ. Wir folgten ihr. Das Knarren der Treppe unter unseren Füßen hallte laut im ruhigen Haus wider.

»Schhh«, zischte ich Lukas zu.

»Ich habe nichts gesagt. Das war die Treppe.«

»Schhh!«

Unten angelangt, begann das Knäuel gegen unsere Haustür zu schlagen.

»Es möchte raus.« Lukas hatte die Arme um den Oberkörper geschlungen, obwohl die Nacht warm war. »Was sollen wir tun?«

Ich holte tief Luft und öffnete die Haustür. Der Faden zwängte sich hinaus, rollte über unsere Veranda und die Eingangsstufen hinunter und zeichnete eine schwarze Spur in Richtung Kiesweg. Lukas und ich mussten rennen, um ihn einzuholen.

»Vielleicht verlässt er uns«, sagte Lukas. »Vielleicht verschwindet er für immer aus unserem Leben. Ich werde ihn nicht vermissen.«

Seine Worte gaben mir zu denken. Würde ich den Faden vermissen? Wollte ich, dass er verschwand? Er hatte mein Leben auf den Kopf gestellt. Aber er hatte mir auch ein paar gute Dinge gebracht. Zum Beispiel Verbindungen. Die zu Aster. Selbst die zu McLean. Und er hatte eine seltsame Verbindung zu Dad.

Würde ich ihn vermissen? Vielleicht. Ich war mir noch nicht sicher.

Auf dem Kiesweg bog der Faden in Richtung Ahornbaum ab.

»Wer ist da?«, fragte McLean. Seine Gestalt zeichnete sich im Licht einer Straßenlaterne ab. Er lag abgeknickt in einer Astgabelung.

»Wir sind's«, antwortete ich. »Markus und Lukas.«

»Schön, euch kennenzulernen! Wenn es nicht zu viel verlangt ist – könntet ihr vielleicht ein bisschen leiser sein? Hier schlafen Leute. Ich meine nicht mich. Andere Leute.«

»Verrückter alter Mann«, murmelte Lukas.

»Ruhe bitte«, sagte McLean.

Wir rannten hinter dem davonrollenden Wollknäuel zur Straße. An der nächsten Kreuzung überquerte es die Fahrbahn und schlug gegen den Reifen eines Wagens, der dort geparkt war – Dr. Fernos silberner Mercedes Cabrio.

Lukas strich am Kotflügel entlang. »Wenn der Faden uns damit sagen will, wir sollen dieses Auto nehmen, bin ich als Erster dran mit Fahren.«

»Schhh.«

»Kannst du dir nicht vorstellen, wie ich am Steuer dieses Schlittens sitze?«

»Ich kann es mir vorstellen. Und es jagt mir Angst ein.«

Der Faden beschrieb einen Bogen um den Wagen herum und hüpfte auf den Gehweg, bevor er an Dr. Fernos Haus entlang und unter dem Zaun hindurch in den rückwärtigen Hof rollte.

»Wahnsinn«, sagte Lukas, packte jedoch ohne zu zögern das obere Ende des Zauns, schwang sich darüber und landete auf beiden Füßen auf der anderen Seite. »Los, komm. Jetzt gibt's kein Zurück mehr.«

»Weißt du nicht, wessen Haus das ist?«, fauchte ich Lukas an.

»Klar weiß ich das«, gab er zurück.

»Wenn Dr. Ferno uns erwischt, bringt er uns um.«

»Er bringt uns nicht um. Er ruft die Polizei. Dann kommen wir in den Jugendknast. Und dort bringt uns dann jemand um. Jetzt beeil dich.«

Ich packte das obere Ende des Zauns und schaffte es den Oberkörper rüberzukriegen, aber meine Beine und mein Hintern hingen immer noch auf der anderen Seite.

»Was brauchst du denn so lang?«, schimpfte Lukas.

Ich stemmte mich mit den Händen hoch und hievte mich über den Zaun. Plötzlich hörte ich das Geräusch von zerreißendem Stoff, dann landete ich mit einem dumpfen Geräusch auf dem Boden. Ich rappelte mich hoch und spürte einen Luftzug an meinen Beinen.

»Na bravo«, sagte Lukas. »Dein Po hängt raus.«

Ich befühlte den hinteren Teil meiner Schlafanzughose. Ich hatte ein riesiges Loch hineingerissen.

»Ich sollte besser nach Hause gehen«, sagte ich.

Lukas boxte mich in die Schulter. »Nichts da. Die ganze Sache mit dem blöden Faden ist deine Schuld.«

»Wieso das denn?«

»Ist nun mal so. Jetzt komm endlich.«

Das Wollknäuel war mittlerweile außer Sicht, aber die Spur führte aufs Haus zu. Lukas ging tief gebückt und folgte der schwarzen Linie durch einen großen Rhododendron und einen Rosenstrauch. Dessen Dornen hakten sich in das Loch in meiner Schlafanzughose und rissen es noch weiter auf.

»Oh Mann«, stöhnte ich. »Ich steh hintenrum praktisch im Freien.«

Wir folgten dem Faden zur Rückseite des Hauses, wo eine Kletterrose an einem Spalier hochwuchs. Dort rollte das Knäuel gerade die Hauswand hinauf, bis es ein Fenster etwa zwei Meter über dem Boden erreichte und gegen die Scheibe schlug.

»Wahnsinn«, sagte Lukas. »Es will ins Haus rein.«

Lukas und ich wechselten einen Blick. Ich wusste, dass er die Angst in meinen Augen sehen konnte. Ich kämpfte gegen den Impuls, auf der Stelle wegzurennen. Mit Mühe konnte ich das Zähneklappern unterdrücken.

Aber Lukas' Anblick beruhigte mich. Seine kleine, gedrungene Gestalt, seine runden, muskulösen Schultern und die flache Linie seines Mundes – ich wusste, dass er seine eigene Angst im Griff hatte. Und ich wusste, wenn ich abzuhauen versuchte, würde er mich genauso verprügeln wie irgendjemand im Jugendknast.

»Hilf mir hoch«, sagte ich.

Lukas nickte und verschränkte die Finger. Ich stellte einen

Fuß auf seine Hände, schwang mich hoch und hielt mich am Fenstersims am oberen Ende des Spaliers fest. Dann schob ich den Fensterriegel nach oben.

Das Fenster ging auf und das Wollknäuel rollte hinein. Ich kletterte hinterher. Anschließend beugte ich mich aus dem Fenster und half Lukas, die Wand hochzukraxeln. Er plumpste auf den Boden.

»Sei leise«, zischte ich.

Er nickte.

Wir sahen uns im Raum um. Die Wände waren mit dunkler Holzvertäfelung verkleidet. Links stand ein großer Schreibtisch. Rechts lagen etwa ein Dutzend Totenschädel auf einem Regal. Schon die normalen Totenschädel machten mir Angst, aber diese hier hatten obendrein Dellen und Verformungen. Über dem Bord hing ein gerahmtes Schaubild eines menschlichen Gehirns.

»Und jetzt?«, flüsterte Lukas.

»Schhh! Sieh mal!« Ich deutete auf das Wollknäuel, das über den Boden rollte, an einer Gruppe aus schwarzen Ledersesseln vorbei und unter den Schreibtisch.

Es stoppte kurz bei einer verchromten Stehlampe vor einem breiten Bücherregal, wand sich daran hoch und schwang sich von dort aus zum Regal hinüber. Es rollte auf dem Regalbrett entlang, wobei es an den Rücken von ledergebundenen Büchern entlangstreifte, bis es zu einer offenen Stelle zwischen den Büchern kam. Es schlug mehrmals gegen einen Gegenstand im Dunkeln, dann verhielt es sich ruhig.

»Was ist das?«, fragte Lukas.

Ich ging zum Bücherregal. Der Gegenstand war etwa sechzig Zentimeter lang, aber das war alles, was ich erkennen konnte. Ich tastete an der Stehlampe entlang und drückte auf den Schalter. Das helle Licht ließ mich blinzeln. Ich sah zurück zu dem Gegenstand.

Es war ein Schwert. Oder das, was noch davon übrig war. Es war mit dicken Rostflecken überzogen. Der Griff war einem Falken oder Adler nachempfunden, wobei die ausgebreiteten Flügel die Parierstange bildeten. Aber die Flügel waren abgebrochen und der Körper des Adlers vom Rost zerfressen. Die Klinge war ebenfalls beschädigt und verrostet. Obendrein war sie in der Mitte abgebrochen. Der vordere Teil fehlte.

Das Schwert war in einem üblen Zustand, aber das war egal. Es war trotzdem das Schönste, was ich in meinem ganzen Leben gesehen hatte.

»Junge, Junge«, sagte ich.

»Es ist unglaublich.«

»Ist es. Lass es uns nehmen und abhauen.«

»Es nehmen? Wir können es nicht nehmen«, protestierte Lukas.

»Müssen wir aber«, beharrte ich. »Der Faden hat uns zu ihm geführt.«

»Ja, und wenn wir es stehlen, wird dieser verrückte Faden wahrscheinlich die Polizei schnurstracks zu uns führen.«

»Ich würde das nicht Stehlen nennen ...«

»Klar ist es Stehlen. Was soll es denn sonst sein?«

»Wir werden quasi gedrängt, es zu nehmen. Wir haben eigentlich keine Wahl.«

»Natürlich haben wir eine Wahl. Dr. Ferno wird fest davon überzeugt sein, dass wir eine Wahl hatten. Und die Polizei wird derselben Meinung sein. Und wenn sie wissen will, wer es war, folgt sie dem Faden direkt bis zu unserem Haus zurück. Und hoch bis in unser Zimmer! Und dann geht's ab in den Jugendknast.«

»Jetzt hör endlich auf damit! Lass uns das Schwert einfach nehmen und von hier verschwinden«, drängte ich. »Ich will nicht erwischt werden.«

»Ich auch nicht. Deshalb lassen wir es hier und gehen nach Hause. Wir wissen, was es ist und wo es ist. Das reicht.«

»Das reicht nicht.«

»Doch. Lass es hier, dann müssen wir nicht in den Knast.«

Ich starrte das Schwert an. An der Wand dahinter bemerkte ich ein gerahmtes Schriftstück – ein Diplom von der Art, wie sie in Arztpraxen hängen, um den Patienten zu zeigen, dass der Arzt weiß, wovon er redet. Bei diesem hier stand in der Zeile mit dem Namen: *Thomas Lyon Ferno, Facharzt für Psychiatrie.* Dr. Ferno dachte wahrscheinlich, es sähe großartig aus mit dem abgebrochenen Schwert davor, als würden ihm das Schwert und das Diplom das Recht verleihen, über den Rest der Menschheit zu herrschen. Er bestimmte ja tatsächlich über andere. Wenn er Lukas und mich in seinem Arbeitszimmer erwischte, würde er ohne zu zögern die Polizei rufen.

»Okay. Wir lassen es hier. Aber wir kommen wieder her. Tagsüber. Wir könnten uns einen Vorwand überlegen, um mit Dr. Ferno zu reden. Wir sagen ihm, wie klug wir ihn finden. Das würde er liebend gern hören. Oder wir fragen ihn nach seinen prämierten Rosen oder so. Und wir bringen eine Kamera mit und machen ein Foto von dem Schwert.«

»Na klar. Was auch immer. Aber jetzt nichts wie weg hier.«

Ich warf einen letzten Blick auf das Schwert und wandte mich dann zum Fenster um. Lukas stand schon dort, bereit, hinauszuklettern. Ich machte einen Schritt, da fiel plötzlich die Stehlampe neben mir um. Der Glasschirm zersprang und die Glühbirne explodierte mit einem lauten Geräusch, sodass es im Raum wieder dunkel wurde.

Alles spielte sich innerhalb von Sekundenbruchteilen ab, aber mitten in dem Durcheinander dachte ich: *Ist das Wollknäuel vom Regalbrett gesprungen und hat die Lampe umgestoßen? Hat der Faden versucht, uns davon abzuhalten, ohne das Schwert zu gehen?* Das werde ich nie mit Sicherheit wissen. Aber wenn ihr mich bitten würdet, die Hand auf eine Bibel zu legen und zu schwören, was meiner Meinung nach passiert war, dann würde ich sagen, dass es der Faden war.

Eine Männerstimme rief laut: »Ist da jemand?«

Ich hörte Schritte in unsere Richtung kommen.

»Ich bin weg«, zischte Lukas. Er sprang aus dem Fenster nach unten.

Ich sah ihm nach, dann zurück zum Schwert. Es lag immer noch auf dem Regalbrett, fing winzige Fünkchen des schwachen Lichts auf und warf sie von seiner rostigen Oberfläche zu mir zurück.

Warum hatte uns der Faden zu ihm geführt?

Das Knäuel rollte an der umgestürzten Stehlampe entlang über den Boden zum Fenster und dort an der Wand hoch.

Jetzt waren die Schritte direkt hinter der Tür. Ich packte das Schwert, rannte zum Fenster und sprang im selben Moment hinaus, als die Tür aufgerissen wurde.

Lukas kauerte am Zaun. Er hatte am Tor einen Riegel gefunden und es geöffnet.

»Los, komm!«, zischte er.

Ich rannte zu ihm, zwängte mich an den reißenden Dornen

des Rosenstrauchs vorbei. Dr. Ferno schrie hinter mir her. Ich sah nicht zurück.

Wir rannten die ganze Strecke zu unserem Haus. Das Wollknäuel wickelte sich vor uns auf und wies die Richtung. Wir jagten ihm durch die Haustür nach, die Treppe hoch und in unser Zimmer. Das Wollknäuel rollte vor uns über den Boden und kam zur Ruhe. Ich schloss die Tür und ließ mich bäuchlings auf mein Bett fallen. Das Schwert landete mit einem dumpfen Geräusch neben mir auf dem Boden.

»Du hast es doch mitgenommen«, sagte Lukas. »Du hast es gestohlen.«

Ich nickte, zu atemlos zum Antworten.

»Tja, sieht aus, als hättest du dafür etwas dortgelassen.« Er deutete mit dem Kinn auf meinen Po. »An deiner Schlafanzughose fehlt der hintere Teil.«

Ich hob den Arm. Meine Hand konnte meine freiliegende Unterhose ertasten. Ich wusste, wo ich das fehlende Stück Stoff verloren hatte. Ich wusste es so sicher wie meinen Namen.

Der Rest meines Schlafanzugs hing in Dr. Fernos Hof am Rosenstrauch.

Schoko Krispies

Der nächste Tag war ein Samstag. Ich wachte um halb neun auf – nicht dass ich in dieser Nacht viel geschlafen hätte. Ich frühstückte, schickte dann eine SMS an Aster und bat sie, so bald wie möglich rüberzukommen.

Ungefähr eine Viertelstunde später hämmerte sie an unsere Tür und kam hereingestürmt. »Ich wusste, dass etwas passiert ist«, sagte sie atemlos. »Erzähl schon, schnell.«

Ich berichtete ihr, wie das Wollknäuel davongerollt war und Lukas und mich zu Dr. Fernos Haus geführt hatte.

»Ihr seid nicht etwa reingegangen, oder?«

»Klar sind wir rein«, erwiderte ich. »Mussten wir einfach.«

»Musstet ihr? Ihr musstet überhaupt nicht. Was hättet ihr gemacht, wenn ihr geschnappt worden wärt?«

»Wir sind nicht geschnappt worden.«

»Aber ... aber was ist, wenn ihr Fingerabdrücke hinterlassen habt? Oder DNA-Spuren?«

»Ich glaube nicht, dass Dr. Ferno ein Kriminallabor hat.« Dann erzählte ich ihr von dem Stück meines Schlafanzugs, das es nicht bis zu mir nach Hause geschafft hatte.

»Oh, Mist. Was hast du mit deiner zerrissenen Schlafanzughose gemacht? Hast du sie beseitigt? Du solltest sie verbrennen. Oder in einem Fluss versenken.«

»Willst du es sehen?«

»Was denn? Das Loch in deinem Schlafanzug?«

»Nein, du Scherzkeks. Das Teil, das wir mitgebracht haben.«

»Ihr habt etwas gestohlen?«

»Da hatte ich auch keine Wahl. Ich meine, ich hatte schon eine Wahl. Aber der Faden wollte, dass ich es mitnehme.«

»Der Faden *wollte* es? Du weißt, was er will?«

»Keine Ahnung. Vielleicht. Ich glaube, er wollte, dass ich dieses Ding mitnehme. Willst du es sehen oder nicht?«

»Na schön«, sagte Aster. »Wo ist es?«

Ich führte sie in mein Zimmer und zog das Schwert unter meinem Bett hervor. Dabei kamen ein paar Motten herausgeflogen.

Aster schnappte nach Luft. »Das hast du gestohlen?«

Ich nickte. Aster streckte einen Finger aus und berührte die abgebrochenen Flügel des Adlers, der den Griff bildete.

»Sieht alt aus«, meinte sie. »Wirklich alt.«

»Das ist es garantiert auch, wenn Ferno es hatte. Er wirkt nicht wie jemand, der Imitationen im Haus hat.«

»Wirklich? Ich finde, er wirkt exakt wie jemand, der Imitationen im Haus hat. Aber ich glaube nicht, dass das hier nachgemacht ist. Dafür ist sein Zustand zu schlecht. Wenn etwas so alt und kaputt ist, weiß man, dass es echt ist. Aber ich kapier's trotzdem nicht. Warum sollte euch der Faden zu diesem Schwert führen?«

Ich zuckte mit den Achseln. »Keine Ahnung.«

»Vielleicht hat er euch gar nicht zu diesem Schwert geführt. Vielleicht hat er euch zu Fernos Bücherregal geführt, damit ihr dort irgendein geheimes Buch findet, in dem erklärt wird, woher der Faden kommt.«

»Das glaube ich nicht.« Allein schon bei der Vorstellung wurde mir schlecht. Was, wenn ich das Schwert gestohlen hatte, aber eigentlich nach einem Buch hätte suchen sollen?

»Lass es uns McLean zeigen«, schlug Aster vor.

»Auf keinen Fall«, wehrte ich ab. »Ich bringe es nicht nach draußen. Da könnte es jemand sehen.«

»Oh ja«, meldete sich Lukas vom anderen Ende des Raumes. Er lag unter der Bettdecke. »Jemand wie Ferno könnte es sehen. Dieser Jemand könnte die Polizei holen. Und dann kommt Markus in den Jugendknast.«

Ich warf ein Kissen nach Lukas. »Kannst du bitte aufhören, ständig davon anzufangen? Außerdem«, sagte ich zu Aster, »warum sollte McLean irgendwas darüber wissen?«

»Mensch, überleg doch mal, was er gesagt hat. Dass der Faden Dinge zusammenbringt. Es ist, als würde er lauter Einzelteile auswählen und sie zusammenfügen. Wie bei einem Puzzle. Vielleicht passen McLean und das Schwert zueinander. Wenn du das Schwert nicht rausbringen willst, holst du McLean eben rein.«

»In unser Haus? Mom würde mich umbringen, wenn ich das täte.«

»Würde sie nicht. Sie gibt ihm ab und zu was zu essen. Warum würde es ihr etwas ausmachen, wenn er hier reinkäme?«, fragte Aster.

»Weil er verrückt ist«, murmelte Lukas. »Es wird allgemein davon abgeraten, Verrückte zu sich nach Hause einzuladen.«

»Du solltest ihn nicht so nennen«, gab Aster zurück. »Egal. Wo ist eure Mutter jetzt?«

»Sie schläft aus. Es ist Samstag.«

»Sie würde den ganzen Tag schlafen, wenn man sie lassen würde«, nuschelte Lukas. »Arme alte Mom. Arme alte müde Mom.«

»Dann mach es schnell, bevor sie aufwacht.«

Diese Idee leuchtete mir ein. Was konnte es schaden, McLean kurz reinzulassen, solange er wieder nach draußen ging, bevor Mom aufwachte?

Ich griff nach dem Schwert. Lukas sprang aus dem Bett.

»Warum stehst du auf?«, fragte ich.

»Sehr witzig. Du holst einen Verrückten in unser Haus. Da will ich dabei sein.«

Ich bat Aster, das Wollknäuel mitzunehmen.

»Warum?«, fragte sie.

Wenn ich ehrlich gewesen wäre, hätte ich ihr geantwortet: Für den Fall, dass wir McLeans Gehirn auf die Sprünge helfen müssen. Aber mir war klar, dass sie das schrecklich fände.

»Nimm es einfach mit.«

Unten angelangt, versteckte ich das Schwert unter dem Küchentisch, bevor ich Aster und Lukas in den Vorgarten folgte. Halb erwartete ich, auf unserer Veranda die Polizei stehen zu sehen, die schon bereitstand, um mir Handschellen anzulegen, aber ich entdeckte nur McLean, der wie ein Faultier auf einem Ast herumhing. Als ich näher kam, wandte er den Kopf.

»Hallo McLean«, sagte ich.

»Woher kennst du meinen Namen?«

»Ich bin's, Markus. Ich wohne hier. Wir haben uns schon Dutzende Male gesehen.«

»Ahh.« Er ließ sich wieder auf den Ast zurücksinken. »Das ist also die Erklärung.«

»Würden Sie gern mit mir reinkommen?«

»Wo *rein?*«

»Ins Haus. In dieses Haus da.«

»Oh nein. Ich gehe nicht gern irgendwo rein. Du könntest mich einsperren und nicht wieder rauslassen.«

»Ich sperre Sie nicht ein. Ich habe etwas, das ich Ihnen gern zeigen würde.«

»Was denn?«

»Das sage ich Ihnen, wenn Sie mit reinkommen.«

»Warum kannst du es nicht rausbringen?«

»Weil ... weil ich nicht will, dass jemand anders es sieht.«

»Das klingt interessant«, erwiderte er. »Aber es klingt auch nach einem Trick. Um mich nach drinnen zu locken. Um mich einzusperren.«

»Ich werde Sie nicht einsperren.«

»Das sagen sie immer und im nächsten Moment sperren sie dich ein.«

Aster trat einen Schritt vor. »McLean, wenn Sie mit reingehen, bekommen Sie Frühstück. Wollen Sie nicht frühstücken?«

»Kommt drauf an«, antwortete er. »Was habt ihr denn?«

»Was hätten Sie denn gern?«

McLean drehte sich auf seinem Ast auf den Rücken und starrte in den Himmel hinauf. »Captain Crunch. Mit Crunchberries.«

Aster sah mich fragend an. Ich schüttelte den Kopf.

McLean beobachtete uns. »Wenn ihr keine Captain Crunch mit Crunchberries habt, komme ich nicht mit rein.«

»Ich weiß, dass wir Müsli haben«, sagte ich.

»Igitt!« McLean schloss die Augen.

»Wir haben Schoko Krispies«, erklärte Lukas. »Ich habe gestern mit Mom welche gekauft.«

»Schoko Krispies?« McLean sprang vom Baum herunter, strich sich das Hemd glatt und schob sich eine Strähne seiner wilden Mähne aus dem Gesicht.

An unserer Haustür deutete er Aster gegenüber eine Verbeugung an: »Nach dir.« Dann betrat er das Haus mit der Miene von jemandem, der gerade in einer Limousine vorgefahren war.

In der Küche zog er einen Stuhl für Aster heran, bevor er selbst Platz nahm. Blackjack drückte die Nase an McLeans Bein. McLean nickte dem Tier zu, als hätte er gerade einen alten Geschäftsfreund getroffen.

Dann wandte er sich wieder Aster zu. »Schönes Wetter heute, nicht wahr?« Er legte die Hände vor sich gefaltet auf den Tisch und setzte sich aufrecht hin. Wieder schob er die störrische Haarsträhne aus dem Gesicht.

Lukas holte die Krispies und Milch. Ich stellte ein Schälchen und einen Löffel vor McLean.

Der wandte sich an Aster: »Du isst auch mit, ja?«

Aster blinzelte ein paarmal und räusperte sich. »Ähmm, sehr gern.«

McLean schnalzte mit den Fingern. »Noch ein Gedeck, wenn ich bitten darf.«

Seufzend holte ich noch ein Schälchen mit Löffel für Aster. Lukas stellte die Milch und die Krispies auf den Tisch, aber McLean rührte keinen Finger.

»Ach du Schande«, murmelte Lukas. »Müssen wir ihn jetzt auch noch bedienen?« Er kippte Krispies in beide Schälchen und goss Milch dazu.

»Lass die Packung hier«, bat McLean. »Ich sehe mir gern die Rückseite an, während ich esse.«

Ich lachte, bis mich ein Blick von Aster zum Schweigen brachte.

McLean drehte die Packung herum. »Oh, ein Labyrinth«, sagte er. »Ich liebe Labyrinthe.«

Wir warteten, während McLean die Krispies vor sich hin mampfte. Als sein Schälchen leer war, schnipste er mit den Fingern, damit Lukas es noch einmal füllte.

Als McLean es wieder leer gegessen hatte, lehnte er sich zurück. »Sehr nett. Wirklich sehr nett.«

»Markus, beeil dich!«, sagte Lukas leise zu mir. »Zeig ihm das Schwert, bevor Mom aufwacht.«

Ich holte es aus seinem Versteck und legte es auf den Tisch. McLean lächelte, als er das Schwert sah, dann runzelte er die Stirn und beschäftigte sich wieder mit dem Labyrinth auf der Rückseite der Krispies-Packung.

»McLean«, sagte Aster. »Haben Sie das früher schon mal gesehen?«

»Früher als was?«

Aster stöhnte. »Diesen Gegenstand hier. Haben Sie ihn schon einmal gesehen?«

McLean hielt den Blick weiterhin auf die Krispies-Packung gerichtet.

Aster griff nach dem Schwert und stupste McLean damit in die Schulter. »Sehen Sie sich das an. Wissen Sie irgendwas darüber?«

McLean zuckte mit den Achseln, dann widmete er sich wieder der Krispies-Packung. »Oh, jetzt weiß ich nicht mehr, wo ich war.«

Ich nahm das Wollknäuel aus der Pappschachtel auf dem Küchentisch.

Lukas packte mich am Arm. »Was hast du vor?«

»Ich binde ihm das Ende um den Finger.«

»Das kannst du nicht machen«, protestierte Lukas. »Damit tust du ihm wieder weh.«

»Warum bist du so besorgt? Du magst ihn doch sowieso nicht.«

»Ich mag ihn. Ein bisschen.«

»Keine Bange. Wir sind vorsichtig. Aster wird mit ihrer ruhigen Stimme zu dem Faden sprechen und ihn bitten, sanft zu sein, richtig, Aster?«

Aster bewegte das Kinn gerade so weit nach unten, dass man es ein Nicken nennen konnte.

Ich nahm McLeans linke Hand und band eine Schleife um seinen Zeigefinger. McLean schien es nicht zu bemerken, er studierte eine weitere halbe Minute die Rückseite der Krispies-Packung. Dann fuhr sein Kopf hoch, als hätte er einen elektrischen Schlag bekommen. Er stieß die Krispies-Packung um, sodass sich die Schoko Krispies über den Tisch verteilten.

Er starrte auf den Finger mit dem Faden, dann hob er den Blick. »Hallo Kinder.«

»McLean, wir brauchen Ihre Hilfe«, sagte Aster.

»Warum nennst du mich so?«, fragte er.

»McLean? Das ist Ihr Name. Sie haben uns gesagt, das wäre Ihr Name.«

McLean legte die Stirn in Falten. Sein Blick wanderte zu dem Schwert auf dem Tisch. Er flüsterte ein Wort, so leise, dass ich es nicht hören konnte.

»Was haben Sie gesagt?«

»Zeus.« Seine Finger fuhren die rostige Klinge entlang.

»Zeus? Was bedeutet das?«

Seine Finger berührten die abgebrochenen Flügel des Griffs. »Der Adler war sein Symbol.«

Aster und ich wechselten einen verständnislosen Blick.

»Haben Sie dieses Schwert schon mal gesehen?«, fragte Aster.

Erneut huschte ein Lächeln über McLeans Gesicht.

»Natürlich habe ich es schon mal gesehen.« Er kratzte an dem Faden um seinen Finger. »Es hat jahrelang an meinem Arbeitsplatz gelegen. Im Regal hinter meinem Schreibtisch.«

»An Ihrem Arbeitsplatz?«

»Das habe ich doch gerade gesagt.«

»Aber was ist es?«

McLean nahm das Schwert in die Hand. »Ich weiß nur, was man mir darüber erzählt hat. Es ist ein antikes Schwert. Von der Insel Kreta. Der Adler am Griff weist darauf hin, dass es vom Königshof stammt. Denn nur der Königshof – also die direkten Nachfahren von Zeus – konnte ein derartiges Schwert besitzen.« McLean sah auf die Pappschachtel hinunter, in der wir das Wollknäuel bekommen hatten. »Wie ich sehe, habt ihr noch die dazugehörige Schachtel.«

Er legte das Schwert hinein. Es passte perfekt.

McLean klappte die Schachtel zu. »Ich weiß, mit so schönen Gegenständen wie diesem hier möchte man am liebsten herumspielen, aber das solltet ihr nicht tun, wirklich nicht. Dieses Schwert ist von Bedeutung und ...« Er unterbrach sich und zupfte an dem Faden um seinen Finger. »Und wenn ... wenn es wirklich von ihm benutzt wurde ...«

McLeans Gesichtsausdruck wurde panisch. Er packte seinen Finger, dann sah er mich an. »Ich ... ich weiß, wer du bist. Du bist sein ... Oh, sei so gut und nimm das hier ab. Was hast du mit mir vor? Nicht schon wieder! Lasst nicht zu, dass er das wieder mit mir macht.«

Lukas nahm McLeans Hand und zog an der Fadenschleife, aber sie löste sich nicht. McLean begann vor Schmerz zu stöhnen. Seine Augen öffneten sich weit, sein Mund verzerrte sich zu einer Grimasse und sein Körper begann zu zucken. Sein Arm wirbelte über den Tisch und beförderte die Krispies-Packung, das Wollknäuel, die Schälchen, die Milch und die verstreuten Krispies auf den Boden.

»Faden! Lös dich!«, rief Aster, aber der Faden schloss sich nur noch fester um McLeans Finger.

McLean schrie und hielt sich mit der rechten Hand die linke.

»Lös dich«, rief Aster noch einmal, aber der Faden wurde immer straffer und schnitt McLean ins Fleisch. Er schluchzte.

Ich packte Aster an den Schultern. »Du musst ruhig mit ihm reden.«

Aster nickte, dann atmete sie tief aus. »Faden«, sagte sie. Ihre Stimme wackelte ein bisschen. »Faden, wir brauchen deine Hilfe. Würdest du dich bitte vom Finger dieses Mannes lösen?«

Der Faden fiel von McLeans Finger. Seine Schreie ebbten zu leisem Weinen ab. Ich spürte etwas Nasses an meinem Fuß und sah nach unten. Ich stand mit meinen Socken in einer Pfütze aus Milch, umringt von verstreuten Schoko Krispies und den Scherben der zerbrochenen Schälchen.

McLean wurde ruhiger – so ruhig, dass wir Moms Schritte über uns hörten.

Ein Stück Flanell

»Markus?«, rief Mom. Ich konnte hören, wie sie über uns den Flur entlangschritt. »Was geht da unten vor sich?«

Ich schluckte nervös. »Nichts!«

»Versteck das Schwert und die Schachtel«, sagte Lukas mit leiser, fester Stimme. »Kommen Sie, McLean, wir machen einen Spaziergang.«

McLean hob den Kopf. Ihm standen noch immer Tränen in den Augen. Er sah aus wie ein Hundewelpe, der gerade seinen ersten Kampf überlebt hatte, und machte keine Anstalten aufzustehen.

Moms Schritte kamen näher.

»Kommen Sie, McLean«, sagte Lukas noch einmal und zog ihn am Arm.

McLean rührte sich nicht.

Ich schob die Schachtel mit dem Schwert und das Wollknäuel so tief unter den Küchentisch, wie ich konnte. In einer Sekunde würde Mom am Fuß der Treppe auftauchen.

»Lukas, Junior Mints«, sagte ich.

»Was?«

»Junior Mints!«

Lukas nickte, zog eine Tüte Junior Mints aus der Tasche und hielt sie McLean unter die Nase. »Wenn Sie welche haben wollen, müssen Sie mitkommen.«

McLean schniefte. Er stand auf und folgte Lukas in die Diele.

Kaum war er außer Sichtweite, da trat Mom durch die Küchentür.

»Guten Morgen«, sagte ich.

Mom starrte auf das Chaos am Boden. »Was ist denn hier passiert?« Sie unterbrach sich, als sie Aster sah. »Oh, hallo Aster.«

»Hi«, erwiderte Aster. »Ich war in der Nähe und ...«

»Sie ist gerade erst gekommen«, ergänzte ich.

»Bevor das hier passiert ist oder danach?«

»Tut mir leid«, sagte ich. »Das war ich. Ich habe aus Versehen alles vom Tisch gefegt.«

Mom betrachtete die Scherben. »Schon wieder ein Versehen. Das waren zwei meiner Lieblingsschälchen.« Sie seufzte. »Tja, dann wisch es auf.«

Die Haustür knallte zu.

»Was war das?«, fragte Mom.

»Oh, das ist bloß Lukas.«

»Warum geht er nach draußen? Habt ihr beide euch gestritten?«

Ich zuckte mit den Achseln.

Mom schüttelte den Kopf und seufzte. »Ich wünschte, ich könnte ein Mal im Leben an einem Samstag ausschlafen, anstatt von euch beiden aufgeweckt zu werden. Aster, da du nun mal hier bist, möchtest du Frühstück? Viel Gelegenheit zum Essen hast du wohl nicht gehabt – so, wie es hier aussieht.«

»Nein danke«, erwiderte Aster. »Ich habe morgens nie viel Hunger. Und ich muss ohnehin los. Ruf mich später an, okay, Markus?«

Nachdem Aster gegangen war, setzte Mom Kaffee auf, während ich Milch, Krispies und Scherben beseitigte.

Es dauerte ewig, bis Mom endlich die Küche verließ und ich den Faden und das Schwert wieder nach oben in mein Zimmer schmuggeln konnte. Dann rief ich Aster an.

»Das hat aber gedauert!«, sagte sie.

»Ich weiß. Hör zu: McLean hat gesagt, das Schwert hätte früher in dieser Schachtel gelegen. Ich glaube, das bedeutet, dass das Schwert etwas mit meinem Vater zu tun hat.«

»Weil?«

»Weil du es selbst gesagt hast: Warum sollte mein Vater oder sonst jemand uns ein rundes Wollknäuel in einer langen, schmalen Schachtel schicken? Hast du gesehen, wie gut das Schwert hineingepasst hat? Und hast du gehört, wie McLean gesagt hat, diese Schachtel gehöre zu dem Schwert?«

Aster verstummte am anderen Ende der Leitung. Irgendwann sagte sie: »Der Teil mit McLean – das ist irre. Als McLean das Schwert sah, wusste er sofort, was es war.«

»Das stimmt nicht. Erst nachdem er den Faden um den Finger gewickelt hatte. Und du brauchst jetzt nicht zu sagen, das war gefährlich, das weiß ich. Was hat er über das Schwert gesagt? Dass es jahrelang an seinem Arbeitsplatz gelegen hat? Und er sagte, es stammt aus Kreta. Von einem Königshof.«

»Was, wenn dein Vater euch eigentlich dieses Schwert schicken wollte? Es passt in die Schachtel. Und auf der Schachtel steht etwas in seiner Handschrift. Weißt du, woran er gearbeitet hat, als er auf Kreta war?«

»Nein. Aber warte ... Weißt du, was das Allerseltsamste an der ganzen Sache ist?«

»Keine Ahnung. Ist alles ziemlich seltsam.«

»Schon. Aber ...«

»Oh! Ich weiß, was du sagen willst«, unterbrach mich Aster. »Warum war etwas, das deinem Vater gehört hat, in Dr. Fernos Haus?«

»Bingo. Es ist genau, wie McLean gesagt hat. Alles hängt mit allem zusammen.«

Aster erwiderte nichts. Ich rollte mich übers Bett und zog die Vorhänge zurück. McLean saß im Schneidersitz im Ahorn und hielt auf einem dicken Ast die Balance.

»Was denkst du?«, fragte ich.

»Ich denke ...«, erwiderte Aster, »ich habe gerade gedacht, wenn du mir diese Geschichte erzählt hättest, hätte ich sie nicht geglaubt.«

»Ich erzähle sie dir nicht. Du bist ein Teil davon. Du steckst mittendrin.«

»Ja, und ich kann es immer noch nicht glauben. Wie können wir herausfinden, woran dein Vater gearbeitet hat, als er verschwand?«

Kaum hatte sie das gesagt, wusste ich die Antwort. Der Faden hatte es mir längst gezeigt. Ich hatte nur bis jetzt gebraucht, um es zu kapieren.

»Wie schnell kannst du rüberkommen?«, fragte ich.

»Warum?«

»Weil auf unserem Dachboden ein Karton steht, den sollten wir ... oh!«

Etwas vor dem Fenster hielt mich davon ab, weiterzusprechen.

»Was ist, Markus?«

»Dr. Ferno will uns einen Besuch abstatten.«

Dr. Ferno kam den Kiesweg entlang. Er blieb kurz stehen, um zu McLean hochzusehen.

Kurz darauf hörte ich Mom meinen Namen rufen.

»Ich bin am Telefon«, rief ich.

»Sag, dass du auflegen musst«, verlangte Mom. »Dr. Ferno ist hier und möchte mit dir reden.«

Mir wurde speiübel.

»Markus! Warte!«, rief Aster aus dem Telefon.

»Geht nicht. Muss los.«

»Warte eine Sekunde. Bevor du nach unten gehst, nimm einen frischen Schlafanzug und wirf ihn auf den Boden.«

»Was? Warum?« Aber bevor Aster antworten konnte, hatte ich schon begriffen.

Ich trennte die Verbindung, bedankte mich bei Aster und ihrem Scharfsinn und versteckte meinen zerrissenen Schlafanzug unter meiner Matratze. Dann nahm ich mein anderes Modell – schwarz-rot kariert, kein Star Wars – und warf es zerknüllt neben das Bett. Ich war schon fast aus der Tür, ging aber noch mal zurück und drehte die Schlafanzughose von innen nach außen, der besseren Wirkung wegen. Dann rannte ich die Treppe nach unten.

Mom stand im Eingang und trommelte mit den Fingernägeln von innen gegen die Tür. Dr. Ferno stand in seinem Arztkittel vor ihr und hielt das Stück Flanell von meinem Schlafanzug zwischen den Fingern, als wäre es ein Putzlappen, mit dem er gerade Fischinnereien aufgewischt hatte.

»Was gibt's?« Ich versuchte das Zittern in meiner Stimme zu unterdrücken.

»Anscheinend«, erklärte Mom, »ist heute Nacht jemand in Mr Fernos Haus eingebrochen und hat etwas gestohlen. Er glaubt, das wärst du gewesen.«

»Ich heiße *Doktor* Ferno. Und das *glaube* ich nicht.« Er starrte mich so durchdringend an, als wolle er in meinen Kopf hineinsehen. »Ich *weiß* es.«

»Was?« Ich versuchte verwirrt und zugleich unschuldig zu wirken, brachte aber nur eine Art Grinsen zustande. Ich hatte keine Ahnung, ob das Grinsen die gewünschte Wirkung hatte oder nicht.

»Hast du heute Nacht das Haus verlassen?«

»Ich?« Ich konnte spürten, wie mir Tränen in die Augen schossen. *Nicht jetzt!*, dachte ich. *Bitte jetzt nicht weinen!*

»Markus, beantworte die Frage.«

»Nein.«

Mom wandte sich Dr. Ferno zu. »Na bitte. Sie haben selbst gehört. Er hat das Haus nicht verlassen. Aber Sie dürfen es tun. Sie dürfen mein Haus auf dem schnellsten Weg verlassen.«

»Erlauben Sie mir, ihn selbst zu fragen«, verlangte Dr. Ferno. »Es gehört zu meinem Beruf, Leute wie ihn zu befragen. Ich werde sofort wissen, ob er lügt. Ich kann Lügen drei Meilen gegen den Wind riechen.« Dr. Ferno machte einen Schritt nach vorn, aber Mom wich nicht von der Stelle.

»Sie werden ihn nicht befragen. Nicht ohne meine Erlaubnis. Das ist mein Haus.«

»Dann soll er das hier erklären.« Dr. Ferno wedelte mit dem Stofffetzen.

»Erklären *Sie* es.« Mom verschränkte die Arme vor der Brust. »Ich weiß nicht mal, was das ist.«

»Es ist ein Stück Flanell.«

»Ganz offensichtlich.«

»Sehen Sie es sich genau an.« Dr. Ferno hielt es ihr unter die Nase. »Es stammt von einem Pyjama. Es hat in meinem prämierten Rosenstrauch gehangen. Es sind … Raumschiffe und anderer Science-Fiction-Firlefanz darauf abgebildet.«

»Und?«

»Ein Jungen-Pyjama. Jungs mögen Dinge, die mit dem Weltraum zu tun haben. Space Wars und so.«

Mom starrte auf den Stoff, dann in Dr. Fernos Gesicht. »Sie kommen zu uns ins Haus. Sie beschuldigen meinen Sohn, bei Ihnen eingebrochen zu haben. All das, weil auf einem Stück Stoff zufällig Raumschiffe abgebildet sind?«

Dr. Ferno blickte stumm zwischen Mom und mir hin und her.

Mom hielt seinem Blick stand und tippte das Stück Flanell an. »Ich bezweifle sehr, dass Markus der einzige Junge in Tacoma ist, der Raumschiffe mag. Ich schließe jetzt die Tür.«

Dr. Ferno blockierte die Tür mit der Hand. »Wenn er unschuldig ist, warum sieht er dann aus, als würde er gleich in Tränen ausbrechen?«

»Kümmern Sie sich um Ihre eigenen Angelegenheiten«, sagte Mom.

»Hier geht etwas Seltsames vor sich und ich werde herausfinden, was es ist.«

»Sie nehmen jetzt besser Ihre Hand weg, Mr Ferno. Ich werde diese Tür nämlich gleich zuschlagen.«

Dr. Ferno zog gerade noch rechtzeitig seine Hand zurück. Mom knallte die Tür so heftig ins Schloss, dass das Haus zitterte.

Sie wirbelte herum und sah mir ins Gesicht, dann ging sie nach oben und rief: »Markus, du kommst mit.«

Ich spähte durch die Glasscheibe in unserer Haustür und sah Dr. Ferno wieder unter dem Baum stehen und zu McLean hinaufstarren.

»Markus!«, schrie Mom. »Komm jetzt.«

Ich folgte ihr nach oben.

Mom ging schnurstracks in mein Zimmer. Ihr Blick wanderte über mein Bett und fiel dann auf den Schlafanzug, der auf dem Boden lag.

»Ist das deiner?«, fragte sie.

»Ja.«

»Aber du hast auch einen Schlafanzug mit Raumschiffen. Da bin ich sicher. Ich weiß, dass ich ihn neulich gewaschen habe.«

Ich zuckte mit den Achseln. »Ich glaube, ich hatte mal einen.«

Sie sah sich um, dann berührte sie mit der Fußspitze den hingeworfenen Schlafanzug. »Als Allerserstes räumst du hier mal alles auf. Und machst sauber. Habe ich mich klar ausgedrückt?«

»Du hast ... du hast dich klar ausgedrückt.« Eine Träne rann mir über die Wange.

Mom bemerkte es. »Warum weinst du?«

»Weiß nicht.«

»Hat er ... hat dieser Blödmann dir Angst eingejagt?«

»Nein ... weiß nicht.«

»Jedenfalls ist er weg. Du brauchst deswegen nicht zu weinen. Alles gut. Okay?«

Ich nickte und schniefte.

Mom ging zur Tür, drehte sich jedoch noch einmal um. »Aber Markus, wenn du mich dazu gebracht hast zu lügen ...«

Sie verließ den Raum, ohne den Satz zu Ende zu sprechen. Ich hatte ein schlechtes Gewissen, dass ich meine Mutter angelogen hatte, deshalb machte ich besonders gründlich sauber.

Briefe

Als ich den Faden um meinen Finger gehabt hatte, hatte ich einige Dinge ganz genau gewusst, zum Beispiel die Elemente einer Geschichte und die Bedeutung des Ausdrucks auf Jannies Gesicht. Diese Dinge waren für mich unumstößliche Tatsachen gewesen – etwa so, wie wenn man einen Wasserhahn aufdreht und weiß, dass Wasser herauskommen wird.

Ich war mir ziemlich sicher, dass in dem Karton auf dem Dachboden einige Antworten zu finden waren. Aber ich *wusste* es nicht. Dabei wünschte ich es mir so! Ich wünschte mir, dass mehr Dinge im Leben feststehen würden. Dass man sie im Voraus wissen könnte.

Mom machte einen Salat und eine Pfanne mit frischen Makkaroni und Käse, bevor sie an diesem Abend mit einer Freundin ins Restaurant ging. Sobald sie fort war, rief ich Aster an.

»Ich kann heute Abend nicht rüberkommen«, sagte Aster. »Meine Eltern sind total komisch.«

»Wieso komisch?«

»Ganz besonders besorgt um mich. Als hätten sie Angst, ich würde sterben, wenn ich das Haus verlasse. Manchmal sind sie so. Ruf mich an, sobald du in den Karton gesehen hast.«

Ich ging nach unten ins Wohnzimmer, wo sich Lukas und Jannie aufhielten.

»Ich sehe mir jetzt den Karton auf dem Dachboden an. Wollt ihr mitkommen?«

Jannie nickte.

Lukas zuckte mit den Achseln. »Welchen Karton?«

»Der, zu dem uns der Faden geführt hat.«

»Was?«

»Weißt du nicht mehr? Das Knäuel ist auf den Dachboden hochgerollt, aber wir wussten nicht, was es wollte. Ich glaube, es wollte uns zu etwas führen – auf dieselbe Weise, wie es uns später zu dem Schwert geführt hat. Ich sehe mir jetzt den Karton an.«

Lukas und Jannie folgten mir nach oben. Lukas verschwand kurz in unserem Zimmer und kam mit einem Taschenmesser und einer Stirnlampe zurück. Er streifte sich die Stirnlampe über und klappte dann das Taschenmesser auf.

»Okay. Los geht's.«

Ich betrachtete das Messer. »Was meinst du denn, wen wir auf dem Dachboden treffen werden? Den bösen Wolf?«

»Ich will damit einfach nur den Karton aufschneiden«, sagte Lukas. »Aber wenn du Angst vorm bösen Wolf hast, solltest du mich vielleicht vorgehen lassen.«

Ich spürte, wie Jannie sich an meinem Hemd festhielt, während wir die Treppe hinaufstiegen. Oben schaltete ich das Licht ein. Die einzige Glühbirne sorgte für lange Schatten. Lukas knipste seine Stirnlampe an.

»Da drüben«, sagte ich, »in der Ecke.«

Wir schlängelten uns zwischen Kartons mit Weihnachtsschmuck hindurch. Aus einem Berg Stechpalmenkränze grinste ein Weihnachtself hervor. Die Indianermasken, die Dad uns aus Alaska geschickt hatte, starrten uns an, als wollten sie uns warnen.

Schließlich fand ich den Karton, nach dem ich gesucht hatte. Er war mit Paketband zugeklebt und obendrauf stand in Moms Handschrift ein einziges Wort: *Briefe.*

»Wessen Briefe?«, fragte Lukas.

»Das werden wir gleich sehen«, erwiderte ich. »Gib mir dein Messer.«

»Es gehört mir. Lass mich das machen.«

Lukas schnitt das Paketband durch und klappte den Karton auf. Er war randvoll mit zerknitterten Umschlägen. Ich zog den obersten heraus. Er trug Dads Handschrift und war an Lizzy Jones adressiert. Als Absender war eine Adresse in New York angegeben.

»Seht euch den Stempel auf der Briefmarke an«, sagte ich. »Der verrät uns, von welchem Postamt der Brief losgeschickt wurde. Und auch wann.«

Lukas las das Datum. »Wow. Das ist fast zwanzig Jahre her. Wer ist Lizzy Jones?«

»Das ist Mom«, antwortete ich. »Elizabeth. Jones hieß sie vor ihrer Heirat. So wie Oma und Opa Jones.«

Jannie lächelte.

»Was ist daran lustig?«, fragte ich. »Findest du es komisch, an Mom als Lizzy zu denken?«

Jannie nickte.

Ich zog den Brief aus dem Umschlag und las ihn in dem schummrigen Licht vor: *»Meine Allerliebste …«*

»Peinlich«, sagte Lukas.

»Meine Allerliebste, es ist jetzt zwei Monate her, seit ich dich das letzte Mal gesehen habe. Wenn das noch länger so geht, vergesse ich, wie du aussiehst und wie deine Lippen schmecken ...«

»Oh, wie eklig«, stöhnte Lukas. »Ich will kein Wort mehr davon hören, wie Moms Lippen schmecken. Kannst du das nicht überspringen?«

Jannie lächelte.

Ich überflog den Brief. Nach dem Ende des sentimentalen Teils ging es um Kurse, die Dad am College belegt hatte. Ich faltete den Brief wieder zusammen, steckte ihn in den Umschlag zurück und nahm den nächsten.

»Meine Allerliebste ...«

»Geht das schon wieder los«, klagte Lukas. Er nahm mir den Brief aus der Hand und überflog ihn. »Peinlich. Peinlich. Langweilig. Todlangweilig. Und noch mal peinlich. Ist das alles, was dieser Typ geschrieben hat?« Er hielt mir den Brief wieder hin, aber Jannie schnappte ihn sich und begann ihn selbst zu lesen.

»Überspring ein paar Jahre«, verlangte Lukas.

»Das mache ich«, erwiderte ich, »aber ich will nichts Wichtiges verpassen. Vielleicht sind sie weniger emotional, als Dad älter war.«

Ich nahm etwa die Hälfte der Briefe heraus und legte sie neben dem Karton auf den Boden. Jannie zog den Stapel zu sich heran. Sie sah ganz gierig aus, als lägen vor ihr Gold und Diamanten anstatt Umschläge und gefaltetes Papier.

Ich griff nach dem Brief, der nun im Karton zuoberst lag, und entzifferte den Poststempel. Der Brief war elf Jahre alt und in Oaxaca, Mexiko abgeschickt worden.

Ich öffnete ihn und las: *»Liebe Lizzie ...«*

»Siehst du«, sagte Lukas mit einem Seufzer. »Schon besser.«

»Kannst du mal aufhören, mich dauernd zu unterbrechen? Sonst kommen wir nie vom Fleck«, sagte ich. *»Liebe Lizzie, diese Woche ist es nur langsam vorangegangen. Murray und ich haben mit dem Studententeam die Quadranten des Randbereichs bearbeitet. Collins ist direkt auf den Quadranten in der Mitte losgegangen. Da wir dort die Scherben entdeckt haben, dachte er, in diesem Bereich würden noch mehr Objekte liegen. Aber bisher haben wir nur gegraben und gegraben, ohne etwas zu finden.* Er ist auf einer Grabung«, sagte ich. »Wahrscheinlich diese Grabung damals, als er die aztekischen Grabstätten gesucht hat.«

Ich las weiter. *»In unserer Freizeit habe ich Collins und auch Murray mit meinem Traumprojekt gelangweilt. Du weißt schon, was ich meine. Collins sagt, ich wäre verrückt. Er hält es für ausgeschlossen, dass ich jemals eine Förderung für eine Grabung in Griechenland bekomme. Er sagt, Griechenland ist so abgegrast, dass die Chance, etwas Neues zu finden, extrem gering ist. Murray hat ein bisschen besser reagiert, aber wahrscheinlich nur, weil wir so alte Freunde sind.* Ich frage mich, was er mit seinem Traumprojekt meint«, sagte ich.

»Irgendwas in Griechenland«, erwiderte Lukas. »Stammt das Schwert nicht auch von dort?«

Ich nickte. »Ja, und dort ist Dad auch verschwunden.«

Jannie sah zu mir hoch, bevor sie sich wieder ihrem Stapel Briefe zuwandte.

Ich las weiter: *»Ich hoffe, du bist mir nicht böse, meine Liebste, aber ich habe ihnen sogar von unserer Hochzeitsreise erzählt. Von dem Gasthof mit der Geheimtür im Keller.«*

»Hast du gerade *Geheimtür* gesagt?«, fragte Lukas.

»Ja. Sei still.«

Ich las weiter: *»Collins hat sich lustig gemacht über meine Theorien. Aber zumindest hat mich Murray nicht ausgelacht … Unsere Projektgelder für die Grabung sind fast aufgebraucht. Bisher haben wir nichts vorzuweisen als ein paar Tonscherben und ein paar fragwürdige Knochen. Aber die gute Nachricht ist, dass ich rechtzeitig vor Weihnachten zu Hause sein werde. Gib den Jungs einen Kuss von mir. Alles Liebe, Matthias.«*

Lukas pfiff leise durch die Zähne. »Ich hoffe, wir finden noch mehr über diese Geheimtür heraus. Lies weiter. Langsam wird's interessant.«

Ich öffnete den nächsten Brief. Den hatte Dad wohl geschrieben, während er am Flughafen auf seinen Heimflug wartete. Es ging darin nur um Pläne für Weihnachten. Er erwähnte einen mexikanischen Poncho, den er mir mitbringen wollte. Diesen Poncho hatte ich noch. Er war völlig zerschlissen, aber die Fetzen lagen noch in einem Karton ganz oben in meinem Kleiderschrank.

Die nächsten paar Dutzend Briefe deckten etwa drei Jahre ab, in denen Dad weniger gereist zu sein schien. Nur in einem davon erwähnte er, dass er *noch einmal Forschungsgelder* für sein *Traumprojekt* beantragt hatte, aber das war alles.

Lukas wollte, dass ich wieder Briefe übersprang, aber ich konnte nicht aufhören zu lesen. Jedes Wort war ein Hinweis. Allerdings waren es ganz andere Hinweise als die, nach denen wir suchten. Jedes Wort kam von meinem Vater, den ich kaum kannte. Es war seltsam zu lesen, wie zärtlich er an Mom schrieb und nach uns Kindern fragte.

Ein Brief ging mir besonders nahe. Darin erzählte er von

einem winzig kleinen Strand, den er an einem freien Tag während der Grabung in Mexiko entdeckt hatte.

Er schrieb: *Ich dachte, ich würde den Strand für mich allein haben, aber als ich von der Straße abbog, parkte dort ein kleiner VW. Im Sand saßen eine Mutter und ihre beiden Kinder – zwei Jungs, die im Sand spielten. Sie sahen meinen Söhnen überhaupt nicht ähnlich. Sie hatten braune Haut und dunkle Augen, aber ich musste sofort an Markus und Lukas denken. Ich fragte mich, wo der Vater dieser Jungen war. Was machte dieser Idiot gerade, das wichtiger war, als mit seinen Kindern im Sand zu buddeln?*

Deshalb sagte ich Nein, als Lukas mich aufforderte, die nächsten Briefe zu überspringen. Ich las Dads Worte, eines nach dem anderen, bis ich bei einem Brief fast ganz unten im Karton anlangte. Darauf klebten andere Briefmarken – solche, die mir selbst im schummrigen Licht des Dachbodens irgendwie bekannt vorkamen.

»Sieh mal«, sagte ich zu Lukas. »Die sehen aus wie die Briefmarken auf der Schachtel, in der wir das Wollknäuel bekommen haben.«

Auf den Marken war ein alter Mann mit hoher Stirn, langem Bart und leeren grauen Augen abgebildet. Der Stempel enthielt Worte in einer fremden Sprache, mit Buchstaben, von denen ich dachte, es wäre vielleicht Russisch. Nur ein Wort sah vertraut aus: *Hellas*.

»Ich frage mich, was *Hellas* bedeutet«, sagte ich.

Jannie sah von dem Brief hoch, den sie gerade las. Sie nahm mir den Umschlag aus der Hand und starrte ihn an, dann schrieb sie in ihr Notizbuch: *Hellas heißt Griechenland auf Griechisch.*

»Dann sind diese Briefmarken aus Griechenland«, folgerte

ich. »Genau wie die auf der Schachtel, so wie es Mr Endo gesagt hat. Aber die hier tragen auch einen Stempel von dort.«

Ein fremdes Wort war über die Marken gestempelt: Κρήτη. Ich zeigte es Jannie. Sie betrachtete es kurz, zuckte mit den Achseln und kehrte zu ihrem eigenen Brief zurück.

Ich öffnete den Umschlag und las die erste Zeile vor: *»Liebe Lizzie …«*

Bevor ich weiterlesen konnte, fuhr Jannie von ihrem Stapel Briefe auf. Umschläge wirbelten durch die Luft. Sie hielt einen Brief in der Hand und wedelte mir damit vor dem Gesicht herum. Ich versuchte ihn ihr abzunehmen, aber sie ließ ihn nicht los. Stattdessen rutschte sie neben mich und hielt ihn mir zum Lesen hin, aber ihre Hand zitterte so sehr, dass die Worte verschwammen.

»Halt ihn mal ganz ruhig, okay?« Ich packte ihr Handgelenk, damit sie nicht mehr so zitterte, und las vor: *»Meine Allerliebste, es schmerzt mich sehr, so kurz nach unserer Hochzeit von dir getrennt zu sein, aber zumindest habe ich die wunderbaren Erinnerungen an unsere Hochzeitsreise.«*

»Du kannst den sentimentalen Teil gern überspringen«, warf Lukas ein.

»Okay. Warte mal. *Liebe. Lippen.* Bla bla bla … Aber jetzt: *Ich hatte das Gefühl, dass der Gastwirt sehr beeindruckt von dir war – oder vielleicht von der Liebe zwischen dir und mir – und dass er sich deshalb dazu entschloss, uns seinen Keller zu zeigen.«*

»Der Keller«, sagte Lukas. »Vielleicht ist das der Keller mit der Geheimtür.«

»Ich habe gemerkt, wie zögerlich der Gastwirt war, und deshalb habe ich ihm auch geglaubt, dass er den Keller noch nie jemandem außerhalb seiner Familie gezeigt hat. Natürlich könnte

das auch gelogen gewesen sein, aber das denke ich eigentlich nicht. Und dann diese Tür! Mein Gott, sie muss mindestens zweitausend Jahre alt gewesen sein. Oder noch älter. Allein schon aufgrund der Eisenteile war mir klar, dass sie älter gewesen sein muss als die römischen Katakomben. Stell dir vor, er hätte recht – dass diese Tür wirklich zum Original gehört – und die Geschichten wären mehr als nur Geschichten. Lizzie, das ist genau die Art Projekt, von der ich schon als kleiner Junge geträumt habe. Aus diesem Grund habe ich überhaupt mit der Buddelei angefangen. Ich weiß, das Ganze ist reine Spekulation. Wahrscheinlich ein Hirngespinst, aber irgendwann werde ich die Projektmittel auftreiben und dorthin zurückkehren und eine eigene Grabung durchführen. Denk an meine Worte, meine Allerliebste. Auf dieser Reise sind zwei Träume wahr geworden. Der eine war, diese Tür zu entdecken. Der andere war, mit dir verheiratet zu sein. In Liebe, Matthias.« Meine Stimme verstummte.

Niemand sagte etwas. Wir saßen schweigend zwischen den langen Schatten auf dem Dachboden. Ich dachte über Dads Worte nach. Er hatte sich nach einem Abenteuer gesehnt, dann hatte er eins gefunden. War es das, was ihn uns weggenommen hatte?

Lukas stupste mich an und deutete mit dem Kinn auf den anderen Umschlag in meiner Hand. Ich öffnete ihn und begann im Stillen zu lesen, bis Lukas mich noch einmal anstupste.

»Liebe Lizzie, verzeih mir, wenn ich mich heute kurz fasse. Ich bin zu aufgewühlt zum Schreiben. Das Labyrinth ist hier, Lizzie. In besserem Zustand, als ich gedacht hatte. Die meisten Wände stehen noch, auch wenn sie in der Erde versunken sind. Und die Gänge bilden vollkommen überraschende Muster. Wenn ich noch weitergrabe, werde ich eine Fadenrolle brauchen, um wieder hinauszufinden, genau

wie Theseus, als er gegen den Minotaurus kämpfte ... Vielleicht müssen wir unsere Pläne für den Sommer noch einmal überdenken. Ich weiß, eigentlich hatten wir besprochen, dass du mit den Kindern herkommst, aber dieses Projekt wird mir vermutlich keine freie Minute lassen. Ich hoffe, du hast nichts dagegen, wenn ich hier noch ein paar Monate allein weitermache. Ich muss jetzt schließen, damit ich Murray anrufen kann. Seine Stiftung finanziert das Ganze und ich bin schon viel zu spät dran mit meinem Bericht. Aber es ist hier. Es gibt keinen Zweifel, dass ich es gefunden habe. Es ist genau so, wie ich es mir in meinen Träumen ausgemalt habe. In Liebe, Matthias.«

Eine Sekunde lang war auf dem Dachboden nicht das leiseste Geräusch zu vernehmen.

»Wahnsinn«, sagte ich schließlich.

»Was meint er?«, fragte Lukas. »Was hat er gefunden?«

Jannie schrieb zwei Wörter in ihr Notizbuch und hielt es hoch. Ich nickte.

»Labyrinth? Minotaurus?«, fragte Lukas. »Wovon redet ihr?«

»Es geht um das Labyrinth aus der griechischen Sage. Ich kann nicht glauben, dass ich das nicht früher begriffen habe«, antwortete ich. »Dad war auf Kreta. Genau da ist Theseus hingefahren.«

»Wer zum Henker ist Theseus?«, fragte Lukas.

»Du weißt doch, das war der griechische Held, der nach Kreta gesegelt ist, um dieses Ungeheuer zu töten.«

»Den Minotaurus?«, fragte Lukas. Sein Mund blieb offen stehen.

»Richtig. Den Minotaurus. Halb Mensch, halb Stier und riesengroß. Aber der Minotaurus lebte mitten in einem Labyrinth, einer Art Irrgarten. Das Labyrinth war so ausgedehnt und verwinkelt, dass niemand, der hineinging, jemals wieder herausfand. Alle haben sich entweder verirrt oder sie wurden vom Minotaurus gefressen.«

»Wahnsinn«, sagte Lukas.

»Ich weiß. Deshalb gab diese Prinzessin – Ariadne – Theseus eine Rolle mit Faden, um ihm zu helfen. Theseus band das Fadenende am Eingang fest, ging ins Labyrinth, tötete den Minotaurus und wickelte das Wollknäuel dann wieder auf, um hinauszufinden.«

»Du hast Wollknäuel gesagt.« Lukas starrte mich an.

»Was?«

»Die beiden ersten Male hast du *Faden* gesagt. Aber gerade eben hast du *Wollknäuel* gesagt.«

Der Minotaurus

In dem Karton lagen noch mehr als ein Dutzend Briefe. Ich zog den nächsten heraus. Ich konnte Jannies und Lukas' Blicke spüren. Dieser Umschlag trug dieselbe Sorte Briefmarken und den gleichen Poststempel wie der vorige, nur mit einem Datum ein paar Wochen später.

»Hör auf, ihn anzustarren, und lies endlich«, drängte Lukas.

Das tat ich, aber mit jeder Zeile jagte er mir mehr Schauer über den Rücken. *»Lizzie, ich habe etwas gefunden. Auf den ersten Blick sieht es wie ein harmloses Knäuel Schnur aus. Oder Faden. Schlichte schwarze Wolle, denkt man. Aber genau diese Schlichtheit macht den Faden so bemerkenswert. Wenn es gewöhnliche Wolle ist, wie kann sie dann so lange überdauert haben? Das Wollknäuel hat ja direkt in der Erde gelegen, ohne Verpackung. Ich fand es zwischen Erde und Steinen und antikem Abfall. Es mag albern klingen, aber ich frage mich wieder und wieder, ob das der Ariadnefaden ist. Das ist natürlich absurd. Ich komme mir vor wie ein Schuljunge, allein schon weil ich das überhaupt in Erwägung ziehe. Aber als ich den Faden das erste Mal berührt habe, bekam ich einen elektrischen Schlag. Das meine ich nicht symbolisch. Er war aufgeladen. Und ich habe* *nicht nur Elektrizität abbekommen. Da war auch noch etwas anderes. Freude? Macht? Ich werde jetzt nicht weiterschreiben. Verzeih mir den kurzen Brief. Ich kann es kaum erwarten, dieses Objekt näher zu untersuchen. Es ruft förmlich nach mir. Matthias.«*

»Lies den nächsten.« Lukas' Stimme war kaum mehr als ein Flüstern.

Ich öffnete den nächsten Umschlag. *»Lizzie, ich blicke auf das Wollknäuel, das vor mir auf meinem Feldtisch liegt. Um dir zu schreiben, muss ich mich davon regelrecht losreißen. Ich habe es weder zum Schlafen noch zum Essen weggelegt. Es ist voller Rätsel. So schlicht und doch so außergewöhnlich. Zwei Mal habe ich mir das Fadenende um den Finger gebunden und ... Oh, Wunder über Wunder. Und Schmerzen über Schmerzen. Ich kann mich nicht erinnern, was passiert ist oder was ich gefühlt habe. Aber ich habe Dinge begriffen. Zumindest glaube ich das. Ich fürchte mich davor, mir den Faden wieder um den Finger zu binden. Die Schmerzen werden schrecklich sein. Aber ich muss es tun. Matthias.«*

Ich nahm den nächsten Umschlag aus dem Karton. Auch diesmal war die Adresse in Dads Handschrift geschrieben, aber die Zeilen liefen schräg nach unten. An zwei Stellen hatte sich der Kuli durch den Umschlag gebohrt. Der kurze Brief darin war zerrissen und anschließend unordentlich wieder zusammengeklebt worden.

»Jetzt weiß ich, was das hier ist. Weißt du es auch? Weißt du überhaupt etwas? Ich schon. Ich habe Erkenntnisse. Ich habe Wissen. Ich weiß, was für ein Tag heute ist. Ich weiß alles vom Kuckuck in der Uhr. Ich weiß alles vom Saft im Baum. Ich weiß, was im Kern jedes Teilchens steckt. Nur ein winziges bisschen Energie. Ein bisschen Energie in Form eines Fädchens. Ich kann sehen, woher der Faden stammt. Ich kann ihre Hand sehen. Ich kann sehen, wie er

ihn durch das Labyrinth führt. Ich kann sogar das Ungeheuer sehen. Matthias.«

»Er ist übergeschnappt«, sagte Lukas. »Der Faden hat ihn in den Wahnsinn getrieben. Wir müssen das blöde Ding aus dem Haus schaffen.«

»Junge, Junge.« Ich konnte nicht glauben, was ich da gerade gelesen hatte. »Er klingt wie McLean. Könnt ihr euch vorstellen, wie es für Mom gewesen sein muss, diesen Brief zu bekommen?« Ich stellte mir Mom vor, allein zu Hause mit ihren Kindern. Zu diesem Zeitpunkt musste Jannie etwa drei gewesen sein.

»Lies weiter«, verlangte Lukas, »aber beeil dich. Ich will hier raus.«

Ich griff nach dem nächsten Umschlag. Er trug unsere Adresse, aber Moms Name stand nicht darauf. Es gab auch keinen Absender.

Ich öffnete ihn und las die hastig hingekritzelten Wörter: *»Ariadne, ich habe das Ungeheuer besiegt und wieder hinausgefunden. Doch du warst nicht da. Ich habe das Labyrinth enträtselt, aber ich fühle mich trotzdem verloren. Ich habe mich auf die Suche nach dir gemacht.«*

Es gab keine Unterschrift. Ich starrte zu Lukas und Jannie hoch. Lukas hatte sich die Faust auf den Mund gedrückt. Jannie knüllte die Briefe in ihrer Hand zusammen. Tränen liefen ihr übers Gesicht.

»Lies den nächsten«, drängte Lukas.

Ich sah in den Karton. Es lagen noch mindestens zehn Briefe darin. Ich hatte kein Bedürfnis, sie zu lesen. Ich wollte weg vom Dachboden. Ich wollte, dass Mom nach Hause kam.

»Jetzt lies schon, schnell«, bat Lukas.

Ich nahm den nächsten Brief aus dem Karton. Er war an Dad adressiert, c/o Hotel Irini in Heraklion, Griechenland. Aber er war vom Postamt als *unzustellbar* gestempelt und ungeöffnet zurückgeschickt worden. Der Brief unter diesem sah genauso aus, wie auch alle übrigen.

»Das sind Moms Briefe«, erwiderte ich. »Sie sind alle zurückgekommen. Ungeöffnet.« Ich hielt Dads letzten und Moms ersten Brief hoch. »Zwischen dem hier und dem hier ist Dad verschwunden.«

Ich packte alle Briefe in den Karton zurück und wollte ihn gerade zumachen, als Jannie den Karton an sich zog.

»Jannie, wenn du die Briefe mit nach unten nimmst, findet Mom heraus, dass wir sie gelesen haben. Was meinst du, was sie davon halten wird?«

Jannie antwortete mit einem Achselzucken. Es war ihr egal und sie würde sich nicht umstimmen lassen. Vielleicht hatte sie recht. Was war dabei, wenn Mom herausfand, dass wir sie gelesen hatten? Sollte sie es nicht sowieso wissen?

Wir schalteten das Licht aus und schlossen die Dachbodentür. Jannie trug den Karton in ihr Zimmer. Ich ging in mein eigenes Zimmer und legte mich auf mein Bett. Lukas setzte sich neben mich.

Ich zog mein Telefon aus der Tasche. »Ich rufe Aster an.«

»Okay.«

»Wie wär's mit ein bisschen Privatsphäre?«

»Nein.«

Ich versuchte ihn von meinem Bett zu schieben.

»Jetzt sei doch nicht so«, schimpfte Lukas. »Kann ich nicht eine Weile hier bei dir bleiben? Und kannst du bitte diesen Faden woanders hinpacken? Irgendwo weit weg?«

»Du bist eigentlich so stark, aber manchmal kannst du ein richtiges Baby sein.« Ich rutschte ein Stück zur Seite. Lukas legte sich neben mich.

Ich wählte Asters Nummer und erzählte ihr, was wir in den Briefen gelesen hatten. Ich ging nicht groß ins Detail, wie mein Vater verrückt geworden war, sagte aber genug, dass sie sich ein Bild machen konnte.

»Warte mal«, sagte sie. »Wonach hat dein Vater deiner Meinung nach gesucht?«

»Nach dem Labyrinth«, antwortete ich.

»Ich habe keinen blassen Schimmer, was das ist.«

Manchmal vergesse ich, dass nicht jeder einen Archäologen zum Vater hat.

»Das Labyrinth war dieser riesige Irrgarten, den der König von Kreta gebaut hat«, erklärte ich. »Vor ungefähr dreitausend Jahren. Ich meine, niemand weiß, ob er das Labyrinth *tatsächlich* gebaut hat, aber es gibt eine berühmte Sage darüber.«

»Okay. Erzähl sie mir.«

»Na schön. Also der König von Kreta hieß Minos. Sein Vater soll Zeus gewesen sein.«

»Zeus ist der König der Götter, richtig?«

»Ja, kann man so sagen.«

»Zeus ist der, von dem McLean geredet hat«, erinnerte sich Aster. »Der Adler am Schwertgriff war sein Symbol.«

»Ja. Jedenfalls war Minos einer seiner Söhne. Und Minos war ein böser Mensch. Er hatte dieses riesige Ungeheuer, das Minotaurus genannt wurde.«

Lukas boxte mich in die Seite. »Kannst du sie auf Lautsprecher stellen, damit ich sie auch hören kann?«

Ich seufzte, drückte aber auf die Lautsprecher-Funktion. Lukas lutschte an einem seiner Junior Mints. Seine Augen waren weit geöffnet, wie die Augen eines Kindes, das sich einen Horrorfilm ansieht.

»Der Minotaurus hatte den Körper eines Menschen und den Kopf eines Stiers und fraß Menschen«, erzählte ich weiter. »Er war total gruselig. König Minos liebte ihn, hatte aber auch Angst vor ihm.«

»Wer hätte das nicht?«, sagte Aster.

»Stimmt. Also schnappte sich König Minos diesen berühmten Erfinder namens Dädalus und ließ ihn ein Labyrinth bauen, um den Minotaurus darin einzusperren.«

»Ich glaube, von Dädalus habe ich schon gehört«, sagte Aster. »Das ist doch der, der sich aus Federn und Wachs Flügel gebaut hat und zu nahe an die Sonne geflogen ist, oder?«

»Ja, er hat die Flügel gebaut, aber nicht er selbst ist zu nahe an die Sonne geflogen, sondern sein Sohn.«

»Du kennst dich gut aus in den griechischen Sagen.«

»Weil mein Vater die ganze Zeit davon geredet hat. Also, wenn er zu Hause war ... Er hat so viel davon geredet, dass es mir auf die Nerven gegangen ist. Ich habe ihn oft gebeten, andere Geschichten zu erzählen – von Spiderman oder so. Aber er sagte, diese Geschichten wären alle seicht – *billige Kopien* nannte er sie. Er sagte immer: ›Man muss sich mit dem Originalstoff befassen, mit den Leuten, die das Geschichtenerzählen erfunden haben.‹«

»Den Griechen?«

»Das war seine Meinung.«

»Mensch, Markus, kannst du nicht einfach weitererzählen?«, quengelte Lukas.

Konnte ich nicht. Meine Gedanken flogen zurück – sechs Jahre zurück – zu einer Zeit, als Dad zwei Monate lang zu Hause gewesen war. Er hatte uns ins Bett gebracht und in unserem Zimmer auf dem Boden gesessen. Lukas hatte neben mir im Bett gelegen, etwa in derselben Haltung wie jetzt.

Ich versuchte mich zu erinnern, wie Dad damals ausgesehen hatte. Er hatte immer einen mehrere Tage alten Bart gehabt, von dem Mom sagte, er pikse beim Küssen, aber sie küsste ihn trotzdem. Er war klein und gedrungen gewesen, so wie Lukas, mit einem runden Gesicht und störrischen Haaren. Er hatte uns diese alten Sagen erzählt, weil er wollte, dass wir sie genauso liebten wie er.

»Heute geht es um ein Ungeheuer. Und einen Prinz und eine Prinzessin«, sagte Dad in meiner Erinnerung.

»Wie heißt die Prinzessin?«, fragte die jüngere Ausgabe von Lukas.

»Sie hieß Ariadne.«

»Das klingt aber komisch. Den Namen mag ich nicht.«

»Lass ihn einfach die Geschichte erzählen«, sagte die jüngere Ausgabe von mir.

»Okay«, erwiderte Lukas. »Erzähl sie. Aber mach sie nicht zu gruselig. Okay, Dad?«

»Aber ein bisschen gruselig schon«, verlangte ich.

»Ich mache es wie Alexander der Große mit dem gordischen Knoten und versuche ihn in der Mitte durchzuschlagen. Also, wo waren wir?«

»Du hast gesagt, König Minos ließ diesen Irrgarten bauen.«

»Richtig. Den größten Irrgarten aller Zeiten. Er nannte ihn *das Labyrinth*. Und mittendrin sperrte er das Ungeheuer ein, das seine Frau zur Welt gebracht hatte.«

»Den Minotrausus«, sagte Lukas.

»Den Mino*taurus*. Das ist richtig, Lukas. Der Minotaurus war halb Stier, halb Mensch. Und das Einzige, was er fraß, waren Menschen. Aber das Labyrinth war so verwinkelt, dass der Minotaurus niemals den Weg hinaus finden konnte.«

»Was für Menschen hat er gefressen?«

»Dazu komme ich noch.« Dad kratzte sich am Bart. »Also, König Minos hatte eine große Armee. Und eines Tages segelten sie in Schiffen über das Meer zu einer Stadt namens Athen. Minos und seine Armee haben Athen in einer gewaltigen Schlacht besiegt. Athen musste sich schließlich geschlagen geben. Minos verlangte, dass Athen ihm einen Tribut zahlte.«

»Was ist ein Tribut?«, fragte ich.

»Das ist eine Art Steuer. Normalerweise Gold oder Getreide oder so etwas. Aber Minos musste das Ungeheuer, den Minotaurus, versorgen. Deshalb ließ er den König von Athen versprechen, dass er einmal im Jahr sieben junge Männer und sieben junge Frauen an Minos schicken würde.«

»Für den Minotrausus? Damit er sie fressen konnte?«

»Ganz genau.«

»Igitt. Das ist ja eklig.«

»Ja, ist es. So ging das eine lange Zeit ...«

»Wie lange?«, fragte ich.

»Weiß ich nicht – eine lange Zeit.«

»Zehn Jahre?«

»Bestimmt. Sagen wir mal zehn Jahre.«

»Das wären sieben Männer plus sieben Frauen mal zehn«, sagte ich. »Also vierzehn mal zehn. Das sind einhundertvierzig Menschen, die er gefressen hat.«

»Eklig«, sagte Lukas.

Dad lachte. »Wollt ihr die Geschichte hören?«

»Ja.«

»Irgendwann bat der Sohn des Königs von Athen, ein Prinz namens Theseus, als einer der sieben jungen Männer zu Minos reisen zu dürfen.«

»Ist er der Held?«

»Ist er. Aber sein Vater, der König, sagte Nein.«

»Wie alt war er?«

»Wer? Theseus? Vielleicht zwanzig. So ungefähr. Theseus versprach, den Minotaurus zu töten und wieder nach Hause zu kommen. Es war sein Traum, Sicherheit für sein Volk zu schaffen. Nach vielen Monaten gab der König Theseus schließlich die Erlaubnis mitzufahren. Und er gab ihm zwei Segel für sein Schiff – ein schwarzes und ein weißes. Er sagte: ›Wenn du überlebst, soll der Kapitän deines Schiffes auf der Rückfahrt das weiße Segel hissen, dann kann ich es schon von ferne sehen und weiß, dass du am Leben bist. Aber wenn du stirbst, soll er das schwarze Segel benutzen.‹«

»Das ist cool«, fand ich.

»Finde ich auch«, meinte Dad. »In modernen Geschichten gibt es keine so coolen Ideen. Theseus ist also zusammen mit den anderen jungen Leuten von Athen zur Insel Kreta zu Minos gesegelt. Als sie an Land gingen, wurden sie von König Minos und seiner Tochter begrüßt, der wunderschönen Prinzessin Ariadne.«

»Blöder Name«, fand Lukas.

»Lass mich raten«, bat ich. »Theseus hat sich in sie verliebt.«

»Das würde man erwarten, stimmt's? Genau das würde in irgendeiner Hollywood-Schnulze passieren. Aber nicht bei den alten Griechen. Da verliebt *sie* sich in *ihn*. An diesem Abend, bevor Theseus und die anderen ins Labyrinth geworfen werden, gibt Ariadne Theseus zwei Dinge: ein Schwert und ein Wollknäuel. Sie sagt, mit dem Schwert soll er gegen den Minotaurus kämpfen und mit dem Faden wieder aus dem Labyrinth herausfinden. Sie sagt: ›Knüpf ihn am Eingang des Labyrinths fest, lass das Knäuel beim Gehen abrollen und wickel es anschließend wieder auf, um hinauszufinden.‹«

»Ganz schön clever.«

Dad nickte. »Am nächsten Morgen lässt Theseus das Knäuel abrollen, während sie in das Labyrinth hineingehen. Wirklich eine gute Sache, denn der Irrgarten war so verwinkelt, dass er nie wieder hinausgefunden hätte. Er geht stundenlang zwischen den Steinmauern hindurch, biegt immer wieder in neue Gänge ein, nur mit einer Kerze ...«

»Warte. Stundenlang? Wie lang ist der Faden?«

»Weiß ich nicht. Vielleicht ist es ein magischer Faden. Jedenfalls biegt Theseus irgendwann um eine Ecke und ... steht vor dem Minotaurus. Der Minotaurus hat einen großen, zottigen Stierkopf, riesige, spitze Hörner und einen menschlichen Körper voller Muskeln. Er greift Theseus an. Der springt in letzter Sekunde zur Seite. Der Minotaurus greift wieder an. Wieder schafft es Theseus wegzuspringen. Der Minotaurus stößt ein Brüllen aus und greift wieder an. Diesmal springt Theseus weg und zückt dann das Schwert.«

Ich sehe vor mir, wie Dad diesen Teil der Geschichte erzählt, wie er sich auf Knien vor uns aufgerichtet hat und die Arme durch die Luft schwingt, den Kampf zwischen Theseus und dem Ungeheuer nachspielt, den entscheidenden Schlag pantomimisch darstellt und dann auf dem Boden unseres Zimmers zusammenbricht.

»Theseus hat also gewonnen?«, fragte Lukas.

»Er hat gewonnen«, bestätigte Dad, während er aufstand. »Der Minotaurus ist tot. Theseus wickelt den Faden wieder zu einem Knäuel auf und folgt ihm durch das Labyrinth, bis er wieder am Eingang steht. Als er das Tor öffnet, wartet Prinzessin Ariadne auf ihn. Sie fleht ihn an, sie von ihrem bösen Vater fortzubringen. Also gehen sie zum Schiff zurück und segeln davon.«

»Und sie heiraten und leben glücklich bis an ihr Lebensende?«

»Ganz und gar nicht. Auf dem Weg nach Athen machen sie Halt auf einer Insel namens Naxos. Ariadne geht an Land und schläft am Strand ein. Da segelt Theseus ohne sie davon.«

»Er macht was?«, fragte ich.

»Ich weiß. Die Griechen sind unberechenbare Geschichtenerzähler. Deshalb finde ich sie so großartig.«

»Schon, aber sie hat ihm das Leben gerettet. Und er lässt sie einfach auf dieser Insel sitzen? So ein Idiot.«

»Vielleicht. Oder vielleicht kam Theseus zu dem Schluss, dass er keine Prinzessin mochte, die ihr eigenes Volk für einen Typen im Stich ließ, den sie gerade erst kennengelernt hatte.«

»Ich finde, er ist ein Idiot«, wiederholte ich.

»Ich nicht«, meinte Lukas. »Er ist der Held, stimmt's, Dad?«

»Er ist der Held«, bestätigte Dad. »Aber selbst Helden verhalten sich nicht immer heldenhaft. Vielleicht ist er tatsächlich ein Idiot. Zumindest aber einer, der viele junge Menschen vor dem Tod bewahrt hat. Und er hat sich auf ein großes

Abenteuer eingelassen. Wie viele Leute können das von sich sagen? Doch das ist noch nicht das Ende. Theseus segelt weiter nach Hause, aber er vergisst, die Segel auszutauschen. Er hat das schwarze Segel gehisst.«

»Oh nein«, stöhnte ich.

»Was?«, fragte Lukas. »Und was ist dann passiert?«

»Sein Vater, der König von Athen, wartet auf einer Klippe und hält auf dem Meer Ausschau nach seinem Sohn. Als er das schwarze Segel entdeckt, denkt er, sein Sohn wäre tot, und verliert alle Hoffnung. Er ist so traurig, dass er von der Klippe springt und im Meer ertrinkt.«

»Wow. Tolle Geschichte, Dad.«

»Ich mag sie«, sagte Lukas.

»Ich mag sie auch, mein Kleiner. Und jetzt müsst ihr ganz schnell schlafen.«

»Junge, Junge«, sagte Aster durchs Telefon, als ich ihr und Lukas die Geschichte zu Ende erzählt hatte. »Das ist deprimierend.«

»Es ist eine starke Geschichte«, sagte ich.

»Sie ist ziemlich gruselig.«

»Sie ist vielleicht nicht schön«, gab ich zu, »aber ich finde sie irgendwie cool, so wie im wahren Leben. Nicht nur immer mit Happy End und so.«

Aster stöhnte, fragte dann aber: »Was ist mit dem Faden? Meinst du wirklich, es ist der Faden aus der Geschichte?«

»Weiß ich nicht.«

»Und das Schwert? Könnte es tatsächlich dasselbe Schwert sein?«

»Keine Ahnung«, antwortete ich. »Es ist nur eine Sage. Ich

habe nie gedacht, das wäre wirklich passiert. Ich dachte immer, die Geschichte wäre erfunden.«

»Woher willst du das wissen?«, fragte Aster. »Ich meine, wie willst du dir da sicher sein?«

»Sicher kann man sich wahrscheinlich nie sein.« Ich lachte, lächelte aber nicht dabei. »Es gibt etwas, das ich gern tun würde«, fügte ich hinzu. »Ich möchte noch einmal in Dr. Fernos Arbeitszimmer gehen und mich umsehen. Kommst du mit?«

Dr. Fernos Haus

Der nächste Tag war ein Sonntag. Wir mussten mit Mom in die Kirche gehen und uns dann im Esszimmer an den Mittagstisch setzen. Es gab wieder Ravioli. Ich schlang meine hinunter, tunkte die Soße mit Brot auf und stand auf, um meinen Teller zur Spüle zu tragen.

Mom hob die Hand und bat mich, mich wieder hinzusetzen. »Ich hatte gehofft, wir könnten ein bisschen reden.«

Mein Blick wanderte zu Jannie. Sie hob unschuldig die Augenbrauen, faltete die Hände und lächelte Mom in ihrer Mona-Lisa-Pose an. Seufzend setzte ich mich wieder hin.

»Ich habe die Briefe in Jannies Zimmer gefunden«, verkündete Mom.

»Welche Briefe?«, fragte Lukas, den Mund voll Brot.

»Auf die Tour brauchst du es gar nicht erst zu versuchen, Lukas«, gab Mom zurück. »Du steckst nicht in Schwierigkeiten. Keiner von euch steckt in Schwierigkeiten.« Sie nahm ihre Serviette und legte sie säuberlich zusammen, faltete sie dann wieder auseinander und zerknüllte sie zu einer Kugel. »Es ist wahrscheinlich gut, dass ihr sie gelesen habt. Damit ihr wisst, wie er war.«

»Er war sehr gefühlvoll«, sagte Lukas.

Mom lächelte, die Augen voller Tränen. »Ja, damals konnte er ziemlich romantisch sein, wenn er wollte. Ich glaube, deshalb ist er Archäologe geworden. Er liebte die ganzen Geschichten. Das Fantastische. Die Vorstellung, den Heiligen Gral oder das versunkene Atlantis zu finden – oder das Labyrinth von König Minos.«

»Dann ist das alles wahr?«, fragte Lukas. »Dass er das Labyrinth gefunden hat?«

»Das dachte er«, erwiderte Mom. »Es begann auf unserer Hochzeitsreise. Wir hatten nicht viel Geld, deshalb haben wir meistens in Jugendherbergen übernachtet. Manchmal haben wir sogar am Strand kampiert. Aber Matthias sagte, wir hätten eine Nacht in einer guten Unterkunft verdient. Leider stellte sich der Gasthof, den wir für diese eine Nacht ausgesucht hatten, als Reinfall heraus. Unser Zimmer war so klein, dass wir über das Bett klettern mussten, um ins Bad zu gelangen. Aber euer Dad mochte das Gebäude, weil es so alt war. Er unterhielt sich lange mit dem Gastwirt über die Geschichte des Hauses und recht bald führte uns der Mann – wie hieß er noch? Argus oder Arius oder so ähnlich – in seinen Keller hinunter und zeigte uns eine uralte Tür, hinter der ein Gang lag. Von diesem Gang war nur das erste Stück erhalten, dahinter war er eingestürzt und alles mit Erde verschüttet. Euer Dad war überzeugt, dass es das Labyrinth war. Oder zumindest liebte er die Vorstellung, es wäre das Labyrinth.«

Jannie schrieb in ihr Notizbuch und hielt es hoch.

Mom nickte. Eine Träne rollte ihr über die Wange. »Ja, er hat mich auch geliebt. Er hat uns alle geliebt, nur eben auf seine Art.« Sie griff nach ihrer zerknüllten Serviette, strich sie glatt und benutzte sie, um sich zu schnäuzen. »Und ich glaube, es ist sogar gut, dass ihr seine letzten Briefe gelesen habt.«

»Das kann nie und nimmer gut sein«, widersprach Lukas. »Da stand wirres Zeug drin. Es klang, als wäre er verrückt geworden.«

»Ja, so war es tatsächlich«, bestätigte Mom. »Gegen Ende bekam ich mehrere Anrufe von Murray, der sagte, eurem Vater scheine es nicht gut zu gehen und er, also Murray, überlege, das Projekt abzubrechen und ihn nach Hause zu schicken. Aber bevor es so weit war, verschwand euer Vater. Er verließ das Grabungsgelände und wurde nie gefunden.« Sie seufzte. Dann sah sie Lukas an. »Aber weißt du, was all das bedeutet, Lukas? Es bedeutet, dass er euch nicht im Stich gelassen hat. Es bedeutet, dass er einfach nicht anders konnte. Damit habe ich mich zumindest immer getröstet.«

»Meinst du, er ist immer noch irgendwo da draußen?«, fragte ich.

»Er ist nicht da draußen«, erklärte Lukas. »Er ist tot. Sonst wäre er längst wieder bei uns.«

Mom starrte auf ihren Teller. »Das ist der schwierigste Teil, oder? Einerseits möchte ich es wissen. Einerseits würde ich sogar lieber erfahren, dass er tot ist, Lukas, um sicher zu sein. Und andererseits will ich nichts wissen, damit ich mir vorstellen kann, dass er immer noch am Leben ist. Aber nichts zu wissen ... das ist unglaublich hart. Ihr wisst, wie lange ich ihn zu finden versucht habe, oder? Wie viel Geld ich ausgegeben habe? Wie intensiv die Lebensversicherungsgesellschaft nach ihm gefahndet hat, damit sie uns nichts bezahlen muss? Ihr wisst, dass ich alles versucht habe, oder?«

Ich nickte. Jannie und Lukas ebenfalls. Wir wussten es.

Amerikanische Ermittler. Griechische Ermittler. Versicherungsermittler. *Ermittler* war ein Wort, das ich damals öfter als jeder andere Achtjährige auf der Welt gehört hatte.

Der Faden ist schuld, schrieb Jannie.

»Schuld woran?«, fragte Mom. »Dass er verrückt geworden ist? Glaub mir, mein Schatz, das habe ich mich auch ein paarmal gefragt, wenn ich nachts nicht schlafen konnte. Aber ein Faden? Ein Faden kann nicht ... Die Idee ist zu verrückt, um überhaupt darüber zu reden.« Mom schnäuzte sich noch einmal. »Irgendwas ist mit eurem Vater passiert. Irgendwas – ich weiß nicht, was – ließ ihn offenbar überschnappen. Aber kein Faden der Welt kann so etwas bei einem Menschen bewirken.«

»Aber hast du nicht gedacht ...«, fing ich an. »Ich meine, als wir das Paket von Dad bekamen und darin als Einziges das Knäuel aus schwarzem Faden lag ... Er ist genau so, wie Dad ihn in seinen Briefen beschrieben hat.«

»Mir ist fast das Herz stehen geblieben«, sagte Mom.

»Aber gerade hast du gesagt, du glaubst nicht ...«

»Das tue ich auch nicht. Nein. Ganz und gar nicht.« Sie zwang sich zu einem Lächeln, während ihr wieder eine Träne über die Wange lief. »Es ist nur eine Geschichte, die sich euer Dad eingeredet hat, eine Wahnvorstellung, die ihn packte, als er den Bezug zur Realität verloren hat ...«

Ihre Stimme wurde immer leiser. Sie griff nach meiner Serviette und schnäuzte sich wieder. »Ihr Kinder räumt den Tisch ab. Stellt das Geschirr einfach in die Spüle. Ich mache später sauber.«

Jannie sprang vom Stuhl und umarmte Mom.

»Danke, mein Schatz«, sagte Mom. Dann ging sie hinaus.

Jannie rannte hinter Mom nach oben, obwohl Lukas rief, sie solle beim Tischabräumen helfen. Kurz darauf kam sie wieder, unter dem Arm die Pappschachtel mit dem Faden. Sie ließ das Knäuel auf den Küchentisch rollen und starrte es an, als warte sie darauf, dass es sich bewegte.

»Spiel nicht damit rum«, warnte Lukas, »sonst drehst du durch. So wie Dad.«

Jannie schrieb etwas in ihr Notizbuch, dann klatschte sie es neben das Knäuel auf den Tisch. *Er lebt noch. Deshalb ist der Faden hier. Um uns zu helfen, ihn zu finden.*

Irgendwie war diese Logik sogar einleuchtend. Wenn dieser Faden derselbe war, den Ariadne Theseus gegeben hatte, dann hatte er bereits ein Mal jemandem bei der Orientierung geholfen. Konnte er auch unserem Vater helfen, wieder zu uns zurückzufinden? Konnte er uns helfen, ihn aufzuspüren?

Bevor ich an diesem Abend ins Bett ging, stellte ich den Alarm von meinem Handy auf zwei Uhr nachts. Aster hatte versprochen, dasselbe zu tun.

Als der Alarm mich weckte, schlüpfte ich aus dem Bett und zog meine Jeans an – diesmal würde ich nicht noch mehr Stücke meines Schlafanzugs zurücklassen.

Lukas stützte den Kopf in die Hände. »Du willst also wirklich noch mal zu Ferno?«

»Ich will mich noch mal in seinem Arbeitszimmer umsehen«, antwortete ich.

»Bist du verrückt? Inzwischen hat er wahrscheinlich das ganze Haus mit einer Alarmanlage gesichert.«

»Ist mir egal.«

»Sollte dir aber nicht egal sein. Wenn er dich schnappt ...«

»Ich weiß. Du meinst, dann komme ich direkt in den Jugendknast.«

»Genau.« Lukas kletterte aus dem Bett und begann sich anzuziehen.

»Was hast du vor?«

»Ich komme mit. Es muss jemand dabei sein, um dir den Arsch zu retten.«

Ich nickte. »Okay, dann beeil dich. Aster wartet unten.«

Wir trafen Aster im Vorgarten dabei an, wie sie sich leise mit McLean unterhielt. Er hatte die leere Schoko-Krispies-Packung zu einem Hut umfunktioniert. Damit sah er noch verrückter aus als sonst.

Aster verabschiedete sich von ihm und kam zu uns gelaufen.

»Wie sollen wir vorgehen?«, fragte sie. »Meint ihr, Dr. Ferno rechnet damit, dass ihr zurückkommt?«

»Warum sollte er?«, fragte ich. »Ich habe in seinem Arbeitszimmer nichts anderes gesehen, was sich zu stehlen lohnt. Und ich habe auch gar nicht vor, etwas zu stehlen. Ich will nur herausfinden, welche Verbindung es zwischen Dad und ihm gibt.«

»Das ist doch absurd«, widersprach Lukas. »Dieser Typ kann unmöglich etwas mit Dad und seinen Grabungen zu tun haben. Das ist Schwachsinn.«

»Es muss eine Verbindung geben«, beharrte ich. »Wir müssen nur herausfinden, worin sie besteht.«

Als wir bei Dr. Fernos Haus ankamen, kletterte Lukas über den Zaun und schob dann den Riegel am Tor auf, um Aster und mich hineinzulassen. Wir schlichen auf Zehenspitzen über Dr. Fernos rückwärtigen Hof, ohne diesmal in die Dornen seines Rosenstrauchs zu geraten.

Sobald wir um die Ecke bogen, bemerkten wir Licht im Arbeitszimmerfenster.

»Lasst uns umkehren«, sagte Aster. »Wir können ein andermal wiederkommen.«

»Nein«, widersprach ich. »Er hat wahrscheinlich nur vergessen, das Licht auszumachen. Lukas, hilf mir hoch, damit ich hineinsehen kann.«

»Jugendknast, wir kommen«, spottete Lukas und verschränkte die Finger. Ich stellte mich auf seine offenen Hände, packte den Fenstersims des Arbeitszimmers und schob den Kopf darüber.

Ich musste mir auf die Lippen beißen, um nicht zu schreien. Dr. Ferno saß in einem der schwarzen Ledersessel und sah mir direkt in die Augen. Ich rechnete schon damit, dass er gleich aufspringen und die Polizei rufen würde. Oder dass er das Fenster aufmachen und mich an den Haaren packen würde. Oder etwas in der Art.

Aber er tat nichts. Er starrte durch das Fenster, die Hände über der Brust verschränkt, und trommelte die Finger gegeneinander.

Ich begriff, dass er mich nicht sehen konnte. Das Licht in seinem Arbeitszimmer bewirkte, dass ich hineinschauen konnte – in den erhellten Raum –, er jedoch in der Dunkelheit nichts erkennen konnte. Trotzdem hatte ich das Gefühl, er starre mir direkt in die Augen.

Ich gab Lukas ein Zeichen, mich wieder runterzulassen.

»Er ist noch da drin«, flüsterte ich.

»Dann lasst uns gehen«, meinte Aster wieder. »Wahrscheinlich bewacht er das Zimmer, um sicherzugehen, dass ihr nicht zurückkommt.«

»Aber was will er denn verbergen?«, fragte ich. »Wenn er das Zimmer bewacht, muss es da etwas geben, das wir nicht finden sollen.« Da zuckte mir ein Gedanke durch den Kopf. Ich nahm mein Telefon aus der Tasche und aktivierte die Kamera. »Ich mache ein paar Fotos von dem Zimmer und wir können später nachsehen, ob wir darauf irgendwas entdecken. Lukas, hilf mir noch mal hoch.«

Lukas streckte mir wieder die verschränkten Hände hin. Diesmal hielt ich mich mit einer Hand am Fenstersims fest und betätigte mit der anderen die Kamera. Ich versuchte das Zittern meiner Hand zu unterdrücken, damit die Fotos gut wurden. Dr. Ferno starrte noch immer aus dem Fenster. Ich richtete die Smartphone-Kamera über seine Schulter – auf das Regal. Ich konnte sein Diplom an der Wand erkennen. Rasch drückte ich auf den Auslöser.

Meine Kamera blitzte auf. Ich hatte vergessen, den Blitz abzuschalten, und er schien Dr. Ferno mitten ins Gesicht. Der fiel vom Stuhl, rappelte sich wieder hoch und sprang Richtung Fenster.

»Runter!«, zischte ich Lukas zu. »Mach schnell!«

Lukas löste die Hände voneinander. Ich plumpste auf den Boden, während im selben Moment oben das Fenster aufgeschoben wurde. Lukas und Aster rannten zum Tor. Wenn ich jetzt loslief, würde Dr. Ferno mich garantiert sehen, also presste ich mich gegen die Hauswand in der Hoffnung, die Dunkelheit würde mich verbergen.

»Ich habe dich gesehen!«, rief er aus dem Fenster. »Diesmal habe ich dich erwischt! Und ich weiß, du hast es. Ich werde es mir zurückholen. Es gehört von Rechts wegen mir!«

Ich hörte Schritte durchs Haus poltern. Die hintere Haustür

flog auf und Dr. Ferno kam die Stufen heruntergestürmt. Er hastete zum offenen Fenster, sah daran hoch, dann wirbelte sein Kopf in Richtung Gartentor. Er rannte direkt an mir vorbei.

Und dann tat ich etwas Dummes. Ich sah die offene Haustür und wusste, dass Dr. Ferno hinter Lukas und Aster herrannte. Deshalb lief ich ins Haus.

Im ersten Raum, Dr. Fernos Küche, roch es nach Bleichmittel. Ein schmaler Flur voller Fotografien von alten Leuten, die Dr. Fernos Vorfahren sein mussten, führte mich zu einer dunklen Treppe. Ich ging nach oben und einen Flur entlang, wo ich auf Dr. Fernos Arbeitszimmer stieß. Das Licht brannte noch.

Ich zog mein Telefon wieder aus der Tasche und begann Fotos zu machen. Ich wusste nicht, wonach ich suchen sollte, deshalb nahm ich alles auf: das Bord mit den deformierten Totenschädeln, Dr. Fernos Diplom, die Bücher und Papiere, die sich auf seinem Schreibtisch stapelten, darunter ein Buch, das ich kannte – *Kurze Einführung in die Stringtheorie* von Josef Michaelmas. Ich entdeckte sein Namensschild. Darauf stand: *Thomas Ferno, Facharzt für Psychiatrie, Leitung Station 3*. Ich nahm es in die Hand – ich weiß nicht, warum.

Plötzlich hörte ich unten ein Geräusch. Es klang, als würde jemand an der vorderen Haustür rütteln. Sie musste abgeschlossen sein, denn ich hörte Schritte über die Verandastufen poltern und auf den Hintereingang zukommen. In wenigen Sekunden würde Dr. Ferno wieder im Haus sein.

Ich ließ das Namensschild fallen. Es landete verkehrt herum auf dem Schreibtisch. Auf der Rückseite stand ein Name. Oder ein Wort.

McLean

Ich schoss rasch ein Foto, kletterte dann aufs Fensterbrett, sprang hinaus und landete auf dem Rasen darunter, wo ich mich überschlug. Ich rappelte mich auf und verschwand durchs Gartentor. Ich rannte den ganzen Weg zurück, schlug dabei einen Bogen um unser Haus und schlich mich durch die Hintertür hinein.

Stimme aus dem oberen Stock

Lukas und Aster hockten in der dunklen Küche.

»Was hast du gefunden?«, fragte Lukas. »Ich hoffe, es hat sich wenigstens gelohnt.«

Ich hielt mein Telefon hoch, während ich zu Atem zu kommen versuchte.

»Du hast dein Telefon gefunden?«

Manchmal würde ich Lukas am liebsten ohrfeigen. Ich zeigte ihnen das letzte Bild, das ich aufgenommen hatte – das Foto von Dr. Fernos Namensschild, das verkehrt herum auf seinem Schreibtisch lag.

Aster starrte es mit zusammengezogenen Augenbrauen an. »Das ist McLeans Namensschild. Was macht es in Dr. Fernos Arbeitszimmer?«

»Es ist nicht das von McLean. Das hier gehört Dr. Ferno. Sein Name steht auf der anderen Seite.«

»Ich kapier's nicht.«

»Sieh mal.« Ich wischte mich durch die Fotos zurück, bis ich eine Aufnahme von Dr. Fernos komplettem Schreibtisch fand. Ich zoomte das Namensschild heran, sodass Aster Dr. Fernos Namen erkennen konnte.

»So sieht es von vorne aus. McLean ist nur ein Wort, das auf die Rückseite gedruckt ist.«

»Aber was bedeutet es?«

»Woher soll ich das wissen? Vielleicht ist es die Firma, die die Namensschilder herstellt. Oder vielleicht ist es der Name des Ortes, wo Dr. Ferno arbeitet.«

»Warte.« Aster legte den Kopf schräg. »Du meinst, Dr. Ferno und McLean arbeiten am selben Ort?«

»Ich glaube nicht, dass McLean irgendwo arbeitet.«

»Ich frage mich, was auf der anderen Seite *seines* Namensschildes steht.«

»Lasst uns nachsehen«, schlug ich vor.

»Auf keinen Fall«, widersprach Lukas. »Dr. Ferno ist da draußen und sucht nach uns, das weißt du doch. Wir können erst morgen früh wieder rausgehen.«

»Morgen früh?«, fragte Aster entgeistert. »Oh nein! Wie komme ich denn dann nach Hause? Ich kann nicht bis morgen früh warten. Wenn meine Eltern mitkriegen, dass ich mich fortgeschlichen habe, ist mein Leben vorbei.«

»Du kannst trotzdem jetzt gehen«, beruhigte ich sie. »Du musst es nur so machen wie ich. Geh zu unserer Hintertür raus und nimm einen Umweg. Halt dich von Dr. Fernos Haus fern.«

Aster sah nervös zur Hintertür.

»Soll ich dich begleiten?«, fragte ich.

Sie nickte.

»Ich komme auch mit«, sagte Lukas.

»Du musst hierbleiben. Du musst eine Ausrede für mich erfinden, falls Mom aufwacht.«

Aster und ich schlichen uns durch die Hintertür hinaus,

überquerten den Hof, passierten geräuschlos das hintere Tor und gingen dann Richtung Westen, in die entgegengesetzte Richtung von Dr. Fernos Haus. Wir liefen eine Weile in völliger Stille nebeneinanderher, wobei wir alle paar Schritte über die Schulter blickten, um nachzusehen, ob Dr. Ferno uns auf den Fersen war.

Immer noch schweigend bogen wir links ab und gingen noch ein paar Querstraßen weiter.

»Ich glaube, jetzt können wir sprechen«, sagte ich, »wir müssen nur leise sein.«

Aster seufzte. »Ich fühle mich, als hätte ich die ganze Zeit die Luft angehalten.«

»Wie willst du denn bei euch wieder ins Haus kommen? Wenn deine Mom so besorgt um dich ist, dann hört sie dich doch bestimmt, oder?«

»Nein. Sie ist daran gewöhnt, dass ich nachts im Haus unterwegs bin. Ich habe Schlafstörungen, schon vergessen?«

Wir liefen wieder eine Weile schweigend nebeneinanderher.

»Kann ich dich was anderes fragen? Warum kannst du nicht schlafen?«

Aster erwiderte nichts.

»Geht mich das nichts an?«, fragte ich.

»Nein, das ist es nicht. Ich meine ... ich glaube ... ich glaube, der Grund ist, dass ich über manche Dinge zu viel nachdenke. Ich wache auf und in meinem Kopf dreht sich alles, weißt du? Meine Gedanken rasen so schnell, dass ich nicht wieder einschlafen kann.«

»Gedanken worüber?«

»Alles Mögliche. Leben und Tod. Und alles dazwischen.«

»Klingt ziemlich heftig.«

»Ich will nicht länger darüber reden«, bat Aster. »Zumindest nicht heute Nacht.«

»Okay«, erwiderte ich. »Wir müssen überhaupt nicht darüber reden, wenn du nicht willst.«

Nach einer weiteren Minute Schweigen erreichten wir ihr Zuhause.

»Aber frag mich ein andermal wieder, okay?«, sagte Aster noch. »Warum ich nicht schlafe.«

Dann schlüpfte sie ins Haus und ich machte kehrt.

Auf dem Rückweg rasten in meinem Kopf ebenfalls die Gedanken. Über Dad, über den Jugendknast, über Aster und über die Sache, von der sie nichts erzählen wollte. Ich fragte mich, ob es mitten in der Nacht so in Asters Kopf zuging. Ich konnte mir vorstellen, wie mich all diese kreisenden Gedanken wach halten würden.

Am nächsten Morgen kam Aster gegen zehn mit ihrem Fahrrad herübergeradelt. Ich schnappte mir aus der Küche zwei Müsliriegel mit Chocolate Chips und nahm sie mit nach draußen.

»Guten Morgen«, sagte McLean, als er uns sah. »Willkommen an meinem Baum.«

»Ist es jetzt *Ihr* Baum?«, fragte ich.

»Ich meinte es mehr im Sinn von ›Es ist der Baum, auf dem ich mich momentan aufhalte‹. Ich nehme an, dieser Baum gehört niemandem. Oder vielleicht gehört er sich selbst. Oder der ganzen Welt. Wer weiß das schon? Gewissheit ist von allen Dingen das seltenste.«

»Möchten Sie etwas frühstücken?«

»Liebend gern, das weiß ich allerdings gewiss. Habt ihr Captain Crunch mit Crunchberries?«

Ich hielt die Müsliriegel hoch. »Ich habe die hier.«

»Riegel? Igitt. Was für eine Sorte ist das? Die gesunde Sorte?«

»Ich glaube nicht. Da sind jede Menge Chocolate Chips drin.«

McLean schwang sich vom Baum herunter und nahm mir die Müsliriegel aus der Hand. Er riss einen auf und stopfte sich die Hälfte in den Mund.

Aster hielt ihm die Hand hin. »Ich heiße Aster.«

McLean sah sie überrascht an, dann schüttelte er ihre Hand. »Tut mir leid. Mir war nicht klar, dass wir uns noch nie getroffen haben. Du kommst mir so bekannt vor. Ich heiße ... ähm ...« Er zog sein Namensschild unter dem Hemd hervor. »Ich heiße McLean.«

»Das ist ein hübsches Namensschild«, sagte Aster. »Hätten Sie etwas dagegen, wenn ich es mir mal genauer ansehe?«

McLean stopfte sich die andere Hälfte des Müsliriegels in den Mund und betrachtete sein Namensschild. »Was möchtest du dir ansehen – das hier?« Beim Sprechen flogen ihm Krümel aus dem Mund.

»Ja. Nur ganz kurz.«

»Aber wenn du es mir wegnimmst, wie weiß ich dann noch, wer ich bin?«

»Ich werde es Ihnen nicht wegnehmen. Ich möchte es nur ein paar Sekunden ansehen.«

»Ich glaube eigentlich nicht, dass ich dir das erlauben sollte. Wie wär's, wenn du es dir von da aus ansiehst, wo du bist?«

»Ich verspreche, dass ich es Ihnen gleich wieder zurückgebe.« Aster lächelte ihn an und machte die Augen weit auf. »Bitte! Ein ganz liebes Bitte mit Sahnehäubchen!«

Da konnte McLean nicht anders, als zu lächeln. »Na schön.« Er zog sein Namensschild über den Kopf und hielt es Aster hin. Ich drückte mich neben sie.

Auf der Vorderseite stand nur ein Wort: McLean.

Aster drehte es um. Die Rückseite des Namensschilds sah aus wie die Vorderseite von dem von Dr. Ferno, außer dass auf diesem hier stand: *Raymond Kerwin, Facharzt für Psychiatrie, Station 3, Gastarzt.* Darunter stand in winzigen Buchstaben: *Entsendende Einrichtung: Nationales Institut für geistige Gesundheit, Bethesda Klinik.*

»Raymond Kerwin?«, fragte ich.

»Ja?«, antwortete McLean. McLean – oder Raymond oder wie auch immer er hieß – starrte mich an. Er sah so verwirrt aus wie immer.

Aster betrachtete das Namensschild noch mehrere Sekunden lang und gab es McLean dann zurück. »Sehen Sie mal hier. Ich glaube, das hier ist Ihr Name. Nicht der auf der anderen Seite. Diese Seite.«

McLean – oder Raymond – las sie. Er drehte das Schild um, dann wieder zurück, las dann wieder. »Bin ich ein Psychiater?« Er lachte. »Ich?«

»Das steht da«, antwortete Aster. »Und es würde passen. Deshalb können Sie Latein. Psychiater und Ärzte müssen das lernen.«

»Aber ich kann kein Psychiater sein«, widersprach McLean. »Ich bin verrückt!« Lachend hängte er sich das Namensschild wieder um den Hals. Jetzt war sein neuer Name zu sehen – *Raymond Kerwin, Facharzt für Psychiatrie.*

»Das ist total seltsam«, sagte Aster. »In Wirklichkeit heißen Sie also Raymond Kerwin?«

Bevor er antworten konnte, drang ein Schrei aus einem der Fenster im oberen Stock. »Hilfe! Er tut mir weh!«

Ich kannte die Stimme nicht. Ich hatte sie noch nie gehört. Aber sie klang wie die eines kleinen Mädchens und sie klang, als käme sie aus Jannies Zimmer.

Da ertönte ein Pfiff. Ich rannte ins Haus. Aster folgte mir.

»Es war nett, mit euch zu plaudern«, rief McLean.

Meine Füße polterten die Treppenstufen hoch.

Auf halbem Weg hörte ich Lukas schreien: »Lös dich! Lass sie los!«

Ich rannte durch den Flur und durch die offene Tür in Jannies Zimmer. Lukas kniete neben Jannie auf dem Boden. Sie lag auf der Seite und krümmte sich vor Schmerzen. Der schwarze Faden war um ihren linken Zeigefinger gebunden.

»Es tut weh!«, schrie Jannie.

Ich stand eine Sekunde lang starr da, fassungslos, meine Schwester sprechen zu hören.

»Nimm ihr den Faden ab!«, schrie Lukas mich an. »Schnell!«

»Ich weiß ... wo Dad ist«, stieß Jannie hervor, ihre Stimme gebrochen vor Schmerz.

»Nimm ihr den Faden ab!«, schrie Lukas wieder. »Bring ihn dazu, dass er sich löst. Er tut ihr schrecklich weh.«

»Um Himmels willen«, flüsterte Aster, fiel neben Jannie auf die Knie, packte sie an den Schultern und hielt sie fest. »Ich muss nur nett bitten, dann lässt der Faden sie sofort los.«

»Warte!«, rief ich. »Sobald sich der Faden löst, wird sie vergessen, wo er ist. Jannie, sag uns, wo Dad ist!«

Asters Kopf wirbelte zu mir herum.

»Dafür haben wir keine Zeit!«, schrie Lukas. »Der Faden muss von ihrem Finger weg! Kapierst du nicht, dass er ihr wehtut?«

»Jannie«, sagte ich noch einmal. »Wo ist Dad?«

Jannie rang sich noch ein paar Worte ab. »Er ist in der …« Aber sie konnte den Satz nicht zu Ende sprechen.

Aster holte tief Luft. »Faden«, sagte sie mit ruhiger, aber noch wackliger Stimme, »bitte lös dich vom Finger dieses Mädchens.«

Der Faden löste sich von Jannies Hand. Sofort hörten die Zuckungen auf. Jannie steckte sich den verletzten Finger in den Mund und rollte sich zu einem Ball zusammen.

Lukas sprang auf die Füße. Sein Gesicht war tränenüberströmt. Er verpasste mir einen Schlag in die Magengrube. Mir blieb die Luft weg.

Dann hob Lukas Jannie vom Boden hoch und legte sie auf ihr Bett. Noch keuchend wankte ich zu meiner Schwester hinüber. Sie lag immer noch zusammengerollt da, wie ein Baby in seinem kleinen Bettchen. Ihre Augen waren offen.

»Jannie, alles okay?«

Sie rührte sich nicht und sagte auch nichts.

»Du hast ihr Hirn gegrillt«, warf Lukas mir schluchzend vor.

»Hab ich nicht. Sie hat sich den Faden selbst um den Finger gebunden.«

»Du hast ihn nicht abgenommen. Du wolltest unbedingt wissen, wo Dad ist, und hast ihn nicht abgenommen. Und jetzt hat er etwas mit ihrem Gehirn gemacht.«

Ich rief Mom an und sagte ihr, dass Jannie krank war. Sie

sagte, sie würde in zehn Minuten zu Hause sein. Es dauerte nur fünf Minuten, bis sie die Treppe hochgerannt kam.

»Was ist passiert?«, keuchte sie völlig außer Atem.

Ich sah hilflos zu Lukas und Aster. »Er ... der Faden ...«

Mom packte Jannie an den Schultern und schüttelte sie. »Jannie, kannst du mich hören?«

Jannie sah durch sie hindurch. Sie blinzelte nicht einmal. Ihr leerer Blick erschreckte mich zu Tode.

»Jannie!«, schrie Mom. Sie schlug Jannie mit der flachen Hand an die Wangen.

Jannie blinzelte. Ihre Augen schienen wieder etwas wahrzunehmen. Sie sah Mom an, dann uns andere, machte den Mund auf, aber kein Laut kam heraus. Ihre Hand wanderte zu ihrem Mund und sie betastete ihre Lippen, stupste sie an, als versuche sie herauszufinden, warum sie nicht funktionierten.

»Wo ist ihr Notizbuch?«, fragte Lukas. Als er es entdeckte, reichte er es Jannie zusammen mit einem Kugelschreiber.

Jannie klickte den Kuli an und aus, immer wieder, als wäre sie erstaunt über den Mechanismus. Irgendwann setzte sie die Spitze des Kugelschreibers aufs Papier und schien überrascht, als er einen Strich hinterließ. Sie zog die Augenbrauen zusammen, dann malte sie einen Kringel auf die Seite. Ein Ausdruck des Verstehens zuckte über ihr Gesicht und sie schrieb: *Wo bin ich?*

Mom schluchzte. »Mein Schatz, du bist zu Hause. Du bist in deinem Zimmer.«

Jannie sah Mom an, dann den Raum. Ihr Mund ging auf, aber kein Laut kam heraus. Sie schrieb wieder etwas in ihr Notizbuch, dann hielt sie es Mom hin: *Wer bist du?*

Der weiße Kleinbus

Sobald Mom sah, was Jannie geschrieben hatte, rief sie unseren Hausarzt an. Dr. Bruell war ein alter Deutscher, der mit starkem Akzent sprach. Er war schon ein Freund der Familie gewesen, bevor ich auf die Welt kam. Als Jannie noch kleiner war, hatte sie zahllose Stunden in seiner Praxis zugebracht, während er herauszufinden versucht hatte, warum sie Schwierigkeiten mit dem Sprechen hatte.

Eine Viertelstunde später kam Dr. Bruell zur Haustür herein, ohne anzuklopfen. Er war kahlköpfig bis auf einen blütenweißen Haarkranz, der oben mit seinen Ohren abschloss, und lief immer leicht gebeugt. Er setzte sich eine Weile zu Jannie und stellte ihr Fragen, die sie in ihrem Notizbuch beantwortete. Dann teilte er uns mit, Jannie habe allem Anschein nach eine Gehirnerschütterung oder eine andere Schädel-Hirn-Verletzung erlitten.

»Sie muss ins Krankenhaus, Elizabeth«, sagte er zu Mom. »Ihr Gehirn muss gescannt werden, damit wir uns ein besseres Bild machen können, was los ist. Ich komme mit. Ich kann erreichen, dass sie schneller untersucht wird.«

»Ich gehe auch mit«, sagte Lukas.

Mom versuchte ihn davon abzubringen, aber nicht besonders energisch. Ich glaube, insgeheim war sie froh, dass er sie begleitete.

Als sie weg waren, setzten Aster und ich uns auf die Kante von Jannies Bett, nun allein in ihrem Zimmer. Ich ließ mich auf Jannies Kissen sinken. Verrocchio sprang aufs Bett und fauchte mich an, um mir zu sagen, dass ich da nicht hingehörte.

»Das weiß ich doch auch so.« Ich hob den Arm, um Verrocchio hinter den Ohren zu kraulen, aber sie biss mir in den Finger.

Lukas' Vorwurf gellte mir wieder und wieder durch den Kopf: Ich hatte Jannie nicht geholfen, weil sie mir sagen sollte, wo Dad war. Jetzt lag Jannie in einem Krankenhaus. Was, wenn sie wie McLean endete?

»Es ist meine Schuld«, sagte ich.

»Du hast getan, was du deiner Meinung nach tun musstest«, erwiderte Aster.

»Ich habe getan, was ich wollte. Ich wollte Dad finden.«

»Ich hätte mich vielleicht genauso verhalten«, überlegte Aster, »wenn es um jemanden in meiner Familie gegangen wäre.«

»Das Dumme ist, dass ich nicht mal weiß, ob ich ihn finden will. Ich meine, vielleicht schon, aber ... aber nicht, wenn Jannie dafür leiden muss.« Ich machte einen weiteren Versuch, Verrocchio zu streicheln. Sie biss mich wieder.

»Du solltest diese Katze lieber in Ruhe lassen«, meinte Aster. »Und ich glaube, dein Wunsch, deinen Dad zu finden, ist stärker, als du zugibst. Kann ich dich was fragen?«

Ich nickte.

»Was bedeutet das Zitat hier?« Aster wies auf den Satz, der an die Wand über Jannies Bett gepinselt war. *Imparare a vedere. Rendetevi conto che tutto ciò che si collega a tutto il resto.*

Ich lächelte. Das war Jannies Lieblingszitat von Leonardo da Vinci. »Das ist Italienisch«, erklärte ich. »Es bedeutet: ›Lernt zu sehen. Denkt daran, dass alles mit allem zusammenhängt.‹« Ich sah Aster an. »Darf ich dich jetzt auch was fragen? Warum kannst du nachts nicht schlafen?«

Aster griff nach einer von Jannies Stoffkatzen. »Wir sind hier hergezogen, weil Mom einen Neuanfang wollte. Meine Schwester ...«

»Du hast wirklich eine Schwester?«

»Wir wurden beide zusammen adoptiert. Wir sind in Äthiopien zur Welt gekommen. Mom und Dad haben uns adoptiert, als wir noch ganz klein waren, obwohl sie wussten, dass meine Schwester einen Herzfehler hatte. Sie nannten es ein ASD.«

»Was bedeutet ASD?«

»Es bedeutet jede Menge Fahrten ins Krankenhaus. Leyla und ich ...«

»Leyla war deine Schwester?«

Aster nickte. »Leyla und ich kannten in diesem Krankenhaus jeden Flur. Wir waren ständig da. Mom saß immer im Wartezimmer und hat gewartet – auf einen Arzt, mit dem sie sprechen konnte, oder darauf, dass ein bestimmter Raum frei wurde, oder auf irgendwelche Untersuchungsergebnisse – und Leyla und ich testeten immer aus, wie gut wir uns verirren konnten. Sie hatte ein großes Talent, sich zu verirren. Ich war immer diejenige, die herauskriegte, wie wir zum Wartesaal zurückfanden.«

»Das glaube ich sofort – das über dich, meine ich.«

Aster lächelte. »Diese Fahrten ins Krankenhaus waren für uns in allererster Linie ein Spiel. Aber dann sagten die Ärzte, Leylas ASD sei schlimmer geworden, und wir fuhren noch öfter ins Krankenhaus. Ab da haben wir dort nicht mehr so viel gespielt. Es wurde alles ernst, verstehst du?«

Aster setzte die Stoffkatze aufs Bett und strich ihr Fell glatt. »Dann eines Nachts waren wir alle zu Hause und ich schlief. Ich wachte auf und hatte ... so ein komisches Gefühl. Als sollte ich aufstehen und nach Leyla sehen. Als wäre etwas nicht in Ordnung und ich sollte vielleicht Hilfe holen. Aber ich wollte nicht aufstehen, weil es im Haus kalt war und in meinem Bett warm, und ich lag nur da und machte nichts. Am nächsten Morgen war Leyla tot. Seither schlafe ich nicht mehr richtig.«

»Wow.«

»Jetzt weißt du's.«

»Tut mir leid.«

»Das sagen immer alle, wenn sie davon hören«, erwiderte Aster. »Sie sagen immer, dass es ihnen leidtut. Warum sagst du das? Du warst nicht dabei. Du kannst nichts dafür. Dad sagte, ich kann auch nichts dafür. Er sagt, so ist das Leben nun mal. So ist das Leben und wir müssen damit klarkommen und ich hoffe, deiner Schwester geht's bald besser.«

»Was?«

»Jannie. Ich hoffe wirklich, dass es ihr bald wieder besser geht. Sag ihr das.«

Ich nickte.

Dann ging Aster nach Hause und ich blieb allein auf Jannies Bett liegen.

Mom kam gegen neun Uhr zurück. Lukas trottete mit hängendem Kopf hinter ihr her.

Ich lief ihnen bis zur Diele entgegen. »Wo ist Jannie?«

»Sie behalten sie über Nacht da. Zur Beobachtung«, antwortete Mom.

»Geht's ihr schon besser?«

»Noch nicht.« Mom hatte noch ihre Jacke an. »Ich habe nur Lukas nach Hause gebracht. Ich fahre wieder zu ihr und du musst dich hier um alles kümmern.«

»Ich tue nichts, was er mir sagt«, protestierte Lukas. »Er ist schuld, dass Jannies Hirn gegrillt wurde.«

»Ach ja«, sagte Mom. »Wir müssen darüber reden, was passiert ist.«

Ich nickte, aber noch bevor wir uns hinsetzen konnten, hörten wir draußen Bremsgeräusche. Durch die Glasscheibe in der Haustür sahen wir einen weißen Kleinbus am Straßenrand parken. Dr. Ferno stieg aus, in der Hand einen großen braunen Briefumschlag. Er trat ins Scheinwerferlicht seines Kleinbusses, dann sah er zu McLean in seinem Baum hoch und lächelte.

Dr. Ferno ging weiter zu unserer Haustür und klopfte. Ich öffnete.

Mom seufzte. »Was wünschen Sie denn dieses Mal, Mr Ferno?«

Dr. Ferno blitzte sie an, während er den Umschlag in beide Hände nahm. »Ich komme direkt zur Sache, Mrs Blevins. Sie und ich, wir wissen beide, dass Ihre ... Ihre Kinder ... dass sie vor einigen Tagen nachts in mein Haus eingebrochen sind.«

»Das haben wir doch bereits geklärt.« Mom fuhr sich mit der Hand durch die Haare.

»Ja. Aber wussten Sie, dass sie letzte Nacht dasselbe noch einmal getan haben?«

»Was denn? Wieder in Ihr Haus eingebrochen?«

»Sie haben es versucht. Diesmal ist es ihnen nicht gelungen.«

Mom drehte sich um und sah mich an, als suche sie in meinem Gesicht nach Beweisen.

Dr. Ferno war noch nicht fertig. »Sie haben etwas, das mir gehört. Ich will es zurück.«

»Was haben sie genommen?«, fragte Mom.

»Ein Schwert.« Das hatte ich gar nicht sagen wollen. Die Worte waren von allein aus mir herausgesprudelt. »Aber es gehört ihm nicht. Es ist unseres.«

»Sei still, Markus«, befahl Mom.

»Ich will nicht das Schwert, du kleiner Dummkopf.« Jetzt sah Dr. Ferno mich an. »Du meinst, daran würde mir etwas liegen? Ich will den Faden. Wenn ihr euch das Schwert von mir geholt habt, dann habt ihr bestimmt auch den Faden. Er gehört mir. Er wurde mir gestohlen. Ich will ihn zurück.«

»Wir haben keinen Faden aus Ihrem Haus mitgenommen«, brach es aus mir heraus. »Den haben wir mit der Post bekommen.«

Mom packte mich am Arm. »Markus, hör jetzt auf zu reden.«

»Es ist mir egal, wie ihr ihn bekommen habt.« Dr. Fernos Stimme hatte jetzt etwas Drohendes. »Selbst wenn ihr ihn im Laden gekauft hättet, bin ich der rechtmäßige Besitzer. Er gehört nicht in die Hände von Schwachköpfen wie euch. Wenn ihr ihn mir nicht gebt, werde ich drastische Maßnahmen ergreifen.«

Mom zog sich die Jacke enger um den Hals. »Nun, Sie ergreifen so viele drastische Maßnahmen, wie Sie wollen, aber hier haben wir nichts für Sie.«

»Na schön.« Dr. Ferno klappte die Lasche des braunen Umschlags auf, aber anstatt den Inhalt zu entnehmen, drehte er sich um und ging den Kiesweg entlang in Richtung Straße. Er blieb unter dem Ahorn stehen. McLean kletterte noch einen Ast höher.

In diesem Moment stiegen zwei Männer in weißen Uniformen aus dem Kleinbus und gingen zu dem Baum.

Dr. Ferno zog das Papier aus dem Umschlag und las vor: *»Raymond Kerwin, als Bevollmächtigter des Bundesstaates Washington und auf Grundlage meines amtlichen Gutachtens über Ihren Geisteszustand, welches durch Ihr derzeitiges Verhalten erhärtet wird, erkläre ich Sie hiermit zu einer Gefahr für sich selbst und Ihre Umgebung und nehme Sie in staatlichen Gewahrsam. Sie werden in der McLean-Nervenklinik verbleiben, bis Sie für tauglich erachtet werden, in die Gesellschaft zurückzukehren.«*

»Was?«, schrie Lukas. »Das können Sie nicht machen!« Er rannte zum Baum.

Ich wollte ihm folgen, aber Mom hielt mich am Arm fest. Wie erstarrt beobachtete ich die Szene von der Veranda aus. Einer der Männer packte Lukas und hielt seine Arme fest. Lukas versuchte sich zu befreien, aber er hatte keine Chance. Der andere Mann – der größere – packte McLean am Fußgelenk und zog daran. McLeans Augen wurden immer größer. Er schlang die Arme um den Ast. Der Mann am Boden zog stärker. Plötzlich hatte er McLeans Schuh in der Hand.

»Machen Sie schon, Geckler«, befahl Dr. Ferno. »Wir haben nicht den ganzen Tag Zeit. Tun Sie, was Sie tun müssen.«

Lukas schaffte es, eine Hand freizubekommen, und schlug den Wärter ins Gesicht, bevor er wieder bewegungsunfähig gemacht wurde. Geckler nickte und zog ein kleines Gerät aus einer Halterung an seinem Gürtel. Es sah aus wie ein Taschenrechner. Geckler drückte auf einen Knopf und presste es gegen McLeans baumelndes Bein. Ein lautes Sirren durchbrach die Stille. Lukas schrie. McLean zuckte hin und her. Sein Gesicht verzerrte sich. Unter Verrenkungen fiel er vom Baum in Gecklers mächtige Arme. Im nächsten Moment schob Geckler McLean durch die hintere Tür des weißen Kleinbusses und stieg nach ihm ein. Der andere Mann ließ Lukas los und sprang auf den Fahrersitz. Lukas rannte zur hinteren Tür des Kleinbusses, aber sie war bereits geschlossen.

Dr. Ferno ließ die Papiere in den Umschlag zurückgleiten. »Ihr wisst, wo ich wohne. Und ihr wisst, wo ich arbeite. Wenn ihr eurem Freund helfen wollt, bringt mir einfach den Faden.«

Die dunkle Türöffnung

Mom hielt mich immer noch am Arm gepackt. Ich wollte mich befreien, aber ihr Griff wurde nur noch fester.

»Jungs, kommt ins Haus.«

Lukas folgte uns weinend. Mom schloss die Tür hinter uns.

Sie setzte sich an den Küchentisch und stützte den Kopf in die Hände. »Großer Gott.«

Irgendwann hob sie den Kopf und sah mir in die Augen. »Als Erstes muss ich offenbar davon ausgehen, dass du gelogen hast. Du warst sehr wohl in Dr. Fernos Haus. Und du hast etwas mitgenommen. Du dachtest, es wäre wichtig. Aber jetzt hast du McLean in Schwierigkeiten gebracht. Und der Himmel weiß, was mit Jannie passiert ist. Ich hoffe, es gibt da keine Verbindung.«

»Er heißt gar nicht McLean«, erwiderte ich.

Mom stützte den Kopf wieder in die Hände. »Markus, es interessiert mich nicht besonders, wie er heißt. Aber das Leben dieses Mannes ist gerade eben ... zerstört worden. Deshalb erzählst du mir jetzt, was eigentlich los ist.«

Ich erzählte es ihr. Ich schaffte es bis zum Ende, ohne eine einzige blöde Träne zu vergießen.

Mom wusste bereits, dass der Faden in der schmalen, länglichen Pappschachtel in unser Haus gekommen war. Sie wusste bereits, dass auf der Schachtel etwas in Dads Handschrift geschrieben stand und sie mit Briefmarken aus Griechenland frankiert war. Sie wusste, dass das Paket vom Postamt in Tacoma abgestempelt worden war, aber sie wusste nicht, dass es mehrere Jahre in der Abteilung für tote Briefe gelegen hatte, bevor Mr Endo es zufällig gesehen, die Adresse vervollständigt und uns zugestellt hatte.

Ich erzählte ihr, wie der Faden uns auf den Dachboden zu dem Karton mit Dads Briefen hinaufgeführt hatte. Wie wir jedoch nicht gleich kapiert hatten, was der Faden von uns wollte. Wie uns irgendwann ein Licht aufging und wir herausfanden, dass Dad auf der Suche nach dem Labyrinth von König Minos gewesen war. Wie er es aufgespürt, dann aber auch noch etwas anderes gefunden hatte – etwas, das seinen Verstand durcheinandergebracht hatte: das Wollknäuel. Wie Dad dann verschwunden war.

Irgendwie war dieser Faden in einer schmalen, länglichen Pappschachtel in der Abteilung für tote Briefe gelandet. Dann hatte er all diese verrückten Dinge getan. Er hatte unser Haus zum Leuchten gebracht, was McLean – oder Raymond Kerwin – zu uns geführt hatte. Wir hatten angenommen, Raymond wäre bloß irgendein verrückter Kerl, weil er sich an nichts erinnern konnte und weil er es hasste, irgendwo reinzugehen.

»Woher weißt du das?«

»Darauf komme ich gleich.«

»Großartig. Ich kann's kaum erwarten.«

Ich erzählte Mom, was ich dachte: dass der Faden uns

absichtlich zusammengebracht hatte. Dass er wollte, dass Raymond zu uns kam. Dass er vielleicht sogar wollte, dass Aster zu uns kam. Dass er uns helfen wollte, Dad zu finden.

»Markus ...«

»Ich weiß. Du findest das verrückt. Du meinst, ich würde nur projizieren oder Probleme verarbeiten, aber hör zu.« Und dann erzählte ich ihr, wie wir Raymond den Faden um den Finger gebunden hatten.

»Oh nein. Sag, dass ihr das nicht gemacht habt. Ihr solltet den Faden nicht anfassen. Ich hab euch doch gesagt, er kann gefährlich sein.«

»Du hast gesagt, es wären vielleicht Keime daran.« Ich zuckte mit den Achseln. »Egal. Als wir ihn um Raymonds Finger gewickelt hatten, war es, als würde er seinen Kopf auf Hochtouren bringen, als wäre Raymond an eine superleistungsstarke Batterie angeschlossen. Aber er hatte dabei auch Schmerzen. Und vielleicht hat genau das seinen Verstand schon früher durcheinandergebracht.«

Mom sog hörbar Luft ein. »Erzähl weiter.«

Ich berichtete ihr, wie das Knäuel durch mein Zimmer gerollt war und gegen die Tür geschlagen hatte. Und wie es durch unser Viertel gesaust und an der Rückseite von Dr. Fernos Haus hochgerollt war.

Mom schüttelte den Kopf. »Ihr seid bei ihm eingebrochen, stimmt's?«

»Wir sind dem Faden nach drinnen gefolgt.« Ich erzählte ihr, wie er uns durch Dr. Fernos Arbeitszimmer und zu dem zerbrochenen Schwert auf seinem Bücherregal geführt hatte.

»Ist das das Schwert, das du erwähnt hast?«, fragte Mom. »Wo ist es jetzt?«

Lukas rannte nach oben. Als er mit der Pappschachtel zurückkam, in der es nun lag, erzählte ich Mom, wie Raymond es wiedererkannt hatte. Und wie er gesagt hatte, wir hätten ja sogar die Schachtel, in die das Schwert gehörte.

»Er sagte, es hätte jahrelang an seinem Arbeitsplatz gelegen«, warf Lukas ein.

»Ich verstehe nicht«, erwiderte Mom.

»Wir auch nicht, aber es hat irgendwas mit Dad zu tun. Das muss so sein.«

»Ist das alles?«, fragte Mom.

»Fast.«

Ich erzählte ihr, wie wir noch einmal zu Dr. Fernos Haus zurückgegangen waren und ich sein Namensschild gesehen hatte – dass dessen Rückseite und die Rückseite von Raymonds Namensschild gleich waren.

Mom lachte, aber nicht weil sie das lustig fand – offenbar lag diese Art zu lachen bei uns in der Familie. »Er heißt also gar nicht McLean. Lass mich deine Fotos sehen.«

Ich reichte Mom mein Telefon. Sie blätterte sich durch meine Fotos und hielt bei der Aufnahme von Dr. Fernos Diplom inne. »Ferno ist Psychiater? Ich dachte immer, er ist irgendein Chirurg. Er hat ein Chirurgen-Ego.«

»Was ist ein Psychiater?«, fragte Lukas.

»Das ist ein Arzt für den Kopf. Einer, der mit Verrückten arbeitet«, antwortete ich.

»So würde ich das zwar nicht ausdrücken«, meinte Mom, »aber im Prinzip stimmt das. Er muss an der McLean-Klinik arbeiten. Das ist die große Nervenklinik drüben in Steilacoom.«

»Für Verrückte?«, fragte Lukas.

»Für Leute mit psychischen Problemen«, berichtigte Mom. »Aber was sollte er mit dem Faden wollen?«

»Du weißt es nicht«, antwortete ich, »weil du ihn nie angefasst hast. Du hast nie erlebt, wie er ist.«

»Was sagst du da? Hast du ...?«

»Habe ich, aber nicht absichtlich. Und nur ein Mal. Er hat sich um meinen Finger gewickelt ...«

»Großer Gott.«

»Er bewirkt, dass man Dinge weiß. Er gibt einem Antworten. Du hast doch gemerkt, wie wichtig er für Dad war. Wenn man zum Beispiel ein Arzt ist, könnte man sich den Faden um den Finger binden und würde alles wissen. Ferno würde wahrscheinlich superberühmt werden.«

»Er würde noch ein größerer Besserwisser werden, als er schon ist.« Mom stand auf und zog den Reißverschluss ihrer Jacke hoch. »Ich muss jetzt zu Jannie«, erklärte sie. »Ihr beide seid bis morgen früh auf euch allein gestellt. Markus, du musst um neun Uhr fertig sein. Geduscht und angezogen. Du und ich werden McLean besuchen.«

»Was ist mit mir?«, fragte Lukas.

»Du kannst bei den Nachbarn bleiben.«

»Typisch.«

Sobald Mom fort war, wirbelte Lukas zu mir herum, die Hände zu Fäusten geballt. »Gratuliere, Markus.«

»Was habe ich denn jetzt schon wieder falsch gemacht?«

»Zuerst Jannie und jetzt McLean.«

»Das war Dr. Ferno. Ich habe nichts getan.«

»Genau. Du hast nichts getan. Du hast bloß rumgesessen, während sie ihn weggebracht haben. Du hast nicht mal versucht, ihm zu helfen.« Bevor ich auch nur ein Wort zu meiner Verteidigung sagen konnte – dass Mom mich festgehalten hatte oder dass ich nur ein Kind war oder dass sie Elektroschocker gehabt hatten –, rannte Lukas nach oben und knallte unsere Zimmertür hinter sich zu.

Ich legte mich auf die Couch. Ich weiß nicht, wie ich es schaffte, dort einzuschlafen, aber es muss wohl so gewesen sein, denn als ich am nächsten Morgen aufwachte, hatte ich gerade noch genug Zeit, einen Müsliriegel hinunterzuschlingen, unter die Dusche zu springen und ein paar Klamotten überzuwerfen, bevor Mom vorfuhr und hupte. Sie sah müde aus.

Wir fuhren auf der Autobahn nach Süden und nahmen die Ausfahrt Steilacoom. Wir kamen direkt an dem Kino mit den Liegesitzen vorbei, an einem meiner Lieblings-Donut-Cafés und schließlich erreichten wir einen riesigen Komplex aus niedrigen Backsteingebäuden. Auf einem Hinweisschild stand *McLean-Klinik*. Das Gelände war von einer grauen Steinmauer umschlossen. Der Hauptzugang war vier Stockwerke hoch, darin eine dunkle Türöffnung, die aussah wie ein aufgerissener Mund.

Mom hielt auf dem Besucherparkplatz. Sie stellte den Motor ab und schloss die Augen. So verharrte sie fast eine Minute.

»Dann mal los.« Sie öffnete die Wagentür und steuerte auf den Haupteingang zu.

Ich musste ein Stück rennen, um sie einzuholen.

Wir kamen an zwei großen, einschüchternd aussehenden Typen vom Sicherheitsdienst vorbei. Die Tür öffnete sich automatisch und wir betraten eine Eingangshalle, die riesengroß und gähnend leer war. Jeder unserer Schritte hallte an den

Wänden wider. Die hohen Fenster waren mit Metallgittern versehen.

Ich hörte ein Quietschen und als ich mich umdrehte, sah ich einen Rollstuhl mit einer weißhaarigen Frau, der die Haare ins Gesicht hingen. Sie roch streng nach Schweiß, trug einen hässlichen grünen Bademantel und schob sich mit den in Hausschuhen steckenden Füßen selbst über den Boden. Die Räder des Rollstuhls quietschten jedes Mal, wenn sie sich bewegte.

Sie warf mir ein zahnloses Lächeln zu. »Was habt ihr mir mitgebracht? Habt ihr mir was mitgebracht?«

»Ich verstehe nicht«, sagte ich.

»Ihr solltet mir besser rasch was bringen. Es ist nicht mehr viel Zeit.«

Ich sah Mom an. Sie zuckte mit den Achseln und drehte sich weg. Ich wollte ihr folgen, aber die weißhaarige Frau packte mich am Handgelenk und drückte so fest zu, dass es wehtat.

»Ich mag keine Leute, die mir nichts mitbringen.«

Sie riss ihre Hand ruckartig weg und rollte davon, als hätte sie nie mit mir gesprochen. Als sie an mir vorbeifuhr, sah ich auf der Rückseite ihres Rollstuhls einen Schriftzug in roten Druckbuchstaben: *McLean*.

Mom hatte den Empfang entdeckt, wo hinter einer dicken Glasscheibe eine finster dreinblickende Frau saß, die eine Warteschlange von zehn Besuchern vor sich hatte. An der Wand neben der Glasscheibe hing ein Plan des Gebäudes. Daneben befand sich eine große Tafel voller Namen und Stationen, mit Bezeichnungen wie *Chemikalienabhängige*, *Langzeitpatienten* und *Station für Straffällige*.

Ich suchte in einer alphabetischen Liste von Ärzten, bis ich Dr. Ferno fand.

Wir warteten in der Besucherschlange hinter einem Mann, der einen braunen Pullover mit einem Flicken auf dem Ellbogen trug. In seinen zitternden Händen hielt er einen Schuhkarton, aus dem es köstlich nach Schokolade duftete. Als er endlich an der Reihe war, sagte er, er sei gekommen, um seine Frau zu besuchen.

»Buchstabieren Sie den Nachnamen«, sagte die Frau hinter der Glasscheibe gelangweilt.

»Jenkins. J-E-N-K-I-N-S.«

Die Frau hinter der Glasscheibe hackte in ihre Computertastatur, dann sagte sie, Mrs Jenkins dürfe nur von Mittwoch bis Freitag Besuch bekommen. Ihre Augen lösten sich nicht vom Bildschirm, während sie sprach. Der Mann seufzte und erklärte, er hätte Kekse dabei, die seine Tochter gebacken hätte. Er wolle zumindest, dass sie seiner Frau übergeben würden.

Die Frau gestikulierte mit einer Hand und der Mann schob den Karton durch die Öffnung in der Glasscheibe. Die Frau wühlte sich durch die Kekse und leckte sich anschließend Schokolade von den Fingern.

»Ich muss die Akte Ihrer Frau aufrufen und überprüfen, ob Kekse erlaubt sind. Der Nächste bitte.«

Während der Mann davonschlurfte, erklärte Mom, dass wir hier waren, um Raymond Kerwin zu besuchen.

»Buchstabieren Sie den Nachnamen«, sagte die Frau.

Dann suchte sie ihren Computerbildschirm ab. »Er wurde erst gestern Abend aufgenommen«, erklärte sie. »In welcher Beziehung stehen Sie zu dem Patienten?«

Mom seufzte. »Wir sind Freunde.«

Die Frau sagte eine halbe Minute lang nichts, während sie verschiedene Tasten betätigte. Ohne hochzusehen verkündete sie: »Der Patient darf nur Besuch von engsten Angehörigen bekommen.«

»Sagt wer?«, fragte Mom.

»Sagt sein behandelnder Arzt«, antwortete die Frau.

»Und wer ist das?«

»Ferno. F-E-R-N-O«, las die Frau vom Bildschirm ab. »Und nein, er ist nicht zu sprechen. Sie können morgen anrufen, um einen Termin mit ihm zu vereinbaren. Der Nächste bitte.«

»Warten Sie!« Ich legte die Hand auf die Glasscheibe. »Können Sie für uns noch nach einem anderen Patienten sehen?«

Die Frau seufzte. »Buchstabier den Nachnamen.«

»Blevins. B-L-E-V-I-N-S.«

Ich weiß nicht, wie es sich anfühlt, wenn man einen Herzinfarkt bekommt, aber in dem Moment dachte ich, ich hätte vielleicht einen. Mein Herz begann so laut zu klopfen, dass ich mich fragte, ob die Frau hinter der Glasscheibe es hören konnte. Ich sah, wie ihre Finger die Buchstaben meines Nachnamens – den Nachnamen meines Vaters – einen nach dem anderen in die Tastatur tippten. B-L-E-V-I-N-S. Sie betrachtete den Bildschirm, dann tippte sie weiter.

»Äh-hmm«, sagte sie.

»Was?«, krächzte ich.

»Kein Patient mit diesem Namen.«

John Doe

Als wir wieder in unserem Auto saßen, ließ Mom den Kopf aufs Lenkrad sinken. Ich kletterte auf den Beifahrersitz und schloss die Tür.

»Warum hast du diese Dame gefragt, ob Dad dort ist?«, fragte Mom.

»Weiß nicht«, antwortete ich. »Das hatte ich gar nicht vor. Es war eine spontane Idee.«

Mom wischte sich mit dem Handballen über die Augen. »Etwa vor einem Jahr habe ich mir endlich eingestanden, dass er nie zurückkommen wird. Und jetzt muss ich Orte wie diesen hier aufsuchen. Muss Frauen wie der da Fragen stellen.«

»Aber du willst ihn doch finden, oder?«

»Natürlich will ich ihn finden, Markus. Oder wissen, dass er für alle Zeiten fort ist. Ich kann das nicht. Ich kann nicht wieder in dieses Zwischenstadium zurück. Ich brauche Gewissheit, auf die eine oder andere Art.«

»Sie ist von allen Dingen das seltenste.«

»Was denn?«

»Gewissheit.«

»Wo hast du das her?«

»Von McLean. Raymond.«

»Wir sind nicht einmal sicher, wie er heißt.« Mom wühlte in ihrer Handtasche, bis sie den Rest eines Papiertaschentuchs fand. Sie schnäuzte sich, dann seufzte sie und sah mich an. »Bei dir alles okay?«

Ich zuckte mit den Achseln.

»Ich bringe dich jetzt nach Hause und fahre dann weiter ins Krankenhaus, um bei deiner Schwester zu sein. Kannst du bitte versuchen, dich mit Lukas zu vertragen?«

»Ich fange nicht mit dem Streiten an«, antwortete ich.

»Es ist mir egal, wer was tut. Kannst du dich einfach mit ihm vertragen?«

Ich nickte.

Mom setzte mich vor unserem Haus ab, dann fuhr sie weiter. Ich ging an dem Baum vorbei, in dem Raymond in den letzten Wochen gewohnt hatte. Jetzt war er leer. Die Äste schienen ein wenig tiefer herabzuhängen als sonst, als würden sie trauern.

Ich fand Lukas in der Küche und sagte ihm, dass wir Raymond nicht hatten besuchen dürfen. Ich erzählte ihm nichts davon, dass ich gefragt hatte, ob Dad dort Patient war. Dann ging ich nach oben und legte mich auf mein Bett. Aster hatte mir eine SMS geschickt, sie fragte, was ich herausgefunden hatte. Ich schrieb ein einziges Wort zurück: *nichts*.

Ich dachte über die McLean-Klinik nach mit ihren Steinmauern, Backsteingebäuden und Sicherheitsdienst-Typen. Wie konnten wir Raymond da wieder herausholen? Und worin bestand die Verbindung zwischen diesem Ort und Dad?

Ich fragte mich, ob mein Vater überhaupt noch am Leben war.

Als ich aus meinem Fenster auf den Baum in unserem Vorgarten sah, wünschte ich, ich könnte nach unten gehen und mit Raymond reden, wünschte, Jannie wäre wieder gesund und könnte mitkommen.

Ich konnte Raymond da herausholen. Ich musste nur Dr. Ferno den Faden geben. Aber warum wollte ich das nicht tun? Ich konnte ihn eintauschen, dann wäre alles wieder in Ordnung.

Aber es wäre eben nicht alles wieder in Ordnung. Denn Dad würde immer noch verschwunden sein und Jannie würde immer noch ... in dem Zustand sein, in dem sie nun mal war.

Irgendwann sah ich Mr Endo den Kiesweg zu unserer Haustür entlangkommen, seine Posttasche über die Schulter gehängt. Er zog beim Gehen nach wie vor das Bein leicht nach. Ich fragte mich, ob er noch andere Dinge über die Pappschachtel wusste, die er uns nicht erzählt hatte. Meine Gedanken wanderten zurück zu dem Gespräch, das ich mit ihm geführt hatte. Da tauchte etwas, das er gesagt hatte, plötzlich aus den Tiefen meines Gehirns auf. Wie hatte er das Paket genannt? Ein *John-Doe*-Paket? Hatte er nicht gesagt, dass in Krankenhäusern der Name *John Doe* für Menschen benutzt wurde, die sich nicht an ihren Namen erinnern konnten?

Als ich den Faden ein paar Minuten lang um den Finger gehabt hatte, hatte er mein Gedächtnis vorübergehend gelöscht. Jannie hatte den Faden wer weiß wie lange um den Finger gehabt und jetzt konnte sie sich nicht einmal mehr an ihre eigene Mutter erinnern. Raymond wusste seinen Namen nicht mehr ... Ich war ziemlich sicher, dass er ebenfalls mit dem Faden in Berührung gekommen war.

Und Dad – seine Briefe gaben Auskunft, was passiert war.

Er hatte den Faden gefunden und offenbar den Verstand verloren.

Was, wenn Dad in der McLean-Klinik eingesperrt war? Aber nicht als Matthias Blevins, sondern als John Doe?

Ich hatte noch eine Idee. Ich schrieb Aster, dass ich bei ihr vorbeikommen würde. Dann zog ich meine Schuhe an und rannte los.

Aster stand vor dem Haus und wartete auf mich. »Was ist los?«

Es dauerte ein bisschen, bis ich wieder normal atmen konnte. »Ich muss jemanden anrufen. Ich dachte, du willst vielleicht zuhören.«

Ich suchte eine Telefonnummer im Internet. Sobald ich sie gefunden hatte, wählte ich sie und aktivierte den Lautsprecher.

»Nationales Institut für geistige Gesundheit, Bethesda Klinik«, meldete sich eine Stimme am anderen Ende der Leitung. »Wen möchten Sie sprechen?«

»Hallo, ich versuche Dr. Kerwin zu erreichen.«

»Bitte bleiben Sie am Apparat.« Die Stimme verstummte, dann erhielt ich die Auskunft: »Dr. Kerwin arbeitet nicht mehr in unserer Klinik. Kann ich sonst noch etwas für Sie tun?«

»Vielleicht«, antwortete ich. »Könnte ich mit jemandem sprechen, der weiß, wo Dr. Kerwin ist? Sein früherer Vorgesetzter oder so?«

»Sekunde.« Es wurde wieder still in der Leitung. Asters Hände verdrehten den Stoff ihrer Bluse. Die Stimme meldete sich wieder. »Verzeihung. In welcher Beziehung stehen Sie zu Dr. Kerwin?«

Ich dachte an unsere Erfahrung in der McLean-Klinik. »Ich bin ein Angehöriger«, log ich. »Sein Neffe.«

»Bitte bleiben Sie am Apparat.«

Es war ein Klingelton zu hören, dann ertönte eine andere Stimme. Sie hatte etwas Krächzendes, wie die Stimme eines alten Mannes. »Hallo, hier spricht Dr. Gustafson. Was kann ich für Sie tun?«

Ich erzählte diesem Dr. Gustafson, dass ich Dr. Raymond Kerwin ausfindig zu machen versuchte.

»Und wer sind Sie?«

»Ich bin sein Neffe. Wir – meine Mutter und ich – haben schon länger nichts mehr von Dr. Kerwin – ich meine, Onkel Ray – gehört.«

»Ich wünschte, ich könnte Ihnen helfen.« Dr. Gustafsons Stimme wurde weicher, als wechsle er vom beruflichen in den privaten Modus. »Ray war ein Freund von mir, ein Pfundskerl. Er ist wahrscheinlich immer noch ein Pfundskerl. Ein guter Arzt. Wirklich klug. Sehr um seine Patienten bemüht. Dann ist er an die Westküste gefahren und quasi vom Erdboden verschwunden.«

»Wie lange ist das her?«, fragte ich.

»Mindestens zwei Jahre.«

»Wo ist er hingegangen?«

»Oh, wie hieß noch diese Klinik. Die große südlich von Seattle. McLean, glaube ich.«

»Können Sie mir sagen, warum er dort hingefahren ist?«

»Tut mir leid, das darf ich nicht. Das ist vertraulich. Ich kann Ihnen nur sagen, dass er einen Patienten dabeihatte.«

»Können Sie mir den Namen des Patienten nennen?«

»Das kann ich leider nicht.«

»Ist das auch vertraulich?«, fragte ich.

»Ja. Aber selbst wenn es das nicht wäre, könnte ich ihn in

diesem Fall nicht nennen. Der Patient, den er mitnahm, war ein John Doe. Ein Fall von Amnesie.«

Ich musste schlucken, dann bedankte ich mich bei Dr. Gustafson.

»Gern geschehen«, gab er zurück. »Hey, wenn Sie Ihren Onkel Ray finden, sagen Sie ihm, er soll mich anrufen. Sagen Sie ihm, ich vermisse unsere Pokerpartien. Und seinen schrägen Sinn für Humor.«

Ich sagte, das würde ich tun, und beendete das Gespräch.

»Was ist ein Fall von Amnesie?«, fragte Aster.

»Jemand, der sich nicht an seinen Namen erinnern kann.«

»Und warum hast du so einen seltsamen Gesichtsausdruck?«

»Weil ich glaube, dieser Jemand könnte mein Vater sein.«

Korridore

Der Bus setzte uns direkt vor der Klinik ab. Sobald wir vor den Steinmauern standen, wünschte ich, ich hätte Aster und Lukas nicht mitgebracht. Wir konnten in ernsthafte Schwierigkeiten geraten. Was, wenn sie mir ebenfalls weggenommen wurden? Was, wenn Dr. Ferno sie in die Klinik einweisen ließ?

Doch als wir auf den Eingang zusteuerten, merkte ich, wie sehr ich sie brauchte. Wenn es zu einem Kampf kam, wollte ich Lukas bei mir haben, selbst wenn er immer noch sauer auf mich war. Und Aster brauchte ich wegen ihrer Besonnenheit und schnellen Auffassungsgabe. Aber vor allem wollte ich beide bei mir haben, um nicht allein zu sein.

Dann ragte die dunkle Türöffnung vor mir auf und ich hatte Angst hineinzugehen. In diesem Gebäude mit seinen widerhallenden Wänden und verrückten Bewohnern würden wir Dr. Ferno auf seinem eigenen Terrain gegenüberstehen. Ich blieb am Fuß der Treppenstufen stehen, um tief durchzuatmen.

»Seid ihr bereit?«, fragte ich schließlich.

Beide nickten.

»Ich übernehme das Reden«, fügte ich hinzu, »aber wenn

ich etwas Dummes sage, könnt ihr euch jederzeit einmischen.«

»Und was machen wir, wenn Dr. Ferno uns nichts erzählt?«

»Keine Ahnung.« Ich klopfte auf die längliche Pappschachtel unter meinem Arm. »Ich hoffe einfach, er ist so scharf auf das hier, dass er nachgibt.«

Ich sah von Aster zu Lukas. Wenn ich so jung und verängstigt wirkte wie die beiden, dann konnte das nicht gut gehen.

Lukas zog eine Tüte Junior Mints aus der Tasche und warf sich ein Dragee in den Mund. Wir stiegen die Stufen nach oben und traten durch die sich selbst öffnende Tür. Ich ging durch die Eingangshalle zur Informationstafel neben dem Empfang. Dort las ich die Namen der Ärzte durch, bis ich Dr. Ferno fand, dann suchte ich auf dem Plan nach seinem Arztzimmer. Station 3, etwa eine Million Meilen durch ein undurchdringliches Gewirr langer Flure entfernt.

Wir liefen zu einer Tür am anderen Ende der Eingangshalle. Ich drückte die Klinke nach unten. Abgeschlossen.

Mir wurde schlecht. Und ich kam mir dumm vor. Ich war davon ausgegangen, wir könnten direkt zu Dr. Fernos Arztzimmer gelangen, wenn wir erst einmal die Klinik betreten hatten. Wir steckten jetzt schon fest.

Plötzlich packte mich eine Hand. Sie bedeckte meine ganze Schulter. »Wo wollt ihr Kinder denn hin?«

Ich drehte mich um und stand vor einem riesigen Krankenwärter. Er sah aus wie ein Profiringer, den man in einen weißen Klinikkittel gesteckt hat. An seinem Gürtel hing ein Knüppel. Auf dem Namensschild an seiner Brust stand *Geckler*. Er war der Mann, der McLean mit einem Elektroschocker von unserem Baum geholt hatte.

»Wir ... wir ... wir wollen zu Station 3.«

»Dr. Ferno sagte, ich soll euch im Auge behalten. Er meinte, ihr würdet vielleicht vorbeikommen. Wo ist eure Mutter?«

»Ich ... sie ... ähm ...«

»Ihr seid allein hier, hm?« Geckler nahm einen Schlüsselbund vom Gürtel und steckte ein langes Exemplar aus Messing ins Schlüsselloch. Er schloss auf und schob uns hindurch. Die Tür fiel hinter uns mit einem lauten Klicken zu.

Geckler führte uns einen Korridor entlang, dann schloss er eine weitere Tür auf der rechten Seite auf. Nach etwa fünfzehn Metern bogen wir nach links ab und gingen weiter bis wir zu drei Türen gelangten. Geckler führte uns durch die Tür ganz rechts. Wir schlängelten uns weiter durch abgeschlossene Türen und Korridore, bis wir zu einer Flügeltür mit der Aufschrift *Station 3* kamen. Neben der Tür sah ich eine Gegensprechanlage.

Geckler drückte auf einen Knopf und sprach hinein: »Hier sind Besucher für Dr. Ferno.«

Nichts passierte.

In meinem Magen rumorte es. Aster packte mich am Arm und drückte zu.

Geckler betätigte wieder den Knopf. »Dr. Ferno, diese Kinder sind hier.«

Es passierte immer noch nichts. Er deutete mit dem Kinn auf die Schachtel unter meinem Arm. »Was habt ihr denn da?«

»Etwas, das Ferno – ich meine, etwas das Dr. Ferno uns gebeten hat mitzubringen«, antwortete ich.

Ein Summton ertönte und die Tür öffnete sich mit einem Klicken. Geckler führte uns hinein. Wir standen in einem langen Korridor, der an beiden Seiten von Türen gesäumt war. Jede Tür hatte ein kleines quadratisches Fenster aus dickem Glas.

Geckler führte uns an Dutzenden dieser Türen vorbei bis zur letzten Tür im Gang. Dort klopfte er an.

»Herein«, sagte Dr. Ferno. Er sah von seinem Schreibtisch auf, zog den Mund zu einer geraden Linie und nickte. »Sie können gehen, Geckler. Ich rufe Sie, wenn ich etwas brauche.«

Geckler ließ uns im tiefsten Inneren der McLean-Klinik allein.

Wir traten ein. Die Tür klickte hinter uns zu.

Dr. Ferno sah uns durch seine dicken Brillengläser an. »Ein Besuch von Kindern, um mir den Tag zu verschönern. Wie ich sehe, habt ihr mir etwas mitgebracht.«

Auf der Busfahrt hierher hatte ich mir ausgemalt, wie mutig ich sein würde. Diese Vorstellung verflüchtigte sich beim Klang von Dr. Fernos Stimme. Was konnte ich schon tun? Welche Forderungen konnte ich stellen, die er erfüllen würde?

Ich räusperte mich, dann noch ein zweites Mal. »Ich ... wir ... wir haben Ihnen etwas mitgebracht, aber wir ... wir haben zuerst ein paar Fragen.«

»Ihr wollt wissen, warum ich den Faden haben will? Zuerst hatte ihn Kerwin, dieser Trottel. Aber er wusste nicht, was er damit machen sollte, deshalb habe ich ihn an mich genommen. Als ich entdeckte, wozu man ihn benutzen kann, wurde mir schnell klar, dass Kerwin ihm in keiner Hinsicht gewachsen war. Meine kleinen Tests an ihm haben das bewiesen. Der Faden gehört rechtmäßig mir. Ich kann damit Leben verändern. Weisheit erlangen. Besondere Fähigkeiten erwerben. Jeder brabbelnde Idiot, der hierherkommt – ich werde wissen, wie ich ihn heilen kann. Ich werde alles wissen. Nur ich habe die Fähigkeit, sein volles Potenzial auszuschöpfen. Ich war dazu bestimmt, ihn zu finden. Aber dann hat dieser Trottel ihn mir gestohlen, kurz bevor er verschwunden ist.« Er leckte sich die Lippen. »Jetzt gebt ihn mir. Ich will ihn zurück.«

»Was ist mit Raymond passiert? Mit Dr. Kerwin?«

»Das ist vertraulich.«

»Was ist mit dem Patienten passiert, den er dabeihatte?«

Dr. Ferno legte die Finger seiner beiden Hände zusammen. »Wieso wisst ihr davon?«

Ich wiederholte meine Frage. »Was ist mit dem Patienten passiert, den Dr. Kerwin dabeihatte?«

»Das geht euch nichts an.« Dr. Fernos Blick wurde stechend. »Warum interessiert euch das überhaupt? Könntet ihr ihn kennen? Möglich wäre das schon. Kerwin war der Ansicht, der Mann hätte Verbindungen nach Tacoma. Was glaubt ihr, wer er ist?« Kaum hatte Dr. Ferno den Satz zu Ende gesprochen, klappte seine Kinnlade nach unten.

Er leckte sich wieder die Lippen, wobei seine Zunge einen langsamen Kreis beschrieb, bevor sie in seinen Mund zurückglitt. »Wer weiß, dass ihr hier seid?«

»Beantworten Sie meine Frage«, beharrte ich.

»Eure Mutter weiß gar nicht Bescheid, oder? Ich kann mir nicht vorstellen, dass sie zugelassen hätte, dass ihr alleine hierherkommt.«

»Beantworten Sie ...«

»Das muss ich nicht. Eigentlich muss ich euch überhaupt nichts sagen. Es wird Zeit, dass ihr mir die Schachtel übergebt«, befahl er.

»Was ist mit Dr. Kerwins Patient passiert?«

»Eurem Vater, meint ihr? Ihr glaubt, dieser Mann ohne Gedächtnis war euer Vater?« Dr. Ferno lachte. »Ich sehe euch an, dass ihr das denkt.«

Mir kamen die Tränen. Ich biss die Zähne zusammen und wischte sie weg. Dann zog ich mein Telefon heraus und wählte Moms Nummer. Aster packte mich am Arm und drückte zu.

»Nicht weinen, kleiner Junge. Und das Anrufen kannst du dir sparen. Hier ist kein Empfang. Dafür sind wir zu tief im Gebäude.« Dr. Ferno lächelte und entblößte dabei beide Reihen seiner kleinen, gelben Zähne. »Ich wette, ihr habt euch nicht einmal am Empfang angemeldet. Der Einzige, der weiß, dass ihr hier seid, ist Geckler. Er arbeitet für mich. Und seine liebe alte Mutter ist eine meiner Patientinnen. Sie ist eine gebrechliche Frau. Erschreckt sich leicht.«

In diesem Moment begann es in der Pappschachtel zu rappeln.

Dr. Ferno starrte sie wie gebannt an und biss sich auf die Lippe, als die Schachtel mit einem Ruck aus meiner Hand sprang und zu Boden fiel. Der Deckel klappte auf und das Wollknäuel rollte heraus, direkt unter Dr. Fernos Schreibtisch. Dr. Ferno sah nach unten zu seinen Füßen, da rollte das Knäuel bereits an seinem Oberkörper hinauf und wand sich um seinen Arm. In der nächsten Sekunde zogen sich schwarze Linien um die Finger seiner linken Hand.

»Oh, Wunder über Wunder. Er ist endlich zu mir zurückgekommen.« Mit seiner freien rechten Hand versuchte er den Faden zu packen. »Er hat so viel Potenzial, so viel Macht. Ich kann es schon spüren.«

»Stell ihm deine Fragen noch einmal«, sagte Aster leise.

Ich nickte. »Wo ist Raymond?«

Ferno sah zu mir auf. Die gerade Linie seines Mundes öffnete sich und zeigte zusammengebissene Zähne. »Oh, so viel Macht. So viele ... Erkenntnisse.«

»Wo ist Dr. Kerwin?«, fragte ich noch einmal.

Zwischen Dr. Fernos Zähnen drang ein Stöhnen hervor, sonst jedoch nichts.

Der Faden rollte seinen Arm hinauf, quer über seine Schulter und wand sich um seinen Brustkorb, wobei er schwarze Linien auf seinen weißen Arztkittel zeichnete.

»Wo ist Raymond?«, fragte ich erneut. »Antworten Sie.«

»Antworten!«, rief Dr. Ferno. »Ich habe die Antworten. Ich habe sie alle. Sie sind vor mir aufgereiht! Oh ...« Seine Stimme brach ab.

»Wo ist Raymond?«, wiederholte ich. »Wir werden den Faden erst zurückrufen, wenn Sie uns das gesagt haben.«

»Warum sollte ich das wollen?«, fragte Dr. Ferno. »Wegen der Schmerzen? Macht hat immer ihren Preis. Dafür nehme ich ein wenig Schmerz in Kauf.«

»Wo ist Raymond? Wo ist mein Vater?«

Dr. Ferno lachte. »Ihr wisst es nicht. Aber ich weiß es. Ich habe alle Antworten.« Er presste die freie Hand wieder an die Brust, dann deutete er auf Lukas. »Du hasst deinen Vater. Du glaubst, er hat euch im Stich gelassen. Du glaubst, er hat sich bewusst entschieden, euch zu verlassen. Du willst gar nicht, dass er zurückkommt.«

Dr. Ferno deutete auf Aster. »Deine Schwester ist gestorben. Du gibst dir selbst die Schuld. Deine Familie ist daran zerbrochen, deshalb nistest du dich jetzt in dieser Familie ein – in diesem Haus voller Außenseiter. Du glaubst, sie hätten das, was du brauchst.«

»Halten Sie den Mund!«, rief Aster.

»Und du«, zischte Dr. Ferno und sah mich an, während sich sein Gesicht vor Schmerz verzerrte. »Du kannst dich offenbar nicht entscheiden. Einerseits vermisst du deinen Vater, andererseits wünschst du dir, er würde für immer fortbleiben. Du weißt überhaupt nicht, was du willst.«

»Sie irren sich«, widersprach ich.

»Ich? Ich irre mich nicht. Ich kann alles sehen.«

»Nein, das können Sie nicht. Denn ich ... ich will ihn zurückhaben. Ich will meinen Vater zurückhaben. Wo ist er?«, schrie ich. »Wo ist Dad? Und wo ist Raymond?«

Dr. Ferno lächelte, aber sein Lächeln verzerrte sich zu einer Grimasse. »Er tut mir weh. Aber das kann ich ertragen. Das kann ich tagelang aushalten. Er ... oh, das tut weh!« Er krallte sich in die Linien, die über seine Brust liefen.

»Sagen Sie mir, wo Raymond ist.«

»Ich kann es aushalten. Ich kann das. Aaah ...! Nehmt ihn ... nehmt ihn weg ... nehmt ihn weg von mir!«

»Wo ist mein Vater? Sagen Sie es, dann helfen wir Ihnen.«

»Nehmt ihn weg ... helft mir! Bitte! Schneidet mich frei! Es tut weh!«

»Wo ist Raymond?«

»Nächste ... Tür ...« Die Worte schienen aus Dr. Fernos Bauch aufzusteigen. Seine Lippen bewegten sich nicht.

»Wo ist der Schlüssel zu seinem Zimmer?«

Der Faden zog sich noch fester zusammen, bis Dr. Fernos Kinn auf seine Schreibtischschublade deutete. Lukas zog sie auf und nahm den Schlüsselbund heraus. Daran hingen Schlüssel, die wie Auto- und Hausschlüssel aussahen, aber auch ein langer Schlüssel aus Messing war dabei. Lukas rannte hinaus. Wenige Sekunden später kam er mit einem blinzelnden Raymond im Schlepptau zurück. Als Raymond Dr. Ferno sah, schrie er auf.

»Keine Angst, Raymond.« Aster ging zu ihm. »Wir haben ihn unter Kontrolle.«

»Er ist ein böser Mann.«

Ich wandte mich wieder Dr. Ferno zu. »Wo ist unser Vater?«

»Es tut weh«, jammerte Dr. Ferno. »Helft mir!« Er zerrte an dem Faden. Die schwarzen Linien quetschten seinen Brustkorb noch fester zusammen.

»Wo ist mein Vater?«, rief ich.

Dr. Ferno riss den Kopf vor und zurück, um sich gegen den Faden zu wehren. Aus seinem Mund drang ein Gurgeln. Seine Augen schlossen sich und sein Kopf sackte nach vorn.

»Ist er tot?«, fragte Aster.

Ich schüttelte den Kopf: Dr. Fernos Brust bewegte sich immer noch auf und ab. Er war am Leben, aber nicht in der Lage, uns zu helfen, Dad zu finden. Lukas rannte um den Schreibtisch herum und schüttelte ihn an den Schultern. Dr. Ferno zeigte keine Reaktion. Lukas versetzte ihm leichte Schläge. Nichts. Er versuchte es noch einmal.

»Ich glaube nicht, dass das hilft«, sagte ich.

»Es geht mir auch gar nicht ums Helfen«, gab Lukas mit einem schwachen Lächeln zurück. Er sah mich an. »Und jetzt? Wie sollen wir Dad in diesem riesigen Gebäude jemals finden?«

»Seht mal.« Aster deutete auf Dr. Ferno.

Das schwarze Knäuel wickelte sich von Dr. Fernos Arm und Brust ab und rollte unter den Schreibtisch. Vor unseren Augen durchquerte es den Raum, bis es gegen die Tür stieß.

Ich öffnete die Tür und wir folgten dem Wollknäuel in den Korridor. Dort rollte es zuerst langsam weiter. Dann gewann es an Fahrt, bis wir rennen mussten, um es nicht aus den Augen zu verlieren. Es rollte immer schneller, prallte dabei gegen Wände und Boden. Jedes Mal wenn es an einer Deckenlampe vorbeikam, brannte die Glühbirne heller. Ich musste meine Augen mit beiden Händen abschirmen, um nicht geblendet zu werden.

Alle Türen, an denen der Faden vorbeirollte, sprangen auf. Im Laufen drehte ich den Kopf und sah zurück. Aus den offenen Türen spähten geisteskranke Patienten. Manche traten blinzelnd in den grell erleuchteten Flur heraus und schlurften hinter uns her, während wir dem Wollknäuel nachjagten.

»Wo führt es uns hin?«, rief Aster.

Im selben Moment explodierte eine Glühbirne über ihrem Kopf.

Ich wollte antworten, aber die Worte blieben mir im Hals stecken. Ich konnte sie nicht aussprechen. Was, wenn ich mich täuschte?

Schließlich stoppte das Wollknäuel vor einer Tür in der Mitte des langen Korridors. Die Tür sprang auf. Wir legten eine Vollbremsung hin, als wir das Knäuel eingeholt hatten. Ich warf einen Blick über die Schulter. Die Klinikinsassen schlurften den Korridor entlang. Eine weißhaarige Frau sah mir direkt ins Gesicht und lächelte.

Ich drehte den Kopf wieder zurück und entdeckte an der Tür, zu der der Faden uns geführt hatte, ein kleines Schild. Der Name auf dem Schild lautete *Doe, John*.

Ein unvollkommener Kreis

Am anderen Ende des kleinen Raumes saß ein Mann auf der Bettkante. Er trug ein einfaches weißes T-Shirt und eine weite Anstaltshose, er war barfuß und seine schwarz-grauen Haare waren kurz geschoren.

Als wir die Tür aufmachten, lächelte er mich an.

»Hallo«, sagte er.

»Dad?«, fragte ich.

Der Mann sah mich überrascht an. Sein Lächeln wandelte sich in ein Stirnrunzeln, dann wieder in ein unsicheres Lächeln.

»Sein Hirn ist gegrillt«, stöhnte Lukas. »Genau wie bei Jannie.«

Raymond bahnte sich einen Weg an uns vorbei und ging zu Dad. »Sie kommen mir bekannt vor.«

Aster packte mich am Arm. »Wir müssen hier raus, Markus. Schnapp ihn dir und dann nichts wie weg.«

Ich nickte, bat Lukas, Raymond zu sich zu holen, und streckte dem Mann auf dem Bett die Hand hin. »Komm, Dad. Wir gehen.«

»Wo gehen wir hin?«

»Nach Hause«, antwortete ich.

Kaum betraten wir den Flur, rollte das Wollknäuel wieder davon. Es schlängelte sich zwischen den befreiten Patienten hindurch, die nun im Korridor umherliefen.

Hinter uns rief jemand: »He, ihr da! Stehen bleiben!«

Ich warf einen Blick zurück und sah, dass Geckler und zwei andere bullige Krankenwärter hinter uns herliefen. Sie kamen immer näher, aber wir konnten nicht schneller laufen, ohne das Wollknäuel zu überholen. Wenn wir jemals den Ausgang finden wollten, mussten wir hinter ihm bleiben.

Der Korridor war voller Patienten, aber die Wärter drängten sich energisch an ihnen vorbei. Das Wollknäuel rollte weiter. Wir jagten ihm nach, doch die Wärter kamen immer näher.

»Was machen wir jetzt?«, fragte Aster.

»Weiß ich auch nicht«, erwiderte Lukas. »Wir müssen uns was einfallen lassen, sonst sperren uns diese Typen ein.«

»Ich hab's, Lukas«, rief ich. »Junior Mints.«

»Was?«

»Junior Mints, Lukas! Junior Mints!«

Lukas nickte, griff in die Tasche und zog eine fast volle Tüte heraus. Er riss sie komplett auf und übersäte den ganzen Korridor mit glänzenden Schokodragees. »Hey, Leute! Süßigkeiten gratis!« Dann ließ er die Tüte fallen und rannte weiter.

Ich sah zurück. Die Patienten begannen sich nach den Junior Mints zu bücken. Die Wärter versuchten sie beiseitezudrängen, aber die Patienten schienen gierig genug auf die Süßigkeiten zu sein, um den Zorn der Wärter zu riskieren. Innerhalb von Sekunden war der Korridor hinter uns komplett durch umherkriechende Patienten blockiert, die darauf aus waren, sich möglichst viele Junior Mints in den Mund zu stopfen.

Ich holte tief Luft, drehte mich wieder um und folgte dem Wollknäuel. Es rollte zu einer verschlossenen Tür, aber ich hatte noch Dr. Fernos Schlüsselbund und konnte sie aufschließen. Vor uns lag eine Treppe und nun hüpfte das Knäuel Stufe um Stufe hinunter zu einer weiteren Tür, die zu einem Parkhaus führte. Es leitete uns zwischen den abgestellten Autos hindurch, bis es irgendwann gegen einen Reifen schlug. Wir standen vor Dr. Fernos Mercedes.

Ich hörte einen Schrei. Geckler und die anderen Wärter kamen auf uns zugerannt. Geckler hielt einen Elektroschocker in seiner riesigen Hand.

»Steigt ein!«, schrie Lukas und riss mir den Schlüsselbund aus der Hand. »Ich fahre.«

Lukas entriegelte die Türen. Ich musste Raymond auf die Rückbank schubsen. Dad stieg ohne Protest nach ihm ein. Ich glitt neben Dad ins Auto. Aster sprang auf den Beifahrersitz.

»Was ist mit dem Faden?«, fragte Lukas.

Das Knäuel lag auf dem Boden zwischen meinen Füßen.

»An Bord!«, rief ich. »Fahr los!«

Lukas drehte den Zündschlüssel. Der Motor erwachte dröhnend zum Leben. Lukas ließ ihn ein paarmal aufheulen. »Aaah, das hört sich gut an.«

Inzwischen hatten Geckler und die anderen Wärter das Auto erreicht und schrien, wir sollten aufgeben. Geckler zog seinen Knüppel und begann gegen die Fenster zu hämmern. Die Scheibe neben mir zerbarst. Geckler griff hindurch und packte mich am Arm.

In derselben Sekunde schob Lukas den Automatikhebel auf *Fahren*. »Schnallt euch lieber alle an. Ich habe noch nie ein echtes Auto gefahren.«

Mit quietschenden Reifen verließ Lukas den Parkplatz, streifte mit der Seite den nächsten Betonpfeiler und schüttelte Geckler ab. Dann riss er das Steuer in die andere Richtung und schrammte an einer Wand entlang. Ein Wachmann an der Ausfahrt rief etwas, aber bevor er uns stoppen konnte, durchbrachen wir eine Schranke und waren draußen.

Dad lehnte sich auf dem Rücksitz an mich. Er roch sauber und sah unverletzt aus. Als wir die Tür zu seinem Zimmer geöffnet hatten, hatte ich insgeheim gehofft, er würde mich mit meinem Namen begrüßen. Aber er sah genauso ahnungslos aus wie Raymond.

Auf der Fahrt nach Hause schrammte Lukas noch einen Telefonmast und fuhr ein paar Mülltonnen um. Als er vor Dr. Fernos Haus parkte, stieg Dampf aus dem verbeulten Auto auf. Ich nahm das Wollknäuel und führte Dad über die Straße zu unserem Haus. Moms Auto war da.

»Und jetzt?«, fragte Lukas.

»Ich würde sagen, wir gehen rein.«

Mom stand an der Spüle und wusch das Geschirr ab. Jannie saß am Tisch und starrte in die Luft.

»Wer ist da?«, rief Mom, ohne hochzusehen.

»Vielleicht möchtest du dir die Hände abtrocknen«, sagte ich.

Mom drehte sich um und entdeckte Dad. Von ihren Händen tropften Schaum und Wasser auf den Boden.

Sie formte ein paar unhörbare Worte, dann flüsterte sie: »Matthias.«

Sie lief zu ihm und packte ihn so fest, dass beide beinahe gestürzt wären. Dann begann sie zu heulen. Also richtig zu heulen. Dad stand da und sah verwirrt aus, als Mom die Arme um ihn schlang und ihr Gesicht an seiner Schulter begrub.

Mit dem Wollknäuel in einer Hand ging ich zu ihnen, legte die andere Hand auf Moms Schulter und versuchte sie zu trösten – versuchte ein Teil der ganzen Geschichte zu werden. Lukas kam auch. Raymond legte die Hände auf Lukas' und meine Schultern, als erteilte er uns einen Segen. Aus dem Augenwinkel sah ich, wie Aster zu Jannie ging, sie an der Hand nahm und zu uns hinschob.

Das hört sich seltsam an, oder? Es hätte uns allen peinlich sein sollen, besonders da Aster und Raymond dabei waren, aber das war es nicht. Es fühlte sich richtig an, dass wir alle da waren, alle auf einem Haufen, so dicht beieinander, dass wir den Atem und den Schweiß der anderen rochen. Selbst Blackjack machte mit und steckte seine nasse Nase in den Kreis.

Und dann passierte das Seltsamste von allem.

Das Wollknäuel fiel aus meiner Hand auf den Boden. Oder vielleicht ließ ich es absichtlich fallen. Es beschrieb einen Bogen, rollte um uns alle herum und zog mit dem Faden, der sich dabei abwickelte, einen unvollkommenen Kreis, locker und ein bisschen krakelig.

Blackjack begann zu bellen und wich zurück, bis er mit dem Hinterteil an die Wand stieß. Dann fing der schwarze Faden an zu schimmern, bis der Kreis um uns herum eher weiß als schwarz aussah. Der Boden innerhalb des Kreises begann zu funkeln, als hätte gerade jemand einen Sack voll Diamanten darauf verstreut. Und der Raum zwischen den funkelnden

Stellen funkelte ebenfalls, bis der komplette Boden innerhalb des Kreises weiß schimmerte.

Lichtfünkchen lösten sich vom Boden und flogen um uns herum wie Motten. Bald leuchtete der ganze Raum. Der Boden wurde heiß – so heiß, dass ich es durch die Sohlen meiner Turnschuhe spüren konnte. Licht und Hitze hüllten uns ein, bis unsere Kleidung zu flattern begann und ein heißer Wind in meinen Ohren sirrte.

Ich weinte. Das weiß ich nur deshalb, weil ich spürte, wie meine Tränen verdampften, sobald sie aus meinen Augen tropften. Ich bin mir ziemlich sicher, dass wir alle weinten. Und ... ähm ... ohne dass wir uns deswegen blöd vorkamen.

Der Wind wurde stärker und das Sirren schwoll zu einem Tosen an. Das Licht schien so hell, dass ich meine Augen schließen musste, aber ich konnte sie noch so fest zudrücken, die Helligkeit tat trotzdem weh. Das Tosen wurde lauter. Es hörte sich an wie das Triebwerk eines Flugzeugs.

Und dann war es plötzlich vorbei. Der Lärm verstummte. Statt grell und heiß wurde es im Raum dunkel und kühl. Eine Serviette, die vom Tisch geweht war, schwebte sacht zu Boden.

Dad machte die Augen auf. Er wirkte verwirrt, als sähe er alles verschwommen. Er blickte Mom an, zuerst blinzelnd und mit zusammengezogenen Augenbrauen, dann lächelte er. »Meine ... meine Allerliebste.«

»Hi.« Moms Stimme war weich wie die von einem jungen Mädchen.

Dann sah Dad mich an und sagte meinen Namen, als wäre er überrascht, mich hier zu sehen. »Markus?« Bei meinem Bruder machte er dasselbe. »Lukas?«

Als er Raymond sah, lächelte er nur und nickte.

»Sie erinnern sich vielleicht nicht an mich. Ich bin Dr. Raymond Kerwin«, stellte Raymond sich vor.

Dad schüttelte ihm die Hand. Als Letztes senkte er den Blick und sagte: »Und du musst Jannie sein.«

Wie schön, dass du wieder da bist! Jannie hielt lachend ihr Notizbuch hoch und warf sich in seine Arme.

Verloren und wiedergefunden

Danach wurde das Leben ein wenig seltsam. Oder wurde es ein bisschen weniger seltsam?

Ich kann mich nicht erinnern, was an dem Tag sonst noch passiert ist – ich meine, nach der Sache in der Küche. Keiner von uns kann sich erinnern. Wir wissen, dass Dad nach Hause zurückkam. Wir wissen, dass wir alle irgendwie schlafen gingen. Dass Aster es zu sich nach Hause schaffte. Und dass etwas in unserer Küche passiert war, denn am nächsten Morgen sahen wir dort den verkohlten, krakeligen Kreis auf dem Fußboden. Und es roch noch nach Rauch.

Es war ein ruhiger Vormittag. Keiner stand vor elf auf und keiner sagte viel. Es herrschte eine schläfrige Stimmung und aus irgendeinem Grund waren wir alle müde und irgendwie traurig, so wie wenn man lange geweint hat. Aber dann sorgte Mom dafür, dass alle etwas aßen. Ich mampfte mehrere Müsliriegel. Raymond bekam Schoko Krispies. Dad machte Toast und Kaffee. Der Toast verbrannte, weil er nicht rechtzeitig danach schaute. Nach dem Frühstück ging das traurige Gefühl allmählich weg.

Dads Kopf schien weitgehend in Ordnung. Es dauerte ein

paar Tage, bis sich seine Verwirrtheit legte. Er fragte immer wieder, wie wir nach Hause gekommen waren und warum wir alle so viel älter waren. Wir erklärten es ihm und er nickte, aber nach ein paar Minuten fragte er wieder. Es war, als hätte jemand bei einem Film auf *Pause* gedrückt und ihn erst fünf Jahre später weiterlaufen lassen. Dad erinnerte sich an alles, bis er auf Kreta verschwunden war. Aber was danach kam … Es war, als wäre für ihn nichts davon je passiert.

Wir brauchten mehrere Wochen, bis wir die ganze Geschichte zusammengesetzt hatten. Es dauerte unter anderem deshalb so lange, weil Raymonds Gehirn sich nicht so gut wie das von Dad erholt zu haben schien. Raymond schlief weiterhin gern im Freien und kletterte manchmal noch auf den Baum in unserem Vorgarten, um ein Nickerchen zu machen. Ich weiß nicht, warum der Faden ihm nicht geholfen hat, wieder ganz gesund zu werden, so wie bei Dad.

Aster hatte eine Theorie dazu. »Ihr habt Raymond vorher nicht gekannt, euren Dad aber schon. Bei Raymond war vielleicht auch schon früher eine Schraube locker.«

Dads und Raymonds lückenhaftes Gedächtnis war auch keine große Hilfe. Dad konnte sich an nichts nach der Grabung erinnern und Raymond schien nur noch einzelne Bruchstücke zu wissen. Es wäre gut gewesen, mit Dr. Ferno zu sprechen – wenn er nicht so ein grässlicher Mensch gewesen wäre –, aber er kam nie mehr aus der McLean-Klinik heraus. Okay, das stimmt nicht ganz. Nachdem wir die ganze Sache der Polizei erzählt hatten, durfte Dr. Ferno sie für seine Verhandlung ein paar Tage lang verlassen, aber sobald der Richter ihn wegen Diebstahl, Manipulation von Akten und rechtswidrigem Freiheitsentzug für schuldig befunden hatte, brachten ihn die

Männer in den weißen Kitteln sofort wieder zurück. Ich weiß nicht, ob er auf Station 3 gelandet ist oder zu den Straffälligen gesteckt wurde, aber jedenfalls ist er irgendwo da drin und fragt sich wahrscheinlich, wie er heißt.

Mom ging zu seiner Verhandlung, aber nur am ersten Tag und nur für eine Stunde. Als sie nach Hause kam, erzählte sie: »Mr Ferno hat kein Wort gesagt.«

»Er heißt *Doktor* Ferno.«

»Du bist süß, Markus. Jedenfalls hat der Richter ihm Fragen gestellt und Ferno hat ihn angestarrt, als würde er durch ihn hindurchsehen. Ich weiß, es ist nicht nett, das von jemandem zu sagen, und erzählt es nicht weiter, aber ich glaube, er ist verrückt. Ich meine, wirklich verrückt.«

Ich machte noch einen Anruf bei Dr. Gustafson – dem Arzt, der damals in der Klinik in Bethesda, Maryland, Raymonds Vorgesetzter gewesen war. Er schien sich zu freuen, dass es Raymond gut ging. Beide telefonierten eine Weile miteinander. Offenbar vereinbarten sie, dass Raymond nach Maryland zurückgehen und seine alte Stelle wiederbekommen solle. Sie sprachen sogar davon, sich zum Pokerspielen zu treffen. Das zu hören machte mich froh und traurig zugleich.

Ich erzählte sogar Mr Endo, dass Dad wieder da war. Mr Endo sagte, er werde sein Bestes tun, um sicherzustellen, dass Dad alle seine Post bekommt. Mr Endo nimmt seinen Job als Postbote ziemlich ernst.

Wie auch immer – nach einer Menge Gespräche um den Küchentisch und ein paar Vermutungen von Aster glauben wir, dass sich die Geschichte folgendermaßen abspielte:

Nachdem Mom und Dad geheiratet hatten, fuhren sie auf Hochzeitsreise nach Kreta und übernachteten in einem alten Gasthof im Bezirk Knossos – Dad und eine Menge anderer Archäologen vermuteten nämlich, dass König Minos falls er jemals wirklich existiert hat, dort seinen Palast errichtet hatte. Als der alte Gastwirt erfuhr, dass Dad Archäologe war, führte er ihn und Mom in seinen Keller hinunter und zeigte ihnen die alte Tür mit dem Gang dahinter. Von diesem Gang war nur das erste Stück erhalten, dahinter war er eingestürzt, aber Dad dachte sofort, dass er ungefähr das richtige Alter hatte und sich an der richtigen Stelle befand, um ein Teil von König Minos' Labyrinth zu sein.

Über die Jahre redete Dad mit einer Menge Leute und versuchte sie dazu zu bringen, Geldmittel für eine archäologische Grabung auf Kreta bereitzustellen, um herauszufinden, ob der Gang in dem Keller tatsächlich zum Labyrinth gehörte. Das meinte er, wenn er von seinem Traumprojekt sprach. Er konnte nie jemanden dafür gewinnen, bis schließlich sein alter Freund Murray – derjenige, den Dad in den Briefen erwähnte – eine Förderung für ihn organisierte.

Als Dad endlich nach Kreta zurückkehrte, fand er noch mehr Hinweise, die zu beweisen schienen, dass es sich tatsächlich um König Minos' Labyrinth handelte. Er fand das alte, abgebrochene Schwert mit dem Adler am Griff. Der Adler war das Symbol des Zeus, der der Sage nach auf Kreta zur Welt gekommen war. Aber das Schwert konnte natürlich auch jemand anderem gehört haben. Es musste nicht unbedingt dasselbe sein, das Ariadne Theseus gegeben hatte.

Dad wusste, dass das Schwert in ein Museum gehörte. Es musste untersucht und der Welt präsentiert werden. Aber Dad sagte, er hätte eine schwache Stunde gehabt. Er hatte sein ganzes Leben damit zugebracht, nach einem Beweis für das

Labyrinth zu suchen. Als er das Schwert fand, konnte er sich vermutlich nicht so einfach davon trennen. Also packte er es in eine Schachtel und wollte es nach Hause schicken. Aber bevor er dazu kam, fand er den Faden.

Von all dem kann ich nichts in Dads eigenen Worten wiedergeben, weil er es gar nicht schaffte, es in klare Worte zu fassen. Und selbst wenn er das gekonnt hätte – er redete nicht gern darüber. Wann immer ich ihn nach diesem Teil der Geschichte fragte, ging sein Atem schneller und er rieb sich die Finger. Wenn ich Glück hatte, brachte er mehrere Sätze zustande, bevor er verstummte. Deshalb weiß ich mit Sicherheit nur, dass er den Faden aus der Erde ausgegraben hat. Er war nicht in einer Schachtel oder so. Er stieß zufällig darauf und dachte zuerst, es wäre eine Wurzel oder vielleicht ein Fetzen eines alten Kleidungsstücks, aber als er ihn anfasste, bekam er einen elektrischen Schlag.

»Es ist so seltsam«, sagte Aster, als ich mit ihr darüber sprach. »Es war fast so, als hätte er den Faden gefunden und dann hätte der Faden ihn gefunden.«

Er grub das Knäuel aus, machte es sauber und konnte nicht aufhören, damit herumzuspielen. Er schrieb Mom davon, aber dann probierte er es aus, sich den Faden um den Finger zu binden.

»Er hat bewirkt, dass ich mich lebendig fühlte«, sagte er einmal. »Er gab mir Gewissheit. Über das Labyrinth. Und auch über andere Dinge.« Ab da wurde Dad ein bisschen verrückt.

Ich rief Murray an, Dads Freund, der die Förderung für das Projekt organisiert hatte. Er sagte, genau zu jener Zeit hätte Dad aufgehört, anzurufen und zu schreiben.

»Die ganze Kreta-Sache lief plötzlich aus dem Ruder«, erzählte Murray. »Matthias begann, sich seltsam zu verhalten, dann kam er nicht mehr zur Grabung. Ohne Leiter stockten die Arbeiten und wir versäumten eine Reihe von Fristen für Zwischenberichte, sodass die Förderung eingestellt wurde. Und dann ist euer Vater einfach verschwunden. Keiner wusste, wo er hingegangen war.«

Danach gibt es eine Lücke von mehreren Monaten. Aber aufgrund der Erinnerungsfetzen von Dr. Gustafson und Raymond glauben wir, dass Dad in Athen herumgewandert ist. Mom sagte, die Lebensversicherungsgesellschaft hätte sämtliche griechischen Krankenhäuser überprüft, Dad aber irgendwie übersehen. Zu dem Zeitpunkt hatte er schon vergessen, wer er war, und auch fast alles andere. Er verbrachte etwa zwei Monate in Athener Krankenhäusern und Obdachlosenunterkünften, bis man herausfand, dass er Amerikaner war, und er von den griechischen Behörden in die USA zurückgeschickt wurde.

»Ich frage mich, wie man das herausfand«, sagte Aster.

»Vielleicht hat er mit amerikanischem Akzent vor sich hingemurmelt«, mutmaßte Lukas.

Jedenfalls kam Dad in eine Sammelunterkunft in Washington D.C. Dort befanden sich außer ihm noch Hunderte Einwanderer ohne Papiere. Keiner wusste, was man mit ihm machen sollte, und wahrscheinlich wurde er von Krankenhaus zu Krankenhaus geschickt. Schließlich landete er in der Neuropsychiatrischen Klinik in Bethesda, Maryland, die Teil der großen staatlichen Einrichtung namens *Nationales Institut für geistige Gesundheit* war.

Dad wurde Dr. Raymond Kerwin zugewiesen. Auf seine sonderbare, abschweifende Art erzählte Raymond, dass er über ein Jahr lang mit Dad gearbeitet hatte, ohne die geringsten Fortschritte zu machen. Dad hatte keine Ahnung, wer er war. Er hatte zwei Dinge bei sich gehabt: eine Pappschachtel mit einem zerbrochenen Schwert und ein Wollknäuel, das er in einer Plastiktüte bei sich trug. Raymond nahm das Knäuel nicht aus der Tüte – zumindest nicht sofort.

Hin und wieder, so erzählte Raymond, erwähnte Dad Namen. Einer war Lizzy oder manchmal Elizabeth. Und gelegentlich erwähnte er auch unsere Namen – Markus, Lukas und Jannie. Er redete nie über Kreta, aber oft genug von Tacoma, um Raymonds Aufmerksamkeit zu wecken.

Raymond hatte eine Idee und fragte seinen Vorgesetzten – Dr. Gustafson –, ob er Dad in eine Klinik nahe Tacoma überweisen und eine Weile bei ihm bleiben könne. Er würde mit ihm durch die Stadt fahren und irgendetwas würde vielleicht Dads Erinnerung in Gang bringen. Er war überzeugt, dass Dad wieder gesund werden konnte, wenn es ihm gelang, eine Verbindung zu seiner vertrauten Umgebung herzustellen.

Dr. Gustafson willigte ein und fand für Raymond einen Platz als Gastarzt an der McLean-Klinik. Raymond brachte Dad auf Station 3 unter und erstattete Bericht an den Leiter der Abteilung, Dr. Ferno.

»Er war ein schlechter Mensch«, erzählte Raymond. »Das wusste ich von der ersten Sekunde an, als ich ihn sah. Er wollte jeden meiner Schritte kontrollieren und erlaubte mir nicht, mit deinem Vater in der Umgebung herumzufahren. Ich sagte ihm, dass ich deswegen überhaupt hier sei, aber trotzdem durfte ich die Klinik kein einziges Mal mit deinem Vater verlassen.«

Raymond saß also mit einem einzigen Patienten in einer

fremden Stadt fest, ohne seinen Plan durchführen zu können. Da er nichts anderes zu tun hatte, verbrachte er den ganzen Tag mit Dad, sprach mit ihm und suchte nach Hinweisen auf seine Vergangenheit. Etwa zu diesem Zeitpunkt begann er sich auch mit dem Faden zu beschäftigen.

»Als ich ihn das erste Mal berührte, bekam ich einen elektrischen Schlag«, erzählte Raymond. »Ich nahm ihn in mein Arztzimmer mit und ließ das Knäuel ein bisschen herumrollen. Ich hatte keine Ahnung, dass der Faden alt war, aber ich merkte, dass er ... nun ja, dass er besondere Eigenschaften hatte. Mir war klar, dass er mich durcheinanderbrachte. Ich hatte schon immer eine Tendenz zum Insomniker ...«

»Zum was?«, fragte Lukas.

»Zu Schlafstörungen.«

»Sie können nicht schlafen?«, fragte Lukas. »Oh Mann, ich schon. Ich kann tagelang schlafen.«

»Hör auf, ihn dauernd zu unterbrechen«, verlangte ich.

»Wie gesagt«, fuhr Raymond fort, »ich hatte schon immer eine Tendenz zum Insomniker – ich bin oft mitten in der Nacht aufgewacht. Aber sobald ich Zeit mit dem Faden verbrachte, konnte ich wochenlang ohne Schlaf auskommen. Ich machte tagsüber mehrmals ein Nickerchen von einer halben Stunde und das war's. Und dann wurde ich klaustrophobisch.«

»Ich weiß, was das ist«, sagte Lukas. »Das bedeutet, dass man nicht gern in kleinen Räumen ist.«

»Richtig.«

Raymond sprach nicht weiter. Ihm musste etwas eingefallen sein. Vielleicht dachte er daran, wie er in der McLean-Klinik in einen der Patientenräume gesperrt worden war. Denn meiner Meinung nach ist genau das passiert.

Anscheinend kam Dr. Ferno in Raymonds Arztzimmer, als dieser gerade mit dem Faden herumspielte. Dr. Ferno nahm ihn ihm weg und hielt ihn in der Hand. Oder zumindest berührte er ihn. Und erlebte seine besonderen Eigenschaften.

»Er wollte den Faden für sich haben«, erzählte Raymond. »Von da an hat er nicht mehr lockergelassen. Er sagte, wenn ich ihm das Knäuel nicht gebe, würde er mich einweisen. Mich einsperren. Ich glaubte ihm nicht, aber ich fand Papiere auf seinem Schreibtisch, in denen ich als schizophren diagnostiziert wurde.«

»Was ist schizo...?«

Mom unterbrach mich und sagte, das sei eine schwere psychische Störung.

Was dann passierte, mussten wir uns weitgehend selbst ausmalen. Dr. Ferno wusste, dass der Faden besondere Eigenschaften hatte, aber er wusste nicht, wie er sich diese zunutze machen sollte. Er hatte erwähnt, dass er den Faden an Raymond getestet hatte, deshalb vermuten wir, dass er Raymond als Versuchsperson benutzt hat.

»Das ist schrecklich«, fand Lukas. »Sich vorzustellen, dass das Hirn des armen Raymond gegrillt wurde, während sich Dr. Ferno Notizen machte.«

»Deshalb hatte Raymond Angst vor dem Faden«, fügte Aster hinzu. »Und vor Dr. Ferno.«

Während dieser Phase muss Raymond wohl irgendwann einen klaren Moment gehabt haben und versuchte, den Faden loszuwerden. Also steckte er ihn in die erstbeste Schachtel, die er fand – diejenige, in der das Schwert gelegen hatte –, und brachte sie zur Post. Oder vielleicht packte er ihn nur in die schmale, längliche Pappschachtel, um ihn zu verstecken, und jemand kam rein und brachte sie ahnungslos zur Post. Wie auch immer, jedenfalls landete das Paket im Postamt von Tacoma. Und dort blieb es, bis Mr Endo es zu Gesicht bekam und uns zustellte.

Raymond entkam aus der Klinik. Lukas glaubt, dass er aus seinem Zimmer ausgebrochen und weggelaufen ist. Aster meint, dass er vielleicht einfach nicht mehr zur Arbeit erschienen ist. Jedenfalls entrann er Dr. Fernos Klauen, aber erst nachdem sein Gehirn völlig durcheinander war.

Wir fragten Raymond, wo er wohnte, bevor er zu uns kam. Er kann sich nicht erinnern. Als er von Maryland hierherzog, mietete er ein Apartment. Aber nach seiner Flucht aus der McLean-Klinik muss er eine Weile auf der Straße gelebt haben oder vielleicht in den Wäldern oder in einer Obdachlosenunterkunft. Mit Dr. Gustafsons Hilfe fand er jetzt das Apartment wieder und schleppte von dort einen alten Koffer voller Kleidung und Bücher an.

»Was meinst du, wann Dr. Ferno ihn wiedererkannt hat?«, fragte Aster.

Ich zuckte mit den Achseln. Mit seinen langen Haaren und dem Bart war Raymond bestimmt schwer wiederzuerkennen gewesen. Und er war ja auch nicht gerade wie ein Psychiater gekleidet gewesen.

Das ist alles, was ich weiß. Oder alles, was ich zu wissen glaube. Wie ich schon sagte: Vieles davon sind nur Vermutungen. Wir sind nach wie vor nicht sicher, ob der Faden, den wir haben, derselbe ist, den Theseus benutzt hat. Wir wissen nicht einmal, ob es Theseus je gegeben hat.

»Es ist schwer zu wissen, was wahr ist und was nur eine Sage«, sagte ich zu Raymond.

Er lächelte. »Nur weil es eine Sage ist, bedeutet es nicht, dass sie nicht wahr ist.«

Raymond blieb noch ein paar Wochen bei uns, bevor er wieder an seine Klinik in Maryland zurückging. Wenn ich sage, er blieb bei uns, dann meine ich, er blieb in unserem Vorgarten. In unserem Baum. Zu den Mahlzeiten kam er nach drinnen – vor allem zum Frühstück, denn Lukas sorgte dafür, dass wir immer Captain Crunch mit Crunchberries und Schoko Krispies im Haus hatten. Aber die übrige Zeit verbrachte er auf dem Ahorn, ob es regnete oder die Sonne schien, und brauchte nichts außer Jannies rosarotes Plüschkissen, um es sich dort gemütlich zu machen.

Dad hat wieder Kontakt zu Murray und seiner alten Universität aufgenommen, aber ich glaube, es wird noch eine Weile dauern, bevor er wieder arbeiten geht.

Jannie hat ihn irgendwann gefragt, ob er vorhat, wieder nach Kreta zurückzukehren. Als er diese Frage in ihrem Notizbuch las, sah er zuerst aus dem Fenster und Moms Augenbrauen wanderten nach oben, während sie auf seine Antwort wartete.

Schließlich sagte er: »Wenn ich das tue, nehme ich euch alle mit.«

Mom nickte, ohne zu lächeln.

Eines Abends nach dem Abendessen lag ich im Bett. Lukas war unten.

Dad klopfte an meine Tür und steckte den Kopf herein. »Hey«, sagte er.

»Hey.«

»Hmm, also, du bist jetzt dreizehn, richtig? Ein Teenager. Bedeutet das, du bist zu alt für Geschichten?«

»Wahrscheinlich.«

»Wirklich?«

»Na ja, wenn du mir unbedingt eine erzählen willst, könnte ich vermutlich eine Weile zuhören.«

»Oh, schön, danke ... Das ist nett von dir.« Er setzte sich auf den Boden vor meinem Bett. »Irgendwelche Wünsche?«

»Kann ich dir stattdessen eine Frage stellen?«

»Oh-oh. Soll das jetzt ein ernstes Gespräch werden?«

»Nein. Vielleicht. Ich hätte nur gern deine Meinung zu etwas.«

»Schieß los.«

»War Theseus gut oder böse?«

»Wie bitte?«

»Du weißt noch, wer Theseus ist, richtig?«

»Da bin ich mir ziemlich sicher.«

»Also, er hat dieses große Ding gemacht. Hat einem Haufen Leuten das Leben gerettet. Er hat den Minotaurus getötet, was vermutlich gut war, wobei ich allerdings finde, der Minotaurus war nun mal so, wie er war, er kam so auf die Welt und verbrachte sein ganzes Leben allein in einem Labyrinth, ohne einen einzigen Freund. Aber vergiss das mal kurz.«

»Markus ...«

»Also er – ich meine Theseus –, er rettet alle diese Leute, aber dann lässt er Ariadne auf dieser Insel zurück. Er lässt sie da einfach sitzen.«

»Markus ...«

»Vielleicht hatte er ja einen Grund dafür. Ich weiß es nicht. Aber es kommt echt fies rüber.«

»Markus, ich glaube, es war auch fies. In dem Moment hat Theseus sich benommen wie ein ... nun ja, wie ein Idiot. Aber vorher hat er wie ein Held gehandelt.«

»Wie lautet also deine Antwort?«

»Was meinst du? Ob er gut oder böse war? Was meinst *du* denn?«

»Das sollst du mir doch sagen.«

»Er war ein Mensch. Weder gut noch böse, sondern einfach nur ein Mensch. Mal ein Held, mal ein Idiot. Genau wie ich.«

»Ich habe nicht gesagt, dass du ein Idiot warst.«

»Nun ja, du hast auch nicht gesagt, ich wäre ein Held gewesen.«

»Das kann noch kommen«, gab ich zurück.

Aster schaut praktisch jeden Tag vorbei. Manchmal kommen auch ihre Mutter und ihr Vater mit. Ab und zu wirft ihre Mutter mir immer noch böse Blicke zu, aber Aster sagt, ich soll es nicht persönlich nehmen.

»Es geht nicht um dich. Es geht um alle Jungs. Sie traut ihnen einfach nicht.«

Ich denke wieder über Verbindungen nach und darüber, was Raymond gesagt hat – dass alles mit allem zusammenhängt –, und ich frage mich immer noch, wie Aster in diese ganze Sache passt. Ich meine, sie war daran beteiligt, wie wir Dad gefunden haben, aber er ist mein Dad, nicht ihrer. Mir fiel vor Kurzem wieder ein, was Dr. Ferno über sie gesagt hat – dass sie vielleicht versucht, sich in unserer Familie einzunisten. Ich hab Raymond danach gefragt. Er meinte, Aster sei auf eine Weise mit mir – mit uns – verbunden, die mir eben noch ein Rätsel sei.

Lukas ist Dad immer noch böse, weil er so lange weg war. Das glaube ich zumindest. Lukas schwört, dass es nicht so ist, aber so wie er manchmal mit Dad rauft, bin ich mir ziemlich sicher, dass er manches doch noch nicht so ganz verarbeitet hat. Das geht uns allen so, schätze ich. Lukas kann es nur nicht so gut überspielen. Raymond sagt, das macht aus Lukas den Klügsten von uns.

Dad und Mom müssen auch einiges verarbeiten. Ich mag es, sie zusammen zu sehen, wie sie sich umarmen und küssen und sich anfassen. Aber manchmal streiten sie sich. Und manchmal bitten sie uns Kinder, den Raum zu verlassen, damit sie unter vier Augen reden können. Aster sagt, darüber soll ich mir keine Sorgen machen, ihre Eltern würden das die ganze Zeit tun. Sie sagt, das sei bei Eltern nun mal so.

Dann ist da noch Jannie. Ich hatte die geheime Hoffnung, der Faden würde sie irgendwie gesund machen, damit sie wieder sprechen kann. Und das hat er wohl auch, schließlich hat sie diese drei Sätze gesagt. Aber seither hat sie keinen Piep mehr von sich gegeben.

»Na und?«, sagte Lukas, als ich ihm davon erzählte. »Sie muss nicht gesund gemacht werden, weil sie nicht krank ist. Jannie ist großartig, so wie sie ist. Und wenn jemand etwas anderes sagt, verpasse ich ihm einen Tritt in den Hintern.«

Lukas hat recht. Jannie ist großartig. Sie ist klug. Sie hat jedes Buch in unserem Haus gelesen – die meisten mindestens zweimal. Sie ist ziemlich süß, wenn sie nicht gerade ungezogen ist. Und sie ist ruhig. Ich könnte es nicht ertragen, noch jemanden in der Familie zu haben, der so laut ist wie Lukas.

Wenn man Jannie finden will, muss man jetzt einfach nach Dad suchen. Falls er irgendwo sitzt, hockt sie wahrscheinlich auf seinem Schoß. Und wenn sie nicht bei Dad ist, ist sie bei Aster. Aster verbringt mehr Zeit mit Jannie als mit mir. Jannie bringt Aster alles über Katzen und Leonardo da Vinci bei. Aster sagt, sie hat sogar etwas über Stringtheorie gelernt, meint aber, sie versteht nicht mal die Hälfte von dem, was Jannie schreibt.

»Das ist mir aber egal«, hat mir Aster vor einer Woche erzählt. Sie saß an unserem Küchentisch und verscheuchte eine Motte. »Ich verbringe einfach gern Zeit mit ihr. Oh, und rate mal, was heute Nacht passiert ist?«

»Was denn?«

»Ich habe geschlafen. Die ganze Nacht.«

»Keine Schlafstörungen mehr?«

Aster lächelte. »Mal sehen. Aber jetzt muss ich los. Jannie hat geschrieben, dass sie ein Buch mit sämtlichen Katzenzeichnungen von da Vinci aufgestöbert hat. Ich bin schon ganz gespannt darauf, es zu sehen.«

Okay, vielleicht weiß ich also doch, welche Verbindung es zwischen Aster und uns gibt. Oder zumindest, zu wem sie diese Verbindung hat.

Ich bin froh, dass Dad wieder da ist. Aber es ist nicht immer einfach. Als da nur Mom und wir Kinder waren, wussten wir, wie wir miteinander klarkommen. Wir hatten Gewohnheiten entwickelt. Jetzt haben wir außerdem noch Dad und seine Meinungen, denn er sagt uns, was wir tun sollen und wie wir es tun sollen. Dad hat zum Beispiel eindeutig andere Vorstellungen als ich, wann ich zu Bett gehen soll.

Der Faden ist noch bei uns. Er ist nicht verglüht oder aus dem Haus gerollt, um einer anderen Familie zu helfen. Er hat sich auch nicht in einem Blitz aus grünem Rauch verflüchtigt, sondern liegt jetzt in einer gewöhnlichen alten Schuhschachtel ganz oben in meinem Kleiderschrank.

Oh, und dann ist da noch die Sache mit meinen Tränen. Ich habe nicht mehr geweint seit ... ähm ... seit der ganzen Sache mit dem schimmernden Kreis in der Küche. Vielleicht bin ich also geheilt, falls *geheilt* das richtige Wort ist. Andererseits kann es auch sein, dass ich seither nicht mehr in der richtigen – beziehungsweise falschen – Situation gewesen bin. Ich habe mit niemandem darüber geredet und habe das auch nicht ernsthaft vor. Jedenfalls vorläufig nicht. Aber ich habe so was wie eine Entscheidung getroffen, nur für mich selbst: Wenn ich weine, weine ich eben. Na und? Ich habe es satt, mir deswegen blöd vorzukommen. Ich meine, manchmal weinen Leute über die seltsamsten Dinge. Sogar über glückliche Ereignisse. Und manchmal lachen Leute mitten in der größten Tragödie. Nichts davon ist vernünftig. Folglich ist es auch nicht vernünftig, sich deshalb blöd vorzukommen.

An Raymonds letztem Tag, bevor er nach Maryland zurückflog, bestellte Mom ein Taxi, das ihn zum Flughafen bringen sollte. Eine halbe Stunde vorher ging ich in unseren Vorgarten, um nach ihm zu sehen. Am Fuß des Baums lag sein alter Koffer, fertig gepackt. Raymond saß in den Ästen, deutete mit dem Zeigefinger nach oben und formte Wörter mit den Lippen. Als er mich näher kommen hörte, sah er mich an.

»Ich bin mir fast sicher, dass die Art, wie diese Blätter wachsen, keiner Fibonacci-Folge entspricht«, verkündete er. »Allerdings bin ich mir ganz sicher, dass es ein Muster gibt. Ich habe es nur noch nicht erkannt.« Er lächelte. »Acer macrophyllum. Großblättriger Ahorn. Ich frage mich, ob in Bethesda auch welche wachsen. Vielleicht gebe ich die Psychiatrie auf und werde Botaniker. Bäume erscheinen mir weniger kompliziert als Menschen.«

Er kletterte herunter, ließ sich auf dem Boden nieder und lehnte sich an den Baumstamm. Ich setzte mich neben ihn.

»Ich werde diesen alten Baum vermissen«, sagte er. »Ich meine, euch alle werde ich auch vermissen. Vielleicht nur nicht ganz so sehr.«

Wir saßen ein paar Minuten schweigend da.

Schließlich fragte ich: »Was sollen wir mit ihm machen?«

»Mit dem Faden?«, fragte Raymond. »Spielt nicht damit, außer es geht nicht anders. Er bringt euer Gehirn durcheinander, und nicht nur das. Aber gebt ihn nicht weg. Wem solltet ihr ihn geben? Wie könntet ihr dieser Person trauen? Der Faden ist aus einem bestimmten Grund zu euch gekommen, genau wie euer Vater ihn aus einem bestimmten Grund gefunden hat.«

»Ich habe darüber nachgedacht«, erwiderte ich. »Ich habe das Gefühl, nichts von all dem wäre passiert, wenn Dad den Faden nicht gefunden hätte. Ich meine, klar, der Faden hat ihn gerettet. Aber wenn er ihn gar nicht erst gefunden hätte, wäre er überhaupt nicht verloren gegangen.«

Raymond pflückte einen Grashalm und wickelte ihn sich um den Finger. »Oh, es gibt viele Arten, verloren zu gehen. Genau wie es viele Arten gibt, gefunden zu werden.«

Raymond löste den Grashalm von seinem Finger und ließ ihn fallen. Er lachte.

Ich dachte über seine Worte nach. Sie gehen mir seither nicht mehr aus dem Kopf. Er hat wahrscheinlich recht.

Schließlich mag Raymond verrückt sein, aber er lügt nie.

Von Tom Llewellyn bei Thienemann bereits erschienen:
Das Haus, in dem es schräge Böden, sprechende Tiere und Wachstumspulver gibt
Tick Tat Tot

Llewellyn, Tom:
Der magische Faden
ISBN 978 3 522 18449 6

Aus dem Englischen übersetzt von Ilse Layer

Gesamtgestaltung: Nina Dulleck
Reproduktion: Digitalprint GmbH, Stuttgart
Druck und Bindung: GGP Media GmbH, Pößneck
Titel der englischsprachigen Ausgabe: »Black String«

Dieses Werk wurde vermittelt durch die Literarische Agentur
Thomas Schlück GmbH, 30827 Garbsen.

FSC www.fsc.org MIX Papier aus verantwortungsvollen Quellen FSC® C014496